W0307628

76

Jour maudit
à
L'Île-Tudy

DU MÊME AUTEUR

n°1 - Dernier tour de manège à Cergy

n°2 - Mi amor à Rochefort

n°3 - Jour maudit à l'Île Tudy

n°4 - Bordeaux voit rouge

n°5 - Saint-Quay s'inquiète

n°6 - Cure fatale à Nantes

n°7 - Par-delà les grilles

n°8 - Là où tout a commencé

Retrouvez ces ouvrages sur www.palemon.fr.

CE LIVRE EST UN ROMAN.
Toute ressemblance avec des personnes, des noms propres, des lieux privés, des noms de firmes, des situations existant ou ayant existé, ne saurait être que le fait du hasard.

Aux termes du Code de la propriété intellectuelle, toute reproduction ou représentation, intégrale ou partielle de la présente publication, faite par quelque procédé que ce soit (reprographie, microfilmage, scannérisation, numérisation…) sans le consentement de l'auteur ou de ses ayants droit ou ayants cause est illicite et constitue une contrefaçon sanctionnée par les articles L 335 2 et suivants du Code de la propriété intellectuelle. L'autorisation d'effectuer des reproductions par reprographie doit être obtenue auprès du Centre Français d'Exploitation du droit de Copie (CFC) - 20, rue des Grands Augustins - 75 006 PARIS - Tél. 01 44 07 47 70/ Fax : 01 46 34 67 19 - © 2016 - Éditions du Palémon.

ANNE-SOLEN KERBRAT

Jour maudit à l'Île-Tudy

ÉDITIONS DU PALÉMON
ZA de Troyalac'h - 10 rue André Michelin - 29 170 Saint-Évarzec

À mon mari,
À Charles, Hugues,
Blanche et Diane, mes enfants.
À l'Île-Tudy en souvenir enchanté
de mes verts étés…

I

Mardi 17 décembre.

Le hurlement troua le silence. À la ronde, d'autres gémissements retentirent. Un long cri de gorge poussé à l'unisson. Le marcheur s'immobilisa, soudain saisi d'une sourde appréhension. Son chien se dressa sur ses pattes arrière, tétanisé. Puis, le setter à la robe fauve se précipita vers le bloc sombre qui défigurait la plage. Presque malgré lui, accompagné par le hurlement à la mort qui s'amplifiait, le marcheur suivit son chien…

Il glissait dans le sable qui se dérobait sous ses pieds. La nuit était tombée plus vite qu'il ne l'avait prévu. Il aurait dû se munir d'une torche. À nouveau, il manqua de chuter. Néanmoins, il continua, comme happé par quelque force obscure. Son chien marquait l'arrêt à présent. Son corps tendu laissait voir les muscles bandés prêts à rompre. Pour une raison quelconque, il avait cessé d'aboyer et ses congénères avaient fait de même. Son maître s'était rapproché. Le pelage ondulait par vagues sous l'effet des tressaillements de la bête. Elle était figée, muette. Il l'interpella. En vain.

Elle ne bougeait pas. Elle semblait faire le guet à l'entrée d'une grotte, Cerbère gardien des Enfers. En s'approchant, le promeneur reconnut la verrue qui défigurait la dune du Téven - le blockhaus qui témoignait du sacrifice des innocents… Il fit jaillir l'étincelle de son briquet et se força à avancer. Son cœur martelait sa poitrine, sa gorge était sèche. Mais il se contraignit à avancer. Il se heurta à son chien, prostré près d'une masse indistincte. Il avança encore d'un pas. Elle était étendue sur le sable parmi les détritus. Le bas du corps était dévêtu. Un œillet rouge était planté à l'intérieur des cuisses…

*

Colombe Faure gara sa Mini-Cooper vert bouteille sur le parking des quais. Il faisait déjà presque nuit bien qu'il fût à peine dix-huit heures. À l'approche de Noël, Quimper la fière brillait de tous ses feux. Les belles façades mêlant le granit et le bois laissaient passer les lumières à travers leurs hautes portes-fenêtres. À l'arrière, émergeant de l'obscurité naissante, les deux flèches de la cathédrale Saint-Corentin, joyau de l'art gothique flamboyant, se dressaient vers le ciel. D'immenses sapins enneigés ponctuaient la promenade le long de l'*Odet*. Le manteau blanc était factice mais l'illusion d'hiver canadien n'en était pas moins grande. Afin d'accentuer l'impression de magie, quelque décorateur fou avait eu l'idée d'installer au-dessus de l'*Odet* un traîneau tiré par ses rennes, semblant descendre des cieux. À son bord, un Père Noël géant à la longue barbe blanche bénissait la foule. Colombe s'arrêta, captivée. Deux semaines auparavant, elle avait emmené Clara et Simon, les deux enfants de son supérieur, Jean-Louis Perrot, dans les Jardins de l'Évêché adossés au flanc sud de la cathédrale. Là, des artistes avaient recréé, le temps des fêtes de Noël, le monde enchanteur des contes pour enfants. À l'abri des remparts, le jardin baignait dans une lumière phosphorescente que renvoyaient les sapins blancs. On se laissait envoûter par la voix mutine de Marlène Jobert racontant les péripéties d'Ali Baba ou de Cendrillon. Soudain, on sursautait lorsque des lutins bondissaient des buissons enneigés. Colombe, pour qui les fêtes de fin d'année avaient toujours eu un goût amer, s'était réjouie de lire le bonheur dans les yeux des deux bambins qu'elle accompagnait. Et elle devait reconnaître qu'elle s'était elle-même laissée prendre au jeu. À coup sûr, les enfants avaient le don de redonner de la couleur aux choses… À présent, bien qu'elle fût seule, elle se sentait néanmoins sous le charme de cette apparition surgie de nulle part.

Un vent coulis se glissa dans sa nuque. Elle remonta son col et s'arracha au spectacle à regret. Elle se hâta vers le commissariat. Elle était théoriquement en congé ce jour-là mais le commissaire Le Foll venait de la rappeler. Colombe avait obtempéré sans rechigner.

Cette journée devait être consacrée à l'achat des obligatoires cadeaux de Noël mais elle devait bien s'avouer qu'à part sa petite filleule Margaux, il n'y avait personne qu'elle eût envie de gâter. Son père ne souhaitait que des livres et sa mère avait encore eu la délicatesse de prévoir un séjour au soleil avec son dernier giton en date pendant les fêtes de fin d'année. Le jeune lieutenant salua le gardien en faction et grimpa quatre à quatre les deux étages menant au bureau du patron. Antonin Le Foll semblait dans tous ses états. Son teint naturellement rouge était cramoisi. Il tirait de longues bouffées de sa cigarette sans filtre. Il pouvait encore en profiter puisque l'interdiction de fumer dans les lieux publics n'interviendrait que dans un mois… Il aperçut Colombe qui patientait sur le seuil de son bureau et lui fit signe d'entrer. Il raccrocha, écrasa son mégot et s'éclaircit la gorge avant d'informer sa collègue :

— Colombe, Perrot, Lefèvre et vous allez avoir du pain sur la planche : on vient de m'avertir de la découverte d'un corps de femme dans le blockhaus sur la plage du Treustel à l'Île-Tudy. Un marcheur et son chien l'ont trouvée. L'homme avait un portable, il a composé le 17 aussitôt. On a prévenu les pompiers, ils sont déjà sur place.

— Dans quel état est le corps ? interrogea le jeune lieutenant d'une voix blanche.

— Partiellement dénudé, selon le témoin. Je n'en sais pas plus concernant son état de décomposition. Mais, même s'il a beau faire frais ces jours-ci, l'intérieur du blockhaus est humide, ce qui hâte le processus de putréfaction…

— Évidemment, approuva son interlocutrice. D'autres éléments ?

— Oui, un détail bizarre, la renseigna Le Foll, la victime avait une fleur rouge fichée dans l'entrecuisse…

— Hein ?
— C'est comme je vous le dis…

*

Ils laissèrent leur véhicule en contrebas de la dune et gravirent l'escalier de bois menant à la plage. Jean-Louis Perrot, après un passage éclair à Rochefort[1], venait d'obtenir, en septembre, sa mutation au commissariat de Quimper. Il avait laissé son ex-femme Sofia et ses deux enfants dans le Val d'Oise où il avait œuvré de nombreuses années.[2]

Il était parvenu à convaincre son fidèle Hubert Lefèvre de le suivre en Bretagne. N'ayant aucune attache sentimentale en Charente-Maritime et aimant la nouveauté malgré des apparences rigides, le cadet avait accepté sans trop se faire prier. Marchant aux côtés du commandant Perrot, Colombe gardait le silence. Tandis qu'elle montait les marches, elle se souvenait avec un pincement au cœur de la dune telle qu'elle demeurait dans son souvenir - une sauvage colline plantée de pins et de genêts qu'aucun enclos ne délimitait.

Vingt ans plus tôt, sur le chemin de sable vallonné, elle pédalait, nattes au vent, accompagnée de sa sœur Marion et de leur cousine Morgane. À l'époque, rien n'arrêtait la vue. La dune piquée de genêts odorants descendait en pente douce vers la plage de sable blanc. On ne craignait pas encore l'océan et ses caprices. Mais les temps avaient changé. La tempête mémorable de 1987 avait fait comprendre aux propriétaires

---

1. Voir Mi amor à Rochefort, *même auteur, même collection.*

2. Voir Dernier tour de manège à Cergy, *même auteur, même collection.*

des villas sur la dune et en contrebas, que leur paradis était menacé. Il fallait faire barrage contre l'océan, l'empêcher de grignoter le littoral. Afin d'éviter que la presqu'île redevînt insulaire, la municipalité et la région avaient débloqué les fonds nécessaires à l'enrochement du littoral côtier et à la construction d'un mur brise-lames qui s'avançait dans la mer. Colombe promena le faisceau de sa torche alentour : aujourd'hui, la dune était grillagée, protégée des visiteurs indélicats. La plage du Téven où elle s'était baignée tout au long de son enfance, avait bien changé. Heureusement, le parfum du varech était lui inchangé…

Colombe s'en emplit les narines. Un air chargé d'humidité faisait voler ses cheveux châtains qu'elle tentait désespérément de faire tenir en arrière. Son duffle-coat beige - qu'elle s'obstinait à appeler « kabig » depuis le temps de l'école élémentaire - s'avérait une piètre armure contre le vent mauvais. Perrot, emmitouflé dans son Loden, tenait également une lampe torche dans sa main engourdie. Ils avancèrent maladroitement dans le sable poisseux. Le blockhaus était gardé par deux pompiers frigorifiés. Ces derniers saluèrent d'un bref doigt porté à la tempe et laissèrent entrer le commandant Perrot et sa collègue, Colombe. Au même moment arrivait le légiste, Régis Lenôtre, un petit homme courtaud et calme, toujours vêtu d'un costume gris clair. Ses yeux pers étaient gênants à fixer. Il avait choisi cette spécialité car sa nature réservée s'accommodait fort bien de la discrétion de ses patients. Pour lui, les corps qu'on soumettait à son analyse étaient davantage qu'une enveloppe charnelle. Contrairement à ses confrères qui avaient érigé l'insensibilité en système, Lenôtre ne pouvait chasser un naturel porté à l'empathie. Ce n'était pas tant la résolution logique d'une énigme scientifique qu'il visait, mais plutôt le désir, en faisant éclater la vérité, de rendre leur dignité aux personnes violentées. Tandis qu'il disséquait les corps, il essayait d'imaginer quelle avait été l'existence de ces personnes dont la vie s'était inexplicablement arrêtée. Il leur parlait, leur expliquait ses gestes, s'excusait du caractère parfois barbare de ses manipulations. Lui répondaient-elles ? Seul Lenôtre eut pu répondre à cette question. Mais il gardait ses secrets, se contentant d'expliquer aux forces de l'ordre les causes des décès.

Perrot et Colombe saluèrent le scientifique à son entrée dans le bloc de béton. Puis, sans attendre, Perrot dirigea le faisceau de sa lampe torche sur les parois du bâtiment. Ils restèrent sur le seuil afin de ne pas trop piétiner les lieux. Les murs étaient tagués d'inscriptions allant du romantisme au fanatisme hitlérien le plus délirant. Le sol était couvert de canettes de bière, mégots, mouchoirs en papier usagés et débris de verre. Le policier orienta la lumière au centre du blockhaus, illuminant de manière obscène la dépouille salie de ce qui avait été une femme. La victime était de race blanche. Ses cheveux étaient longs et blonds. Par endroits, la peau du visage semblait douloureusement prête à se décoller. Ses yeux étaient fermés. Le haut du corps était vêtu d'un petit anorak noir très ajusté. Le bas était dévêtu à l'exception des souliers à talons hauts. La minijupe grise avait été repliée sur la taille. Les cuisses marbrées étaient écartées. Au centre, un œillet rouge fanait…

*

Régis Lenôtre s'agenouilla près de la dépouille et se signa.

Ce geste, qui avait surpris Colombe à ses débuts au commissariat de Quimper, lui était à présent familier. En effet, le légiste était croyant et ne ratait jamais l'office du dimanche.

— Vous parlez d'un cadeau de Noël ! maugréa Perrot que la vision de ce gâchis dégoûtait. C'est un beau sadique qui a dû faire le coup…

— Sans doute, souffla Colombe dont la carapace n'était pas aussi épaisse qu'elle l'eût souhaitée.

Elle se demandait si un jour elle parviendrait à regarder une victime de mort violente sans émotion. Elle en doutait. D'un autre côté, sa sensibilité était aussi un atout, en particulier lorsqu'elle interrogeait les témoins d'une affaire criminelle. Elle se pencha en avant pour mieux voir. Il allait falloir procéder à des prélèvements divers. La tâche s'annonçait ardue du fait de la nature du sol sur lequel gisait la dépouille. Le blockhaus était visiblement un endroit très fréquenté, comme en témoignaient les graphismes rupestres et les immondices jonchant le sol. Par ailleurs, le sable, parce qu'il présentait une texture meuble et poreuse, allait être difficile à analyser. Il allait falloir distinguer les empreintes et débris les plus récents parmi les centaines de traces mêlées.

En projetant sa torche alentour, Colombe avisa un petit sac à main de forme cylindrique en vinyle noir. Décrivant un arc de cercle afin de piétiner au minimum la scène du crime, elle enfila la paire de gants de latex chirurgicaux dont elle s'était munie, s'approcha et se pencha pour attraper l'accessoire. Elle l'ouvrit et fouilla délicatement l'intérieur. Outre les inévitables bâtons de rouge à lèvres et miroir de poche, elle trouva un petit répertoire rose fuchsia et un portefeuille coordonné.

Elle en sortit la carte d'identité de la victime et lut à haute voix :

— Élodie Le Gall, née en 1980 à Brest, domiciliée à Pont-L'Abbé...

— Vingt-sept ans, calcula le commandant en soupirant, courte vie...

Colombe acquiesça en silence avant d'enfermer soigneusement le sac à main et son contenu dans un sachet hermétique qu'elle data et numérota. Lenôtre s'approcha. Il s'agenouilla près du corps. Il releva la température ambiante : 3 degrés. Il tâta le pouls de la victime, testa la raideur des membres et énonça :

— Le décès est récent : les veines ne sont pas très apparentes et on n'a pas encore de détérioration visible des tissus...

Colombe frémit mais ne broncha pas. Elle se contentait de prendre des notes. Le légiste poursuivit :

— Cause du décès indéterminée pour l'instant. Pas de violences perceptibles... Il faudrait prendre des clichés. Colombe, pouvez-vous vous en charger ?

Elle accepta. Elle posa la lampe torche sur le sol, dirigée vers la scène du crime. Puis elle ôta l'appareil photo de l'étui dont la bandoulière lui ceignait le cou. Elle régla l'appareil en fonction de l'obscurité régnant dans l'abri. Lenôtre indiqua lentement :

— D'abord, un gros plan du visage, côté gauche puis droit. Ensuite, un cliché du corps tout entier, côté droit et gauche. C'est ça, parfait. Maintenant, plan serré de l'entrecuisse. Très bien. À présent, prenez chaque parcelle du terrain autour du corps en tournant dans le sens des aiguilles d'une montre. Voilà, encore, doucement, c'est bon. Enfin, prenez une vue plus large englobant les parois du blockhaus.

Colombe s'exécutait avec méthode, s'efforçant de faire abstraction du sujet qu'elle devait photographier. Finalement, elle se releva, les genoux ankylosés et l'estomac retourné. Perrot interpella le légiste :

— Régis, nous allons vous laisser continuer vos prélèvements. Nous devons prévenir les proches de la victime. Quand vous en aurez terminé, faites transporter le corps à la morgue. Les ambulanciers sont à votre disposition en bas. J'attends vos premières conclusions le plus tôt possible…

— Comptez sur moi, Jean-Louis, je vous les fais parvenir sans tarder.

Perrot et Colombe s'éloignèrent du blockhaus et rejoignirent leur voiture de service. Le commandant prévint le conducteur du véhicule sanitaire et son coéquipier de se tenir prêts à évacuer le corps. Puis, les deux officiers prirent la direction de la pointe de l'Île-Tudy. La route menant au petit port était peu fréquentée à cette époque de l'année. En effet, la presqu'île, après avoir été un centre de pêche florissant au début du siècle, avec ses trois conserveries et ses quatre-vingt-dix bateaux, n'avait fait que péricliter depuis lors. À partir de 1910, la sardine se faisant de plus en plus rare sur les côtes, l'Île-Tudy n'était plus parvenue à concurrencer Loctudy, sa rivale de l'autre rive. Alors, le nombre de petits chalutiers n'avait fait que décroître. Les jeunes, sans emploi, avaient dû se résoudre à aller tenter leur chance à la ville ou dans des ports plus importants. Seuls étaient restés ceux qui parvenaient encore à vivoter grâce à la pêche à pied et au commerce de la dentelle. Cependant, avec l'avènement des congés payés en 1936 et le début du tourisme, le petit port avait retrouvé un second souffle. Aujourd'hui, la réputation de l'île n'était plus à faire. On venait de loin pour arpenter les ruelles étroites où le vent s'engouffre et ne cède jamais. On s'attendrissait devant les petites maisons blanches aux volets colorés, bien à l'abri derrière leurs murs de pierre. On contemplait, médusé et terrifié, les vagues puissantes venir se fracasser contre les murs de granit formant rempart autour de la presqu'île. Un barrage contre l'Atlantique… En réalité, la foule ne se pressait qu'en haute saison. Le reste de l'année, les locaux vivaient dans le calme, quasiment repliés sur eux-mêmes. Le manque d'animation et de perspectives économiques ainsi que les tarifs prohibitifs de l'immobilier avaient favorisé l'exode des jeunes, accroissant davantage le vieillissement de la population. Pourtant, depuis quelques années, la physionomie du port avait changé grâce aux efforts de l'équipe dirigeante. En effet, la mairie avait décidé de donner un coup de pouce aux jeunes originaires de l'île afin que ces derniers puissent acquérir ou conserver un logement dans cette presqu'île sauvage devenue presque aussi cotée que la Riviera. Jusqu'à peu, seuls les retraités parisiens ou les ressortissants anglais pouvaient s'offrir des résidences à l'Île-Tudy. Les descendants de pêcheurs, eux, n'avaient souvent plus les moyens de payer les droits de succession leur permettant de racheter la petite maison basse de leurs parents. Alors les nantis avaient pris possession des lieux, n'ouvrant leurs grandes bâtisses insolentes que deux mois par an. Heureusement, la politique d'encouragement avait porté ses fruits : les jeunes de l'île décidaient de revenir s'installer sur la terre de leurs ancêtres. On n'avait pas honte de préférer son bout de sable balayé par les vents aux horizons lointains. On revendiquait l'appartenance à une terre rude mais authentique. Contrairement à trop de villages où l'on assistait à la fermeture de classes, l'école de l'Île-Tudy accueillait encore des élèves. La vie avait repris.

Les vacances de Noël étant commencées, quelques résidences secondaires étaient éclairées çà et là. De timides guirlandes jaunes et rouges tentaient de donner un air de fête à la rue nouvellement pavée menant à la pointe. Mais les devantures des rares boutiques du bout de l'île, toutes fermées après la saison, n'incitaient pas à l'allégresse. En outre, la chape humide qui s'était abattue sur le port depuis deux jours n'était pas faite pour égayer les esprits. La brume était tellement compacte au bout de la jetée qu'on ne distinguait même pas les voiliers et vedettes amarrés dans le port. Naturellement, la mairie était fermée à cette heure tardive. Ils durent donc pousser jusqu'à l'Hôtel du Port, seul endroit où l'on pût encore trouver du monde. L'hôtel-restaurant offrait une vue imprenable sur la cale et le port où dansaient petits caboteurs et fiers voiliers. Au plus fort de l'été, lorsque le temps était clément, on devait réserver longtemps à l'avance une table devant la fenêtre, afin d'être aux premières loges pour voir le soleil disparaître à l'horizon. À cet instant, obéissant à quelque invisible chef d'orchestre, tous les dîneurs suspendaient leur conversation. Les visages se tournaient vers les baies vitrées, dans un chuchotement, on indiquait aux enfants le spectacle qui allait se jouer sous leurs yeux. Alors, dans le silence soudain recueilli, on assistait au glissement de l'astre embrasé dans l'onde argentée, lente descente avant l'incendie final…

Mais il faudrait patienter quelques mois encore avant de goûter ce spectacle. Pour l'heure, le restaurant était vide.

Dans le café dont la décoration était restée quasiment inchangée depuis sa création, quelques petits vieux à casquette buvaient leur verre de blanc sec. Évidemment, on parlait du temps - « à pas mettre un chien dehors, malheureux ! » - et du coefficient de la prochaine marée. On racontait la dernière soirée loto et on commentait le cours de la « demoiselle », autrement dit le prix de la langoustine à la criée de Loctudy.

Tout cela, bien entendu, en regardant à la dérobée ces deux étrangers bien mis qui parlaient à voix basse à la propriétaire des lieux.

Renseignés par la patronne, les deux policiers rebroussèrent chemin sous l'œil curieux des « gars de l'île ». Ils sortirent du village pour s'arrêter dans le lotissement à l'entrée du bourg, où était domicilié le maire. Fort choqué par la terrible nouvelle, celui-ci s'empressa de prévenir la famille de la victime, Élodie Le Gall

*

Il était presque vingt et une heures lorsque Colombe rejoignit son studio situé Place au Beurre au cœur de Quimper. Seules les crêperies nichées dans les maisons à pans de bois donnaient une impression de vie à la charmante place désertée par les promeneurs après la fermeture des magasins. Lorsqu'elle tourna la clef dans la porte, une odeur réconfortante lui flatta les narines - celle d'une blanquette de veau longuement mijotée.

— Comme tu étais injoignable, j'en ai conclu que tu avais été rappelée…

Pieds nus sur la moquette aux teintes passées, Étienne la regardait entrer avec son sourire désarmant. Aucun reproche dans sa voix sourde, juste une interrogation, une attente. La culpabilité s'abattit aussitôt sur la jeune policière : elle avait encore oublié de tenir son compagnon informé de ses allées et venues. Quand allait-elle enfin comprendre qu'elle partageait la vie de quelqu'un ? Quand apprendrait-elle à prendre l'autre en compte ? Ses désirs, ses doutes, ses attentes ? Et lui, combien de temps encore supporterait-il sa négligence ? Accablée, Colombe regardait le jeune homme en tee-shirt blanc et jeans délavé qui la contemplait patiemment. Elle murmura un mot d'excuse et alla se blottir contre lui. Sans rancune, Étienne lui rendit son étreinte.

Encore sous le coup de la vision sordide de la jeune fille sacrifiée, le lieutenant ne se sentait pas prête à discuter, encore moins à honorer le petit plat concocté par son ami. Sans un mot, elle se traîna jusqu'à la petite salle de bains installée sous la mansarde. Elle fit couler un bain dans lequel elle versa une dose conséquente de liquide moussant à la sève de pin. Elle se déshabilla à gestes lents en laissant tomber ses vêtements sur le linoléum. Puis, elle se glissa dans l'écume parfumée et laissa l'onde bienfaisante dénouer ses muscles tendus.

Étienne vint se poser sur le bord de la baignoire et s'enquit doucement :

— Alors, qu'est ce qui se passe ?

— Une mort suspecte sur la plage de l'Île-Tudy, dans le blockhaus. Une jeune femme de Pont-L'Abbé.

— Un crime ?

— Probablement…

Colombe interrompit la conversation en plongeant sous l'eau. Elle resta quelques secondes en apnée avant de ressortir la tête. Étienne s'était éclipsé. Elle attrapa le gant de crin, s'étrilla et termina par une douche fraîche. Puis elle s'enduisit d'huile à la fleur de tiaré, bouffée de soleil et de sable chaud, avant de se glisser dans un épais peignoir de coton rose. Laissant un sillage vanillé, elle rejoignit Étienne qui venait de lui servir un verre d'Entre-Deux-Mers. Elle s'assit, savoura son verre de Bordeaux et enfin, s'informa de la journée de son ami.

*

Mercredi 18 décembre.

Le lendemain, dès sept heures, elle descendait la rue du Sallé, ainsi nommée car jadis elle abritait les marchands de viande saumurée et de charcuteries. Les rideaux de fer des commerces étaient tirés mais certains livreurs matinaux étaient déjà à pied d'œuvre. Fernand, le SDF qui venait régulièrement s'installer au pied de son immeuble, était déjà là. Colombe ne cacha pas sa surprise :

— Mais Fernand, qu'est ce que vous faites là ? Il gèle à pierre fendre ce matin.

— Je le sais bien, acquiesça mollement le bonhomme, mais cette nuit, ils ont fermé l'accès de la gare…

— Vous auriez dû sonner…

— J'voulais pas vous déranger, ma colombe !

— Ce soir, je laisserai la porte du bas ouverte…

— Merci, bel oiseau, ça m'arrangerait…

— Bonne journée, Fernand !

— Eh, la mésange, vous êtes drôlement matinale, dites-moi !

— Eh oui, une affaire… répondit vaguement Colombe.

— Bon courage, alors, mon perdreau.

— Merci Fernand.

Elle s'arrêta rue Saint-François, à la seule boutique où elle put acheter un petit-déjeuner. Cette chaîne de restauration rapide avait le mérite d'ouvrir à l'aube et de vendre des boissons chaudes à emporter. Elle acheta une brioche et un café noir qu'elle avalerait en allant au commissariat. Elle eut une pensée amusée pour Étienne qui ne supportait pas de la voir s'alimenter de façon anarchique. Combien de fois lui avait-il répété que ces viennoiseries n'avaient rien d'artisanal et que les effluves alléchants émanant de ces boulangeries dernière génération étaient en réalité des parfums de synthèse diffusés par de puissants vaporisateurs. Elle songea tristement à Fernand qui avait à nouveau passé la nuit dehors. Alors, comme souvent, elle passa un coup de fil à son compagnon qui émergeait doucement du sommeil et lui demanda de penser à descendre une brioche et un verre de lait chaud à Fernand avant de partir au travail. Bon bougre, Étienne accepta.

En quelques minutes, elle avait atteint le commissariat situé sur les bords de l'*Odet.* Presque tous les effectifs étaient déjà au travail. Aussitôt, Colombe rejoignit le commandant Perrot qu'une mauvaise quinte de toux secouait. Il avala la dernière gorgée de son thé orange-cannelle. Le jeune lieutenant attendit patiemment que son supérieur ait retrouvé son souffle avant de demander :

— Bonjour, Jean-Louis, vous avez du nouveau au sujet de la mort suspecte du Treustel ?

— Ah, bonjour Colombe. Non, je n'ai rien de neuf. En revanche, j'ai appris que le procureur avait dessaisi les gendarmes au profit du commissariat de Quimper. Mes glorieux états de service ont parlé en ma faveur ! acheva-t-il dans un rengorgement ironique.

— Félicitations, se moqua Colombe. Vous allez passer un bon Noël !

— Fichez-vous de moi, mais vous n'allez pas rire longtemps car figurez-vous que je compte sur vous pour me seconder !

— C'est trop d'honneur que vous me faites, Monseigneur, repartit Colombe avec une insolence bon enfant.

En réalité, elle appréciait qu'en dépit de son jeune âge, le commandant lui accordât une confiance qu'elle se refusait trop souvent à elle-même.

— Vous avez réussi à joindre les parents ? demanda-t-elle sur un ton redevenu sérieux.

— Oui, ils sont prévenus. La mère est venue reconnaître le corps à l'hôpital dès hier soir. Elle a bien identifié sa fille, Élodie Le Gall. J'ai annoncé notre venue chez eux pour huit heures ce matin. Vous pouvez vous en charger ?

— D'accord, accepta le lieutenant, en dépit d'une certaine appréhension à rencontrer des personnes à qui le destin venait d'arracher la chair de leur chair. Je vais demander à Suzanne Le Mer de m'accompagner.

*

Dans la voiture de service qui les menait à Pont-L'Abbé, Le Mer discutait à bâtons rompus, afin sans doute, de contrer l'angoisse qu'elle sentait sourdre en elle. Colombe écoutait d'une oreille discrète sa collègue lui raconter par le détail ses travaux manuels. En effet, l'extravagante policière aux cheveux roux ébouriffés avait des loisirs bien sages. Elle consacrait son temps libre presque exclusivement aux arts créatifs - confection de bijoux, bibelots et autres sacs à main. Le reste du temps, elle essayait de trouver l'homme idéal… Cependant, vu le nombre de ses expériences malheureuses, il apparaissait clairement qu'elle excellait davantage dans la fabrication de bijoux fantaisie que dans le harponnage du prince charmant ! Elle avait un penchant marqué pour les hommes noirs de haute stature, aussi ses collègues ne manquaient-ils pas une occasion de titiller la jeune femme sur ses goûts inexpliqués. Ils avaient, en effet, peine à imaginer cette petite femme au bras d'un géant à la peau d'ébène. Les clichés ont la vie dure…

— Et tu vois, les boucles d'oreilles seront parfaitement assorties au collier, pérorait la jeune policière en agitant un bras où tintinnabulait une multitude de bracelets métalliques colorés.

— Ah oui… répondait vaguement Colombe qui

se concentrait sur sa route et se préparait à la pénible rencontre.

— C'est important, les accessoires, ça donne de la personnalité à celle qui les porte…

Le mutisme de la conductrice ne sembla pas dérouter la passagère qui poursuivit, imperturbable :

— Tu sais, tu devrais mettre plus de couleurs, Colombe, tu es trop terne. Tu es jolie, mais on ne te remarque pas vraiment.

Colombe haussa les épaules avec indifférence. Elle était certainement une jolie jeune femme mais elle était tout à fait hermétique aux diktats de la mode. Elle traînait le même kabig estampillé Le Minor depuis dix ans et ne portait que des jeans près du corps, un chemisier blanc et un cardigan bleu pâle ou beige. De taille moyenne, elle était menue avec les jointures fines. Elle portait depuis toujours ses cheveux châtains à hauteur des épaules avec une frange bien droite. Sa seule concession à la coquetterie résidait dans sa collection de créoles qu'elle portait en permanence. Pour le reste, elle se contentait d'un fond de teint discret qui unifiait une peau sans défaut et une touche de mascara noir. Sa grande bouche eût paru vulgaire si elle l'eût maquillée.

Suzanne Le Mer interrompit son monologue à l'entrée de Pont-L'Abbé. La cité de caractère était richement décorée. À l'approche de Noël, les façades bourgeoises rivalisaient d'élégance. Colombe s'étonnait toujours qu'une si petite ville pût receler des boutiques aussi raffinées. Elle venait régulièrement renouveler ses basiques et acheter des petits cadeaux de décoration dans la capitale du Pays Bigouden. Elles enfilèrent la rue du Château et quittèrent le centre-ville. La famille de la victime demeurait dans un lotissement datant des années soixante, à mi-chemin entre Pont-L'Abbé et Lesconil. Colombe arrêta le véhicule à l'adresse qu'elle avait relevée dans l'agenda d'Élodie Le Gall. La maison de style néobreton était de taille moyenne. Le jardinet était ceint de l'inévitable mur de pierre coiffé d'ardoises. Un Père Noël - made in pays où les enfants travaillent dès l'âge de six ans - escaladait la rambarde en fer forgé délimitant la terrasse de l'étage. Des casiers de pêche traînaient sur l'herbe rare. Une lumière brillait à l'étage. La porte d'entrée en bois foncé se terminait par une partie vitrée en pavés de verre marron clair. Les deux officiers sonnèrent pour s'annoncer. Une femme entre deux âges vint leur ouvrir. Elle était vêtue d'une veste polaire grise et d'un pantalon informe de même couleur. Ses cheveux châtains retombaient de chaque côté d'un visage que le chagrin ravageait. Elle avait les yeux cernés et le nez rougi. D'une voix étranglée, elle les salua. Colombe prit la parole :

— Bonjour Madame, permettez-nous de vous présenter nos condoléances, dit-elle à la mère qui hocha la tête silencieusement. Voici le lieutenant Le Mer et je suis le lieutenant Faure. Pouvons-nous entrer, s'il vous plaît ?

Madame Le Gall s'effaça et les précéda dans le hall carrelé de damiers noirs et blancs. Immédiatement sur leur gauche, une porte close laissait échapper les notes d'une musique syncopée. Dans leur for intérieur, les visiteuses s'étonnèrent de ce bruit inattendu dans une maison nouvellement frappée par le deuil. La femme, elle, ne semblait pas s'en émouvoir. Elle les dirigea vers l'escalier et les mena dans le séjour que la lumière d'hiver éclairait difficilement. Une salle à manger rustique occupait la partie gauche. Devant la porte-fenêtre ouvrant sur la rue, le sapin en plastique croulant sous ses décorations était éteint. Tout symbole de fête et de réjouissances paraissait déplacé dans ces circonstances tragiques. Une porte vitrée à doubles vantaux faisait la jonction avec le coin salon. Un large écran plasma flambant neuf trônait dans un angle. Sur les murs, des reproductions de peintures impressionnistes voisinaient avec des photographies d'école des deux sœurs. Des documents encadrés attirèrent l'attention de Colombe. Elle s'en approcha et vit qu'il s'agissait de diplômes variés obtenus par la victime: BEP coiffure, attestation de permis de conduire ainsi que place de dauphine au concours Miss Pont-L'Abbé 2003. Assurément, feue Élodie Le Gall faisait la fierté de ses parents… Une lourde table basse à pieds sculptés était placée au centre sur un épais tapis de laine écru. En son milieu, un vide-poches accueillait trois télécommandes. De part et d'autre se trouvaient deux canapés dont la tapisserie à motifs champêtres bruns avait passé. C'est là que les deux policières aperçurent le père prostré, le regard égaré. Il ne réagit même pas à l'approche des trois femmes.

— Marcel, murmura la mère en tapotant l'épaule de son mari, ces dames sont là pour l'enquête…

Il leva un regard sans vie et serra convulsivement ses mains crevassées. Puis, il baissa à nouveau les yeux sur ses larges pognes - attributs dérisoires qui n'avaient pu protéger sa fille. Madame Le Gall se tourna vers les enquêtrices et expliqua d'une voix où perçait le découragement:

— Mon mari est marin pêcheur. Il était en mer depuis trois semaines et il n'est rentré que ce matin à cinq heures. C'est seulement à ce moment-là que j'ai pu lui dire pour… Élodie, acheva-t-elle dans un sanglot étouffé.

Elle se racla la gorge et se força à se ressaisir. Visiblement, c'était une femme de tête, une de ces femmes de marins habituées à tout gérer. Une de ces femmes qui s'attendent toujours au pire, qui appréhendent le jour où le chalutier de leur mari essuiera la tempête fatale, qui maudissent celui où l'océan leur a pris leur père.

Les policières s'installèrent en face du mari. Madame Le Gall s'assit près de lui et posa une main sur sa cuisse. Colombe rompit le douloureux silence :

— Madame Le Gall, vous avez identifié le corps de votre fille hier soir - la mère acquiesça d'un battement de cils. Le corps ne présentait pas de violence visible, mais il est certain qu'il ne s'agit pas d'une mort naturelle…

Le couple frémit, la femme accentua la pression de ses doigts.

— En effet, poursuivit Colombe en mesurant ses paroles, la position du corps laisse à penser que quelqu'un était avec elle… Savez-vous qui l'accompagnait ?

Madame Le Gall eut une moue de dénégation. Son mari faisait mine de ne pas avoir entendu la question. Colombe la répéta lentement. Il leva ses yeux rougis et murmura un « non » quasiment inaudible. Le lieutenant poursuivit :

— Votre fille vivait-elle sous votre toit ?

— Oui, répliqua la mère sourdement, elle ne gagnait pas encore assez pour avoir son appartement…

— Avait-elle reçu des menaces récemment ? Se sentait-elle en danger ?

— Non, fit elle en secouant la tête, Élodie n'avait que des amis…

— Un petit ami, peut-être ? interrogea Suzanne Le Mer.

— Ça allait, ça venait, répondit évasivement leur hôtesse, les jeunes, quoi…

— Avait-elle rendez-vous hier soir ?

— Je n'en sais rien… elle ne nous disait pas grand-chose, vous savez… elle nous avait demandé de lui « lâcher la bride », comme elle disait. « Je suis salariée », qu'elle faisait, « je gagne ma vie, moi, je suis indépendante… »

Sa voix s'étrangla tandis que madame Le Gall rejouait une partition sans doute trop souvent entendue.

— Indépendante, rebondit Colombe, sauf qu'elle vivait encore chez vous !

La mère approuva dans un reniflement.

— Vous aviez donc des différends…

Visiblement, madame Le Gall ne comprenait pas ce qu'insinuait le lieutenant. Cette dernière reformula sa question :

— Ça vous arrivait de vous disputer avec Élodie ?

— Disons que, souffla la femme, son père et moi on lui disait que c'était bien beau qu'elle ait un boulot mais que ce n'était pas l'hôtel ici…

— Avait-elle pour habitude de ne pas rentrer le soir ?

— Non, pas vraiment. Mais on s'était mis d'accord pour ne plus l'attendre pour les repas. Si elle rentrait plus tard, elle se débrouillait…

La mère quêta l'approbation de son mari mais celui-ci demeurait plongé dans ses pensées ou plus vraisemblablement, dans l'absence totale de pensées. Dans quelle mesure ne cherchait-il pas l'oubli dans le vide d'un cerveau mis au ralenti ? Le marin pêcheur était étrangement lointain, indifférent à ce qui se passait. Colombe le héla doucement :

— Monsieur Le Gall, les demandes d'émancipation d'Élodie vous contrariaient-elles ?

Le fantôme releva un visage ravagé sur lequel les larmes avaient creusé un sillon qui ne s'effacerait plus jamais. Il fixait les deux policières sans comprendre. Colombe répéta sa question. À nouveau, un silence d'incompréhension accueillit ses paroles. C'est son épouse qui lui vint en aide à mots choisis :

— Marcel n'aimait pas trop les manières de faire d'Élodie, il trouvait que, comme elle vivait toujours à la maison, elle devait encore nous rendre des comptes…

Colombe s'adressa à nouveau à la loque humaine qui continuait à fixer ses mains rongées par le sel :

— Monsieur Le Gall, d'après votre épouse, Élodie ne rentrait pas systématiquement pour dîner. Saviez-vous où elle allait après la fermeture du salon ?

La main de sa femme serra sa cuisse en un signe d'encouragement, langage muet de ceux à qui les mots font peur. Sans quitter ses mains des yeux, il souffla de sa voix que le tabac enrouait :

— Je ne suis pas souvent là, mais quand je

débarquais, Élodie était toujours à la maison pour m'accueillir.

— Et les jours suivants?

— Elle reprenait ses habitudes... termina madame Le Gall à sa place.

— Monsieur Le Gall, insista Colombe de sa voix douce mais ferme, Élodie avait-elle des problèmes ces temps derniers?

Cette fois encore, l'homme se réfugia dans le silence. Colombe répéta sa question. Madame Le Gall accentua la pression sur le genou de son mari. Il déglutit et prononça d'une voix sourde:

— On n'aimait pas toujours les gars qu'elle fréquentait...

— Vous pouvez préciser? intervint Suzanne Le Mer qui jusqu'alors était restée en retrait.

Madame Le Gall vola au secours de son mari:

— En fait, on ne connaissait même pas les noms de ses petits amis. Élo ne parlait pas de ces choses-là avec nous... Simplement, on n'aimait pas le genre des gars qui venaient la chercher...

À cet instant, on entendit une porte claquer au rez-de-chaussée. Les deux officiers sursautèrent. Les époux Le Gall, eux, n'avaient pas réagi, probablement habitués qu'ils étaient aux manifestations bruyantes de leur cadette.

— Votre fille? interrogea Colombe.

— Oui, murmura la mère, c'est Sarah.

— Pourrait-on lui dire deux mots?

— Je ne sais pas, répliqua madame Le Gall en hochant la tête, elle est très choquée...

— Allez la chercher, s'il vous plaît, ordonna Colombe en dépit des réticences de son interlocutrice.

Madame Le Gall se hissa hors du canapé comme si son corps eût pesé une tonne. Elle alla d'un pas traînant chercher sa fille. On entendit une voix brusque qui protestait et celle, pressante, de madame Le Gall. Cinq longues minutes s'écoulèrent avant que mère et fille les rejoignent au salon. Sarah affichait un visage buté. Traversée houleuse du chenal de l'adolescence. La gamine alla s'asseoir sur un petit pouf de cuir coordonné aux autres meubles. Malgré son expression fermée, la jeune fille était assez jolie. Ses cheveux châtains mi-longs étaient ramassés en queue-de-cheval. Deux fines mèches plus courtes encadraient savamment son visage aux joues rebondies. Cette coquetterie la contraignait à repousser sans arrêt l'une ou l'autre des mèches qui se plaçait devant ses yeux noisette bordés d'un épais trait de crayon noir. Sans doute ce geste étudié permettait-il à la jeune fille de se donner une contenance en toutes circonstances. Légèrement ronde, elle portait un pantalon noir trop ajusté aux reflets satinés, un pull-over à col roulé blanc et des chaussures noires à talons compensés. Colombe ouvrit le dialogue :

— Merci Sarah d'avoir accepté de nous rencontrer. Nous savons que c'est pénible pour toi de devoir nous parler mais c'est pour nous aider à retrouver le meurtrier de ta sœur…

L'adolescente ne cilla pas. Elle était de marbre. Si elle avait pleuré depuis la nouvelle du décès, son visage n'en portait pas la marque.

— Sais-tu si Élodie avait rendez-vous avant-hier soir ?

La jeune fille fit non de la tête sans lever les yeux du tapis.

— Tu étais proche de ta sœur ? Elle se confiait à toi ?

À nouveau, la gamine eut un hochement de dénégation.

— Tu es en quelle classe, Sarah ? reprit Colombe.

— En première année de Bac pro Sanitaire et Social.

— Ça te plaît ?

— Ça va…

— Tu ne sais pas si ta sœur avait quelqu'un dans sa vie en ce moment ?

Elle haussa les épaules et se renfrogna. À première vue, on n'en tirerait pas grand-chose de plus pour le moment. Colombe se tourna vers la mère et s'enquit :

— Où travaillait Élodie ?

— Chez *Évolutif* près du *Triskell*.

— Le *Triskell* ? répéta Colombe en écho.

— Oui, le centre culturel.

— Ah oui, je vois, fit le lieutenant, le bâtiment qui donne sur la rivière, c'est bien ça ?

La mère opina. Colombe décida de mettre un terme à cette pénible visite et se leva. Elle fit signe à sa collègue de l'imiter et prit congé de sa voix douce et compréhensive :

— Madame Le Gall, Monsieur, Sarah, nous allons vous laisser. Je dois vous préciser que le corps d'Élodie ne pourra vous être rendu qu'après l'autopsie - à ces mots, la mère étouffa un gémissement de bête blessée. En attendant, si vous avez une information à nous communiquer, appelez-nous sans hésiter. Ne bougez pas, nous connaissons le chemin. Bon courage !

*

Suzanne Le Mer remonta le col de sa longue doudoune orange pour mieux se protéger contre un vent d'ouest qui s'était renforcé. Sitôt dans la voiture, elle abaissa le pare-soleil pour vérifier son apparence dans le miroir. Elle s'ébouriffa les cheveux d'une main experte et effaça la trace de mascara qui avait coulé de ses yeux malmenés par la bise. À côté, Colombe la regardait faire, étonnée qu'on pût à ce point s'aimer. Ou… douter de soi. La rouquine se tourna vers la conductrice et commenta :

— Sacrée bonne femme, la mère Le Gall, hein ?

— Tu peux le dire, oui, c'est elle qui porte la culotte, on dirait. Lui semble anéanti…

— Il aimait peut-être trop sa fille… avança Suzanne Le Mer en se repassant un coup de rouge à lèvres.

— N'extrapole pas trop vite, la refréna Colombe, c'est un père brisé, c'est tout…

— À voir… conclut sa flamboyante voisine.

— Bon, je propose qu'on pousse jusqu'au salon où travaillait Élodie…

— Va pour *Évolutif* !

Elles reprirent la direction du centre de Pont-L'Abbé qui, à présent, fourmillait de promeneurs. Tino Rossi poussait sa ritournelle inusable dans la rue de la République. Devant une boutique pour enfants chics, un énorme ours en peluche soufflait des bulles de savon pour le plaisir des marmots aux joues rougies et aux yeux brillants. « Décidément Noël est vraiment une fête pour les petits. Les autres devraient en être dispensés… » songea Colombe. Mais elle chassa cette pensée pleine d'amertume et se concentra sur l'affaire qui les intéressait. Le salon de coiffure qui employait la victime était implanté peu avant le pont enjambant la rivière. L'établissement avait un côté un peu désuet avec ses têtes de mannequins aux perruques permanentées qui vous souriaient dans la vitrine. La décoration de Noël était des plus classiques, légèrement déprimante avec ses guirlandes dorées et boules en métal coloré. Sur les vitres, la buée empêchait d'entrevoir l'intérieur. Les deux femmes poussèrent la porte, faisant tinter le carillon. Une moiteur tiède les enveloppa. Le parfum des produits capillaires le disputait à l'odeur chaude du sèche-cheveux. Un homme d'une quarantaine d'années discutait avec une dame âgée à qui il faisait une couleur. Une employée lavait les cheveux d'une cliente plus jeune à la longue chevelure. Sur un petit canapé en skaï, une autre dame attendait patiemment en feuilletant la presse des potins mondains. Le patron s'approcha en souriant. Trapu, tout habillé de noir, il avait le teint cireux de ceux qui ne voient que trop rarement la lumière du jour.

— Mesdames, c'est pour un rendez-vous ?

— Non, Monsieur, Police, fit Colombe à voix basse en tendant discrètement sa carte. On pourrait se mettre à l'écart, s'il vous plaît ?

— Ou... oui, suivez-moi, répondit l'homme, intrigué. Madame Belin, lança-t-il à sa cliente, je reviens tout de suite !

Il les précéda dans la minuscule arrière-boutique qui tenait lieu à la fois de remise et de salle de repos. L'espace réduit avait été optimisé. Une étagère croulant sous les livres de comptabilité et flacons divers courait à hauteur d'yeux le long du mur. En dessous, sur une petite table, étaient posés une cafetière pleine allumée et un petit four à micro-ondes. À côté, sur une étroite étagère en pin, s'entassaient des serviettes et des peignoirs propres soigneusement pliés. Deux chaises de plastique étaient adossées au mur. Le patron les leur indiqua, mais elles déclinèrent l'invitation. Colombe exposa le motif de leur visite :

— Vous êtes sans doute déjà au courant du décès de votre employée, Élodie Le Gall…

L'homme porta la main à la bouche et pâlit. Il s'agrippa au comptoir et demanda d'une voix blanche :

— Non ! je pensais qu'elle avait juste un peu de retard ce matin… Qu'est-ce qui lui est arrivé ?

— Elle a été victime d'un homicide.

— Quoi ?

Le patron, s'il feignait la surprise, jouait fort bien la comédie. Colombe poursuivit :

— Est-elle venue travailler hier ?

— Oui, elle a débauché à dix-neuf heures. Le temps de passer un coup de balai et elle a quitté un quart d'heure après.

— Seule ?

— Ma foi, oui.

— Comment vient-elle travailler ?

— En voiture, une petite Saxo…

— Où se gare-t-elle ?

— Sur le grand parking, là, devant…

— Personne n'est venu la chercher au salon ? insista Le Mer qui regardait avec envie les flacons de teinture disposés sur l'étagère en s'ébouriffant inconsciemment la tignasse.

Sur un ton catégorique, il répondit :

— Ah ça, non, j'en suis sûr ! Maintenant, si quelqu'un l'attendait sur le parking, ça, j'en sais rien…

— Une Saxo, vous dites ?

— Oui, une vieille occase… bleue…

— Vous ne l'auriez pas aperçue ce matin en arrivant ?

— Ma foi, non.

— Suzanne, fit Colombe à l'adresse de sa collègue, veux-tu aller jeter un œil sur le parking ?

— J'y cours !

Tandis que Le Mer s'éloignait, Colombe poursuivit :

— Vous la sentiez perturbée ces temps derniers ? Vous avait-elle fait part de menaces qu'elle aurait reçues ?

L'homme se passa une main sur les yeux et garda le silence un moment. Puis il se racla la gorge et acquiesça.

— Non, rien de tout ça. Élodie n'avait jamais l'air d'avoir de problèmes… Elle avait toujours le sourire… Les clients l'appréciaient…

— Vous aussi ?

La question perfide parut le désarçonner. Il cilla à plusieurs reprises avant de répondre par l'affirmative :

— Oui, bien sûr. Elle travaillait bien, elle était très consciencieuse…

— Avait-elle de bonnes relations avec ses parents ?

Il haussa une épaule indifférente.

— Je ne connaissais pas sa vie à l'extérieur du salon…

— Ou des camarades qui passaient la voir au travail ?

— Non, je ne vois pas… En fait, elle tutoyait beaucoup de nos clients car elle a toujours vécu ici…

— Avait-elle un petit ami ?

Le patron eut un tic qui lui étira nerveusement la lèvre supérieure. Émotion ? Jalousie ? Qui eût pu le dire ?

Il répondit d'un ton froid :

— Je vous le répète, Élodie ne parlait pas de sa vie privée ici.

Au même instant, Le Mer revenait, les joues rougies par le froid. Avec une excitation qu'elle avait du mal à dissimuler, elle souffla à sa collègue :

— La Saxo est toujours là !

— Elle ne serait donc pas partie avec hier soir ? s'interrogea à haute voix Colombe sans quitter le patron des yeux.

L'homme, visiblement troublé, ouvrit les deux mains en signe d'ignorance. Colombe reprit :

— Bien, Monsieur, nous allons en rester là pour l'instant. Bien entendu, si un élément vous revenait en mémoire ou si une connaissance d'Élodie se présentait au salon, merci de nous appeler à ce numéro. Mais avant de vous laisser, nous voudrions parler à votre employée.

— Jennifer ? Je vous l'appelle.

Rassuré qu'on le laissât en paix, le coiffeur était retourné à sa coloration. L'apprentie avait rejoint les policières dans le cagibi. Elle présentait l'inévitable coiffure effilée et éclaircie dans un dégradé de nuances allant du blond cendré au roux pâle. Ses yeux marron étaient soulignés d'un mascara bleu électrique qui tuait l'éclat de son regard. À l'instar de son patron, elle était intégralement vêtue de noir. Colombe s'était souvent interrogée sur cette tendance quasi unanime dans les salons de coiffure à imposer le noir ou le blanc à tous les employés. La mince jeune fille était moulée dans un pantalon en stretch et un tee-shirt ajusté. Elle était juchée sur des bottes à talons hauts. Intriguée, elle se demandait ce qu'on attendait d'elle. Colombe expliqua :

— Mademoiselle, votre collègue, Élodie Le Gall, est décédée hier…

— Elle a eu un accident ? s'écria la jeune fille.

— Non, Mademoiselle, elle a probablement été assassinée.

— Ass… !

La jeune fille s'empourpra violemment tandis que ses yeux se baignaient de larmes.

Suzanne Le Mer lui tendit un mouchoir en papier qu'elle préleva dans une boîte sur une étagère tandis que Colombe poursuivait :

— Vous étiez proche d'Élodie Le Gall ?

— Ou… non, enfin, on travaillait ensemble depuis un an. Moi, je suis en alternance, précisa-t-elle.

— Vous vous entendiez bien avec elle ? Elle vous parlait de sa vie intime ?

— Un peu. Elle me racontait quelques trucs…

— Quel genre ? intervint Le Mer.

— Élodie aimait bien sortir le soir, elle me racontait ses virées…

— Elle mentionnait des petits amis ?

— Elle faisait des allusions, oui, mais elle ne donnait pas de détails. Disons que je savais quand elle sortait avec quelqu'un…

— Et en ce moment, elle avait quelqu'un ?

— Je ne crois pas. En tout cas, personne de sérieux. En fait, elle sortait toujours avec la même bande.

— Des gens d'où ?

— De Quimper et des alentours.

— Vous ne l'accompagniez jamais ?

— Non, mes parents ne me laissent pas beaucoup sortir le soir. Et puis… je n'aimais pas trop ses fréquentations…

— Vous pouvez préciser ?

— Ils sont un peu spéciaux, piercing et compagnie…

— Et hier soir, elle avait rendez-vous avec quelqu'un de ce groupe ?

— Je ne sais pas. Hier, j'étais en formation à l'école.

— Et avec votre patron, ça se passait bien ?

Automatiquement, la jeune employée jeta un regard furtif en direction du salon avant de répondre d'une voix empruntée :

— Euh, oui…

— Vous en êtes sûre ?

— Ou… oui…

— Votre patron est autoritaire ?

— Oh non ! Monsieur Jules est très calme. Il veut juste qu'on soit efficaces, c'est tout.

— Il s'entendait bien avec Élodie ? insista Le Mer en admirant la chevelure multicolore de leur interlocutrice.

— Oui, murmura la jeune fille.

— Il lui faisait des avances ? osa la policière.

Elle se frotta le nez avec gêne. À voix plus basse, elle répliqua :

— Élodie m'a dit une fois qu'il avait essayé de la draguer…

— Et alors ?

— Elle l'avait repoussé évidemment ! s'offusqua l'apprentie.

— Et avec vous, il fait pareil ?

— Oh non !

— Pourquoi pas ?

Elle fit la moue en signe d'ignorance. Elle avança une tentative d'explication :

— Élodie était jolie, elle rigolait tout le temps, ça plaisait aux mecs…

— Y compris à Monsieur Jules !

Elle garda un silence prudent.

— Y compris à Monsieur Jules ? insista la rouquine.

— J'en sais rien, moi j'ai jamais rien remarqué en tout cas…

— Votre patron est marié ? s'enquit Colombe.

— Oui, il a deux enfants…

— Il vous en parle parfois ?

— Oui, il me raconte des anecdotes sur ses petits… des trucs marrants, leurs bêtises, tout ça…

— Et avec sa femme, ça va ?

— Je pense, oui. Ils viennent de fêter leurs dix ans de mariage !

— Bien, Mademoiselle, conclut Colombe, nous allons vous laisser retourner à votre travail. Si un détail concernant Élodie vous revenait, faites-le-nous savoir.

— D'accord, accepta la jeune fille qui s'empressa de rejoindre son bac.

Les deux collègues se hâtèrent vers le parking où Élodie avait abandonné sa voiture. Cette dernière était propre. L'intérieur était en ordre. On pouvait apercevoir une boîte à motifs floraux de mouchoirs en papier. Un sapin en carton parfumé était suspendu au rétroviseur. Une boîte de chewing-gums sans sucre était rangée dans la poche de la portière conducteur. Dans l'autre portière se trouvaient deux boîtiers de CD. Colombe enfila des gants en latex avant d'essayer d'ouvrir le véhicule. Mais les portières ainsi que le coffre étaient verrouillés. La carrosserie ne portait pas de traces de chocs. Le bas de caisse était plutôt propre. Un premier examen rapide ne leur fournit aucune information, à part le fait qu'Élodie Le Gall semblait ordonnée et soigneuse. À charge maintenant pour les services techniques de l'identité judiciaire d'examiner le véhicule de fond en comble. Colombe, d'une main que la bise rendait malhabile, composa le numéro du commissariat et demanda qu'on vînt évacuer la voiture de feue Élodie Le Gall. La rivière disparaissait sous une brume opaque. Les chants grégoriens diffusés par les haut-parleurs aux quatre coins du centre-ville se faisaient entendre jusque-là, poussés par le vent fort. Midi venait de sonner à la cloche de l'église. Les deux policières décidèrent de déjeuner rapidement à la pizzeria *La Malva* où Colombe avait ses habitudes lorsqu'elle passait ses vacances à l'Île-Tudy. Elles étaient les premières clientes et furent accueillies par le patron, un sympathique Italien qui ne se départissait jamais de son sourire, même en cas d'affluence. Elles s'installèrent près de la cheminée qui ronflait. La teinte parme des murs invitait à la détente. Colombe commanda la pizza « Seducente » tandis que sa collègue se contraignit à choisir le diététique steak grillé-salade verte. À peine Colombe avait-elle pris place que son portable vibra dans la poche de son duffle-coat. Elle sortit prendre discrètement la communication. C'était Perrot qui venait aux nouvelles :

— Vous en êtes où, Colombe ?

— Nous avons interrogé les parents et la sœur de la victime, répondit le lieutenant en frissonnant dans le vent. Nous avons aussi rencontré son patron, monsieur Jules et sa collègue Jennifer.

— Et ça a donné quoi ?

— Élodie était une jeune fille très sociable qui sortait beaucoup. Les relations avec ses parents étaient parfois tendues. Quant à sa sœur, elle a dix-sept ans et communique difficilement.

— Et le patron ?

— Selon la jeune employée du salon, il aurait eu des vues sur Élodie et elle l'aurait rembarré.

— Autre chose ?

— On a retrouvé la voiture d'Élodie sur le parking en face du salon où elle travaillait. J'ai prévenu l'IJ.

— Parfait. De mon côté, j'ai eu Lenôtre au téléphone. Il pense être en mesure de nous donner les premiers résultats d'autopsie dans l'après-midi.

— OK. On déjeune vite fait et on arrive…

— Je vous attends. Et… dites à mademoiselle Le Mer de ne pas trop faire d'excès !

— Comptez sur moi, je transmets !

II

Le silence était pesant, entrecoupé seulement par le cliquetis cruel des instruments qu'on laissait retomber dans les bacs. Pour qui n'était pas familier des lieux, l'atmosphère saturée d'émanations de désinfectant piquait les yeux et le nez. La fraîcheur qu'accentuait encore le carrelage blanc courant sur les murs, faisait frissonner. À moins que la cause de ce frémissement ne soit à chercher ailleurs : dans l'appréhension irrationnelle et viscérale de la mort.

La tête coiffée d'un bonnet chirurgical et le corps vêtu d'une longue blouse blanche, Régis Lenôtre était penché au-dessus de la table d'examen. Autour de lui, les chariots métalliques surchargés de matériel de dissection rutilaient. Le linoléum brillant était impeccable - miroir improbable d'une issue non fatale. Les lèvres du légiste s'activaient comme s'il se fût entretenu avec un interlocuteur ordinaire. Vision étrange, presque dérangeante. Plongé dans ses pensées, le médecin n'avait pas entendu l'officier entrer. Il parlait à la victime ou peut-être à lui-même, en un désir inconscient d'amener un peu d'humanité et de normalité dans un laboratoire peuplé de fantômes. Pourtant, en s'approchant davantage, le policier s'aperçut que le ton du monologue était rythmé, mélodieux : en réalité, le légiste murmurait un poème. Aussi surprenant que cela puisse paraître, l'âme romantique du légiste s'accommodait du spectacle de la mort et y trouvait même une source d'inspiration.

« Laisse-moi respirer longtemps, longtemps,
L'odeur de tes cheveux,
Y plonger tout mon visage, comme un homme
Altéré dans l'eau d'une source,
Et les agiter avec ma main comme un mouchoir odorant,
Pour secouer des souvenirs dans l'air. »

— *Un hémisphère dans une chevelure,* identifia Lenôtre en se retournant. J'ai toujours aimé la sensualité de Baudelaire…

Perrot, désarçonné, comme pris en faute, se contenta d'opiner du chef.

— Vous ne m'avez pas entendu entrer, désolé…

— Détrompez-vous, j'avais senti votre présence, mais par politesse, fit-il en désignant le corps inerte sur la table de dissection, je me devais de terminer mon poème…

— Bien sûr, acquiesça un Perrot interloqué.

Il se contraignit à regarder la dépouille de la jeune victime. Élodie Le Gall avait sans conteste été une jolie fille. Grande, élancée, elle avait les cheveux blond cendré, longs et dégradés et les yeux bleus.

Sa carnation devait être pâle. La cuisse était fuselée et le sein menu. Ses jambes étaient glabres et son pubis épilé de près. Son corps ne portait pas trace de griffures ni de contusions. La peau était unie, sans marques. Perrot s'était armé d'un bloc-notes et d'un stylo. Il fit le tour du corps très lentement, tentant de déceler quelque indice. Mais son examen ne lui apprit rien. Il laissa alors faire le spécialiste. Méthodiquement, Lenôtre coupa les ongles des mains et des pieds de la victime et les racla. Puis il tailla une mèche de ses cheveux. Enfin, il fit des prélèvements successifs au niveau des diverses muqueuses de la jeune fille. Ce n'est qu'à ce moment que le légiste donna quelques indications :

— On a des mouches adultes qui ont commencé à coloniser le corps mais aucune larve de coléoptère, ce qui corrobore l'hypothèse d'une mort récente. Je remarque par ailleurs que les cheveux sont légèrement clairsemés par endroits. C'est assez étonnant. Ça m'intéresserait que vous appeliez les parents, Perrot, et que vous leur demandiez si leur fille avait eu des soucis de santé récemment.

— Très bien, accepta le commandant en sortant son téléphone cellulaire.

Madame Le Gall étant à son domicile, il s'entretint brièvement avec elle.

Ne semblant plus devoir s'étonner de rien, elle lui fournit les renseignements demandés sans poser de questions.

Perrot raccrocha et rapporta sa conversation :

— Élodie perdait effectivement ses cheveux depuis quelque temps. Elle pensait que c'était dû à la fatigue et au stress. Par ailleurs, elle traînait une grippe tenace depuis trois semaines. Elle avait à contrecœur consulté un médecin qui avait prescrit des remontants.

— Hum, hum, acquiesça Lenôtre en fronçant les sourcils. Je vais procéder à un examen toxicologique du bol gastrique. Il y a fort à parier qu'elle ait succombé à une intoxication.

— Quel genre ?

— Difficile à dire pour l'instant. Je vous le préciserai avant ce soir. Je vais me faire aider de mes techniciens. Nous allons comparer les prélèvements effectués dans l'estomac avec les restes que l'on trouvera dans les canettes trouvées près du cadavre. Ce que je peux d'ores et déjà vous dire, c'est qu'elle n'a pas été violentée ni violée. Par ailleurs, elle devait être sous l'emprise de drogues. Ses pupilles sont fortement dilatées. Y avait-il des traces de stupéfiants à proximité du corps ?

— Il n'y avait aucune seringue mais il y avait effectivement des mégots, précisa le commandant.

— Il faudrait analyser ces restes de cigarettes.

— C'est en cours, elles sont au labo.

— Très bien, approuva le légiste. Quant à l'œillet qu'elle avait entre les cuisses, il s'agit d'une fleur naturelle… Une telle matière garde très peu d'empreintes, on ne pourra rien en tirer, j'en ai peur… Sauf à analyser le type de traitement - pesticides ou engrais - qu'elle aurait subi… À voir…

— On va quand même le faire faire, décida Perrot, on ne sait jamais.

— En outre, poursuivait le spécialiste…

— Oui, le pressa le commandant qui avait cru sentir une hésitation dans la voix de Lenôtre.

— ...Ce qui me surprend davantage, c'est ça, regardez !

Il pointa du doigt la racine des cheveux au sommet du crâne d'Élodie Le Gall. Là, apparurent au regard étonné de Perrot, six micro-incisions impeccablement alignées. Lenôtre pointa ensuite l'intérieur des chevilles où apparaissaient en écho les mêmes coupures.

— Ça n'a pas saigné, précisa le médecin car les entailles ont été pratiquées après la mort.

— Qu'est-ce que cela peut signifier ? interrogea le policier à voix haute.

— Ah ça, ça relève de votre compétence ! rétorqua le légiste avec un demi-sourire.

*

Lorsqu'il sortit de la salle aseptisée, le commandant Perrot avait la désagréable sensation que l'examen de la dépouille avait soulevé plus d'interrogations qu'il n'en avait résolues. Il descendit les trois étages à pied et regagna le vaste hall accueillant où brillait un immense sapin chargé de guirlandes multicolores. Là, déambulaient des patients reliés à leurs perfusions sur roulettes et quelques derniers visiteurs. Lorsqu'il sortit du grand édifice tout blanc, une bourrasque glacée l'éveilla de sa torpeur. La nuit était déjà tombée, humide et froide. Hormis le va-et-vient des ambulances, les abords de l'hôpital étaient déserts. Seul mouvement dans ce paysage immobile, les voitures glissant sur l'asphalte mouillé et faisant gicler des gerbes d'eau sur les rares piétons pliés en deux pour résister au vent violent. Le policier récupéra son véhicule et se mêla au flot de voitures qui s'engageait vers les quais. Il lui fallut plus de dix minutes pour arriver au commissariat. À l'approche du réveillon, les rues du centre-ville étaient très fréquentées et ce, malgré une météo défavorable. Les parapluies s'entrechoquaient sur le trottoir tandis que leurs propriétaires, rendus indulgents par les perspectives des fêtes, s'excusaient avec force sourires. Perrot se gara et s'engouffra dans le bâtiment au moment où une nouvelle averse se déclarait. Il monta à son bureau se préparer une tasse de thé et armé de son mug fumant, alla rejoindre Lefèvre et Colombe dans leur bureau au fond du couloir. Lefèvre, étriqué dans son sous-pull à la couleur indéfinissable, achevait son goûter en se léchant les doigts. En face, Colombe tapait son premier rapport d'enquête. À l'arrivée de leur collègue, ils l'interrogèrent du regard. Perrot se laissa tomber dans un fauteuil avant de résumer :

— Lenôtre m'a fait part de ses premières conclusions : Élodie Le Gall aurait succombé à un empoisonnement. La nature du toxique reste à déterminer. Par ailleurs, il a noté que son cuir chevelu était clairsemé par endroits. Il se demande si elle était en bonne santé au moment du décès. Du coup, il m'a demandé d'appeler les parents pour me renseigner. Selon madame Le Gall qui a décroché, Élodie avait consulté récemment…

— Et alors ? l'interrompit Colombe avec impatience.

— Son généraliste avait simplement diagnostiqué un manque de tonus et prescrit un cocktail de vitamines…

— Rien de plus banal en cette période hivernale… commenta Colombe en portant son verre d'eau à sa bouche. Quoi d'autre ?

— Il confirme qu'elle n'a pas subi de violences sexuelles ou autres. Sauf après la mort.

— Quoi ? manqua de s'étouffer Lefèvre. Ce salaud s'est excité sur un cadavre !

— Non, Hubert, ce n'est pas ce que tu crois. Il n'y a pas eu de viol *post mortem*. En fait, le meurtrier s'est contenté de faire du découpage ! lança Perrot avec cynisme.

— Qu'est-ce que tu racontes ?

— Je vous explique. Lenôtre, en examinant la tête d'Élodie Le Gall, a remarqué des micro-incisions à la racine des cheveux. Puis, en poursuivant l'examen sur tout le corps, il a remarqué le même genre de lésions à l'intérieur des chevilles - en face, ses interlocuteurs le regardaient sans comprendre. Regardez, je vais vous faire un croquis…

En deux coups de crayon adroits, Perrot avait représenté les blessures sur une silhouette griffonnée.

— Vous avez dessiné six traits à chaque fois, s'étonna Colombe, parce que le meurtrier a fait trois groupes de six coupures, c'est bien ça ?

— Exact, Colombe.

— Et ça signifie quoi, à ton avis ? interrogea Lefèvre, l'air perplexe.

— Je n'en sais fichtrement rien, répondit Perrot en haussant les épaules.

— Le meurtrier a fait ces coupures parce qu'elles répondent à sa propre logique…

— Qui n'est pas la nôtre, hélas, soupira le capitaine.

— Attendez ! s'exclama Colombe, qui nous dit que ce genre de tortures n'a pas de précédents ? Après tout, peut-être que cette sorte de violence *post mortem* a déjà été identifiée lors d'autres affaires ?

— Vous avez raison, ça vaut peut-être le coup de lancer une recherche dans le fichier national…

— C'est bien beau, mais vous comptez vous y prendre comment ? s'inquiéta Lefèvre.

— Il faut réfléchir aux termes que nous allons entrer dans le moteur de recherches, répliqua Perrot.

Colombe réfléchit quelques secondes avant de proposer :

— On pourrait essayer avec les mots : « mutilations », « coupures », « fétichisme »...

— Si tu tapes « fétichisme », la contredit Lefèvre en secouant la tête, des milliers de gars vont apparaître ! Il faut affiner la recherche.

— C'est vrai, fit Perrot, notre recherche doit être la plus complète possible. On ne doit pas se contenter de repérer les cas de blessures infligées à des cadavres. Il y a d'autres critères à prendre en compte…

— Comme quoi, par exemple ?

— Eh bien, n'oublions pas que le meurtre a eu lieu dans un blockhaus. L'endroit a pu être choisi par hasard, mais peut-être pas…

— Tu penses à un fanatique de la Seconde Guerre mondiale ?

— Quelque chose dans ce goût-là, oui, acquiesça Perrot en terminant son thé. Je suggère qu'on se divise le travail. Lefèvre, tu vas entrer les mots « incisions », « coupures », « entailles ». Tu verras ce que ça donne…

— Très bien.

— Vous, Colombe, cherchez les crimes recensés à connotation guerrière. Essayez les mots « blockhaus », « abri antiatomique », « cave », « souterrain », que sais-je encore…

— Et vous, vous recherchez quoi, précisément ?

— Je vais tenter les termes « plage », « dune », « sable »… Je vais également étendre la recherche au fichier international…

Une heure et demie plus tard, les trois policiers se réunissaient à nouveau afin de regrouper leurs informations. Colombe exposa :

— J'ai retrouvé plusieurs dossiers de criminels obsédés par la guerre…

— C'était prévisible, commenta Perrot. C'est un thème récurrent chez les meurtriers… Vous avez pu affiner la recherche ?

— Oui. En fait, en entrant les termes « Seconde Guerre mondiale », seuls cinq noms sont apparus…

— Et alors ? la pressa Perrot avec impatience.

Elle secoua la tête avec un air désolé.

— Deux d'entre eux sont décédés. Quant aux trois autres, ils purgent une lourde peine depuis au moins dix ans et n'ont obtenu aucune libération conditionnelle. Ils n'ont pas non plus bénéficié de permission de sortie ces jours derniers…

— Et toi, Lefèvre, tu as obtenu quelque chose ? fit Perrot à l'adresse du capitaine.

— Y a pas mal de maboules adeptes des scarifications, mais ils ne sont pas si nombreux à « travailler » sur des cadavres. J'en ai retrouvé quelques-uns mais selon les informations que m'ont fournies les services concernés, aucun n'aurait été libéré récemment. En outre, je n'ai trouvé aucun dossier traitant du cas d'un criminel à la fois fasciné par les coupures et les chiffres. En général, dans les archives que j'ai pu consulter, ceux qui marquent le corps de leur victime d'incisions, le font de manière soignée mais sans forcément les regrouper de façon aussi mathématique…

— Eh ! Je viens de remarquer quelque chose… lança Perrot en fronçant un sourcil perplexe.

— Oui, quoi ?

— Ces incisions n'ont pas dû être faites à ces endroits-là par hasard… Vous ne remarquez rien ? fit le commandant en pointant les incisions sur le schéma représentant la victime.

— Je crois que j'y suis ! s'écria Lefèvre. Tu penses que ces coupures auraient une connotation religieuse, n'est-ce pas ?

— C'est ce que je pense, en effet…

— Ah, j'ai compris ! intervint Colombe. Il y aurait une référence aux marques de crucifixion de Jésus sur la croix…

— C'est probable, en effet.

— Alors, on continue en entrant des termes comme martyre ou crucifixion ?

— On continue…

Pendant l'heure qui suivit, ils tentèrent de retrouver la trace de repris de justice fascinés par l'imagerie religieuse et la thématique judéo-chrétienne en particulier. Mais lorsque les trois policiers se réunirent à nouveau, les mines étaient défaites : les seuls cas qu'ils avaient recensés étaient anciens. Les coupables étaient en train de finir leurs jours sous les verrous.

Tous avaient été jugés suffisamment dangereux pour ne bénéficier d'aucune mesure de clémence.

Irrécupérables, ils devaient être tenus à l'écart de la société. Abattu, Perrot murmura :

— Alors là, je ne vois plus trop dans quelle direction nous diriger…

En face, ses équipiers partageaient son désarroi. Colombe triturait ses créoles tandis que Lefèvre tapait nerveusement du pied. Soudain, ce dernier rompit le silence et lança avec un regain d'enthousiasme :

— J'ai une idée ! Attendez une minute !

L'air mystérieux, il se mit à feuilleter le petit carnet Rhodia dont il ne se séparait jamais. Puis il tendit la main vers le téléphone posé devant lui. Il passa un coup de fil rapide et raccrocha sur ces mots :

— On a rendez-vous dans une heure près de la chapelle de Tronoën…

III

La route s'étirait entre les terres désolées battues par les vents. Les champs semblaient vouloir se succéder à l'infini. On eût pu se croire en plein cœur du Centre-Bretagne, n'eussent été les pins secoués par les bourrasques. De même, les genêts venant rompre la monotonie de la lande rappelaient qu'on approchait de la mer. Sans les rares lumières perçant l'obscurité, on eût pu s'imaginer seul au monde dans cet univers crépusculaire. Les quelques maisons basses aux fenêtres étroites étaient construites de manière à offrir le moins de prise possible au vent mauvais. Les constructions anciennes donnaient l'impression que le temps s'était arrêté. En tendant l'oreille, on eût presque pu entendre les vieux chuchoter au coin de l'âtre à la veillée. Comme au temps jadis, les enfants, serrés les uns contre les autres, auraient écouté l'ancêtre raconter de sa voix chevrotante le retour de l'Ankou. Et frissonnants de peur et de plaisir, ils se seraient endormis bercés par la voix rassurante et le crépitement du feu… À cette période de l'année, la route menant à La Torche était déserte. Les amateurs de surf et autres chars à voile ne réapparaîtraient qu'aux beaux jours. La plage serait alors envahie de touristes ravis de se cacher dans les dunes sauvages. L'endroit, heureusement, avait su garder son authenticité : à part une crêperie et un bar, aucun bâtiment disgracieux n'était venu défigurer un site que le Conservatoire du littoral protégeait jalousement. Lefèvre semblait connaître les lieux. À Perrot qui s'en étonnait, il expliqua :

— Figure-toi que je suis venu ici dimanche dernier. En me baladant, je suis tombé nez à nez avec un drôle de type qui cueillait des « simples », comme il disait. Comme il s'est mis à pleuvoir des cordes, il m'a proposé de m'abriter chez lui quelques minutes.

— Mais quel rapport avec l'enquête ?

— Ce Barnabé je ne sais plus comment aurait un don de voyance. Il travaille sur la numérologie. C'est du moins ce qu'il a prétendu. Peut-être pourrait-il éclairer notre lanterne ?

— Tu y crois vraiment ? bougonna Perrot dont la confiance inébranlable dans son ami commençait à s'émousser.

— C'est un vrai sorcier, je t'assure ! tentait de la convaincre Lefèvre.

— C'est quoi ce délire ? maugréa le conducteur.

— Écoute, je peux te garantir que ce type est à part. Je l'ai vu attraper des orties à pleines mains sans réagir…

— Et alors ?

— Et alors, t'as déjà essayé, toi ?

— Oui, bien sûr, ça fait mal…

— Ça fait un mal de chien, oui ! s'enflamma Lefèvre. Sauf pour Barnabé car il a « la marque du Diable » !

— Hubert, tu perds la boule ou quoi ?

— Mais non, je suis sérieux, la plaque analgésique, c'est une insensibilité à la piqûre dont témoignent les élus du Diable !

— Je demande à voir... marmonna le plus âgé avec réticence.

Lefèvre emprunta un chemin caillouteux à l'écart de la route principale et avança sur un bon kilomètre. La voiture de service cahotait dans les ornières boueuses. Le conducteur arrêta le véhicule devant un penty dont une fenêtre en rez-de-chaussée laissait filtrer une faible lueur. Peut-être, songea Perrot qui se demandait dans quel guêpier il était allé se fourrer, le bonhomme s'éclairait-il encore à la chandelle ? Sitôt qu'ils mirent pied à terre, un chien-loup patibulaire vint à leur rencontre. Ils s'empressèrent de réintégrer leur véhicule. Les aboiements rauques du molosse avaient alerté son propriétaire qui apparut sur le seuil. Vêtu d'une longue tunique grise - austère cilice - sur un pantalon informe de même couleur, l'homme portait des spartiates de cuir clair sur ses chaussettes de laine.

— Bas les pattes, Hadès ! cria-t-il à l'adresse du chien qui se coucha aussitôt sur le flanc.

Lefèvre entrouvrit prudemment sa fenêtre et montra sa carte tricolore. L'homme leur fit alors signe de venir. Les deux policiers s'approchèrent lentement de la bâtisse gardée par le monstre revenu à de meilleurs sentiments et à présent étendu sur le paillasson. Barnabé les fit entrer dans sa tanière où crépitait une flambée. L'odeur réconfortante du feu le disputait à des senteurs variées - poussière, tabac froid et charcuteries. Il suffit à Perrot de lever le nez pour comprendre l'origine de cette odeur de viande : au plafond bas, suspendus à des poutres noires, jambon cru et saucissons achevaient de sécher. La pièce était peu meublée ; le mobilier, rudimentaire, réduit au strict minimum. Un lit clos se devinait dans la pénombre tandis qu'une gazinière d'un autre âge trônait dans un coin. Un vieux buffet orné de danseurs bretons en sabots abritait un peu de vaisselle. Assurément, le propriétaire n'avait que faire du confort et des apparences. Sans doute préférait-il s'adonner aux loisirs plus cérébraux, comme les nombreux livres rangés sur une étagère en bois brut le laissaient supposer. Le bonhomme leur indiqua des chaises au dossier roide pendant qu'il s'asseyait sur un vieux *bantossen* près de l'âtre. Alors, dans la lueur dansante des flammes, Perrot put enfin découvrir le visage de leur hôte. À la vue de celui-ci, une sourde angoisse se saisit de lui et lui vrilla les entrailles. Le contraste était saisissant entre le casque blanc de l'épaisse chevelure balayant les épaules et, au-dessous, la figure livide, étonnamment lisse. Mélange équivoque de jeunesse piquée à la rouille du grand âge. Mais ce qui frappait encore davantage, c'était les yeux larmoyants, bordés de rouge.

Barnabé n'eût pas détonné dans un film d'épouvante… Lefèvre fit taire sa surprise et commença :

— Monsieur, je suis ici avec le commandant Perrot du commissariat de Quimper dans le cadre d'une enquête pour meurtre…

— Celui de l'Île-Tudy ? demanda Barnabé de sa voix enrouée.

— C'est ça, oui, s'étonna Lefèvre, comment le savez-vous donc ?

— J'ai lu *Ouest-France*… répondit le vieux sur le ton de l'évidence.

— Bien sûr, fit le cadet presque déçu que l'homme n'ait pas lu la nouvelle dans les astres.

À ses côtés, Perrot étouffa un rire narquois. Où son ami l'avait-il embarqué ?

— Un détail nous a surpris sur le corps de la victime, continuait Lefèvre. Elle portait trois groupes de six incisions sur le corps. Cela vous fait-il penser à quelque chose ?

L'homme à la toison de neige observait son interlocuteur comme s'il soupesait ses affirmations. Sans un mot, il le fixait, inconscient de la gêne que pouvait susciter son silence. Barnabé n'était pas homme à se soucier de bienséance ou des susceptibilités d'autrui. Quel être humain avait un jour érigé en dogme l'interdiction de fixer longuement l'autre sans parler ? Barnabé, lui, n'avait pas peur du vide. Il resta silencieux. Quelques minutes, peut-être plus. Puis il baissa la tête, se prit le front à deux mains et ferma les yeux.

Son visage était crispé, ses phalanges blanchies. À l'unisson, le molosse s'était mis à geindre tandis que son flanc tressaillait. L'air s'était chargé d'électricité, faisant voleter les cheveux du bonhomme, telle une aura annonciatrice de quelque crise. Le vieux sage se racla la gorge et se mit à scander d'une voix mécanique :

« *Que celui qui a de l'intelligence calcule le nombre de la Bête*
Car c'est un nombre d'homme et son nombre est
Six cent soixante-six. »

Le silence à nouveau. Plus troublé qu'il n'aurait voulu l'admettre par les incantations de Barnabé, Lefèvre intervint :

— Pardon ?

— *Apocalypse de l'apôtre Jean*, indiqua le devin d'une voix redevenue normale. L'extrait se trouve au dix-huitième verset, c'est-à-dire 3x6 du XIIe chapitre.

— Mais encore ? s'impatienta le capitaine.

— Le nombre 18 ou 3x6 a une symbolique très forte en numérologie. C'est le nombre de la Bête ou du Malin. Parfois, d'ailleurs, le nombre peut être représenté par sa lettre correspondante, à savoir le F. On peut trouver indifféremment le triple 6 ou trois F.

— Donc, selon vous, ces marques sur le corps de la victime auraient une connotation religieuse ?

— Oui et non… Dans les faits, cette symbolique des chiffres a été réinterprétée…

— C'est-à-dire ?

— Eh bien, expliqua le sorcier, par extension, ce nombre a été adopté par les adeptes du satanisme.

— Quoi ! s'exclama Lefèvre dont la jambe droite repliée sur l'autre battait frénétiquement la mesure. Vous voulez dire que le crime aurait été commis par un suppôt de Satan !

— Ou du moins par quelqu'un de fasciné par le rituel satanique.

— Mais à quoi correspond précisément le chiffre six ? interrogea Lefèvre, le sourcil froncé.

— Ce chiffre, expliqua le sorcier, aurait une valeur symbolique lorsqu'il se trouve dans une série de trois. Pour les sataniques, le triple six est la représentation du Diable, l'être qu'ils vénèrent…

Abasourdis, les deux policiers tentaient de

comprendre.

Perplexe, Perrot argua :

— Mais ces pratiques appartiennent à un autre âge, à une époque obscurantiste…

Le vieux sage eut un sourire condescendant :

— Détrompez-vous, Messieurs, les pratiques sataniques ont toujours cours aujourd'hui. Et pas uniquement dans nos contrées peuplées de korrigans !

— Mais comment êtes-vous au courant de leurs faits et gestes, insista Perrot, puisque, par définition, ils agissent dans la clandestinité ?

— Je ne prétends pas être un spécialiste en la matière, riposta le devin en plantant son regard larmoyant dans celui du policier sceptique. Je n'ai jamais personnellement assisté à de quelconques rencontres sataniques, mais j'ai un sixième sens qui devine ces choses-là…

— Vraiment ? s'étonna Perrot dont le rationalisme commençait à être ébranlé.

Avec l'expérience, l'officier avait appris à se méfier des apparences.

Mais il avait aussi du sang breton dans les veines et cela influait nécessairement sur son caractère. Il était d'un pays où, il y a bien longtemps, des hommes avaient trouvé la force surhumaine de dresser des roches gigantesques en adoration au soleil. Il était d'un pays où certains êtres vous guérissent de maux incurables rien qu'en imposant leurs mains sur vous.

Alors, forcément, malgré lui, il prêtait une oreille curieuse aux paroles du vieux sage.

— Ce que je peux vous dire aussi - et ça, c'est avéré - fit-il en fusillant Pierrot de son regard mouillé, c'est que les rencontres sataniques ont lieu à certaines dates-clés du calendrier lunaire. Ainsi, les nuits de solstice sont propices à ce genre de rencontres…

— Mais, bafouilla Perrot, le prochain solstice est le 21 décembre, soit dans trois jours!

— Exact, confirma l'étrange personnage en hochant la tête.

— Cela peut-il signifier qu'un autre crime pourrait avoir lieu à cette date?

— Pas nécessairement, non, Dieu merci, le contredit Barnabé. C'est juste une date importante, comme une dizaine d'autres qui fêtent le soleil ou l'amour…

— Et savez-vous comment on peut entrer en contact avec ces adeptes? s'enquit Lefèvre que l'impatience gagnait.

— Non, répliqua son interlocuteur avec un haussement d'épaules navré. En revanche, si vous aviez un objet ayant appartenu à la victime…

— Pour quoi faire? demanda Perrot.

— Vous aider, fut la réponse sibylline du devin.

— Une photo pourrait faire l'affaire?

— À défaut d'autre chose, fit Barnabé en tendant la main vers le cliché que Lefèvre lui tendait.

Il prit la photo entre ses deux mains, frotta ses deux pouces dessus et balança son corps d'avant en arrière en marmonnant des paroles incohérentes. Ses yeux s'étaient révulsés. Le blanc avait remplacé l'iris marron. Désorientés, les deux officiers se regardaient en silence. La tension était palpable, l'air était à nouveau saturé d'ondes électriques. Le molosse à leurs pieds s'était remis à gémir sourdement. Soudain, faisant sursauter les enquêteurs, une voix métallique s'éleva:

— Je vois un être en souffrance… Je vois… un être qui a mal à sa mère… Je vois… je vois… une rencontre… là où la mer se finit…

Puis l'homme se redressa. Son regard retrouva un semblant de normalité. Ses épaules se détendirent. Le chien s'était calmé. La transe était passée.

— Bien, fit Perrot qui avait soudain hâte de fuir l'atmosphère pesante des lieux, nous allons vous laisser. Nous vous remercions pour toutes ces informations précieuses. Nous en ferons bon usage…

— Je vous en prie, répondit le bonhomme qui s'était tourné vers l'âtre. Ils quittèrent la sombre maison basse sans que ni le maître ni son chien n'eussent bougé…

*

L'air salin chargé d'humidité apparut comme une bénédiction aux deux policiers qui regrettaient pourtant souvent le climat charentais. Ils eurent l'impression que l'ondée les lavait de la gangue poisseuse qui les avait recouverts sitôt l'entrée du penty franchie.

— Drôle de type, hein ! commenta Lefèvre en donnant à son écharpe marron les quatre tours réglementaires.

— C'est le moins qu'on puisse dire, renchérit le plus âgé en se glissant sur le siège passager. Mais je ne sais pas quel crédit on peut apporter à ses propos…

— C'est toi le Breton qui mettrait en doute les prophéties d'un sorcier !

— Devant un tribunal, reconnais que de tels délires auraient peu de poids !

— Bien sûr, mais on n'est pas encore devant la cour, je te ferai remarquer. Et grâce à Barnabé, on a quelques pistes à explorer, poursuivit Lefèvre en consultant son carnet orange dans lequel il avait pris en notes les élucubrations du sage. Le 21 décembre, il pourrait y avoir une rencontre satanique…

— Il a parlé d'un endroit où la mer se finit mais le problème, ajouta Perrot ironiquement, c'est que dans le Finistère, on n'a que l'embarras du choix !

— C'est vague, je le reconnais… conclut Lefèvre en démarrant leur véhicule.

Trois quarts d'heure plus tard, ils étaient de retour au service. Seul le personnel de permanence était encore sur les lieux.

À l'étage, Colombe attendait ses collègues, une canette de Coca à la main. Aussitôt qu'elle les aperçut elle les informa :

— Lenôtre a appelé, il y a une demi-heure environ…

— Allez-y, on vous écoute, l'invita Perrot en se laissant tomber sur une chaise.

— Voilà, d'après l'étude du bol gastrique et des prélèvements sanguins, la victime n'était pas dans un état normal au moment du meurtre. Présence d'alcool et de cannabis…

— Les mégots sur le sol…

— Effectivement, confirma Colombe, certains ont probablement été jetés par la victime et son assassin. Ils sont en cours d'analyse au labo. Ils vont essayer de prélever l'ADN présent dessus.

— Autre chose ?

— Non, pour le reste, il nous tient informés. Il recherche toujours la cause exacte du décès. Il pense à un empoisonnement mais il ignore toujours la nature du toxique utilisé.

— OK, Colombe, merci. Vous pouvez regagner vos pénates, on vous y attend sûrement…

— Oh zut! s'exclama la jeune femme en portant une main désolée à sa bouche, j'ai encore oublié de prévenir Étienne que j'étais retenue!

— Il y en a qui ont de la patience! commenta Lefèvre, faussement sévère. C'est bien pour ça que je refuse d'accorder ma confiance aux femmes…

— Macho, va! le taquina Colombe d'une bourrade sur l'épaule. Sur ce, je me sauve. À demain et tâchez de vous reposer!

— Vous aussi! fit Perrot sans conviction.

Vingt-deux heures s'affichaient au cadran de sa voiture personnelle lorsque Perrot se gara devant chez lui. Il avait choisi de s'établir sur le charmant port de Sainte-Marine dans une location ouvrant sur la mer. La maison était petite mais la vue imprenable. De son salon-cuisine à ouverture panoramique, il avait une vision à 180 degrés sur l'anse. L'endroit était enchanteur. Située à l'embouchure de l'*Odet*, Sainte-Marine s'abritait dans une sorte de crique en contrebas de la route venant de Combrit. Pour accéder à l'anse, on devait descendre un raidillon bordé de petites maisons de pierre aux volets colorés. En été, des jardinets exhibaient fièrement leurs hortensias de ce bleu particulier que ne produisent que les terres salines. Sur le petit port, trois bars se disputaient la place. Au-dessus, accrochée à la butte, à l'abri de son muret de pierre sèche, la petite chapelle cherchait l'ombre d'un chêne centenaire. Pour rejoindre sa maison, il devait passer devant l'*Abri du Marin*, jolie construction peinte en rose aux fenêtres en arrondi. Cet abri - comme onze autres répartis en Finistère et Morbihan - faisait partie de la culture des marins bretons depuis sa création à la fin du XIXe siècle, par Jacques de Thézac, un philanthrope soucieux du bien-être et de l'émancipation des marins. Depuis, le temps avait passé, les tempêtes avaient soufflé, les marins avaient péri, mais l'abri avait tenu, aujourd'hui transformé en galerie de peinture. La maisonnette en granit que louait Perrot était coquette avec son épaisse porte de bois bleu marine et ses deux fenêtres en camaïeu. Des brise-bise blancs ajourés de motifs de phares lui garantissaient une relative discrétion. De fait, l'officier appréciait surtout son logement au printemps et au mois de septembre, lorsque les touristes se faisaient plus rares. En effet, à la pleine saison, il souffrait du va-et-vient permanent des promeneurs et autres « voileux » allant rejoindre leur navire amarré au ponton un peu plus bas. N'ayant pas de jardin sur l'arrière, le policier avait, à l'instar de ses voisins, installé une petite table et deux chaises en métal bleu directement sur la voie publique. Mais il s'était vite lassé du regard curieux des passants. Lui était incapable de feindre l'indifférence snob de ses voisins qui se réjouissaient - mais seraient morts plutôt que de l'avouer - de susciter l'envie des badauds. De passage chez son père, Clara à qui rien n'échappait malgré son jeune âge, avait noté le pouvoir étrange qu'avaient les voisins de voir « à travers » les gens. L'officier avait alors observé la nonchalance tout étudiée avec laquelle ces insolents riverains alanguis dans leurs transats, s'appliquaient à regarder le large en feignant de ne pas voir ceux qui passaient à un mètre d'eux. Il s'amusait aussi de cette façon tout à fait artificielle qu'ils avaient de faire croire qu'ils copinaient avec le marin pêcheur en retraite. On disait « tu » au vieux Loïc et on lui servait un verre de blanc en fin d'après-midi, mais on ne l'aurait jamais invité à faire salon chez soi à Paris ! On ne mélange pas les torchons et les serviettes ! Ainsi, à la belle saison, pour fuir cette hypocrisie mondaine, Perrot s'arrangeait pour passer le moins de temps possible dans sa maison. Il choisissait d'emmener Clara et Simon chez ses parents, dans leur villa à l'écart de la foule des touristes. Mais l'été était encore loin et l'hiver cette année était particulièrement rigoureux. Perrot alluma une flambée dans la petite cheminée de granit et se prépara un dîner rapide. Sur un plateau, il disposa un verre de cidre, une tranche de pain complet qu'il nappa de rillettes artisanales et deux clémentines. Puis il alla s'installer dans le petit salon face à la mer et laissa son regard se perdre à l'horizon. Les phares clignotaient en alternance, indiquant aux rares plaisanciers l'entrée du port. À Bénodet, sur la rive opposée, quelques voitures perçaient de leurs phares le rideau opaque de la nuit d'hiver. Des pensées tumultueuses s'agitaient dans l'esprit de Perrot. L'image d'Élodie Le Gall fauchée dans la fleur de l'âge revenait à intervalles réguliers chahuter sa conscience. Le plus douloureux peut-être avait été de constater que, même dans la mort, la victime avait gardé sa fraîcheur et la grâce de ses traits. Perrot secoua la tête en songeant à ce gâchis. Quel individu immonde avait ainsi pu arracher une jeune femme aux siens et aux promesses de l'avenir ? Quel monstre ignoble ?

Mais pourquoi parler au singulier ? s'interrogea tout à coup le policier. Ne pouvait-on imaginer qu'il y ait eu « des » tueurs ? Rien jusqu'à présent n'indiquait le contraire. Les enquêteurs avaient supposé qu'elle était en galante compagnie au moment du meurtre, mais cette hypothèse d'un meurtrier unique n'avait pas été formellement vérifiée et ce, parce que personne n'avait jugé opportun de le faire. Perrot porta sa tranche de pain à la bouche, mastiqua mécaniquement, avant de reposer la tartine à peine entamée. La visite au sorcier avait soulevé plusieurs interrogations. Selon lui, le crime était signé : un suppôt de Satan, voire plusieurs étaient à l'origine de la mort d'Élodie. Mais, s'interrogeait Perrot tout en buvant son cidre bouché, comment savoir s'il s'agissait de l'œuvre d'un illuminé isolé ou de celle de plusieurs individus portés par le même délire ? Et s'il s'agissait d'un groupuscule fanatique, devait-on s'attendre à une série de crimes similaires ? Questions épineuses auxquelles on ne pourrait apporter un semblant de réponse qu'en parvenant à approcher ces sociétés de l'ombre. Or, comme Perrot l'avait mentionné chez Barnabé, quelles chances avait-on de retrouver la piste de personnes dont le mot d'ordre était « secret » et « clandestinité » ? Étouffant un bâillement dû autant à la fatigue qu'au découragement, l'officier vida son verre et repoussa sa chaise. Décidément, l'appétit s'en était allé…

IV

Jeudi 19 décembre.

Dès 7 heures 15, le lendemain matin, Perrot était de retour au commissariat. La bruine glacée avait laissé place à un froid plus sec, mais le vent du nord était à couper le souffle. Son loden fermé jusqu'au dernier bouton sur un pull-over à col roulé kaki et une casquette de tweed assortie n'étaient pas superflus par ces températures glaciales. À l'étage, Lefèvre venait d'arriver. Il était attablé à son bureau devant un sachet graisseux. Il avait troqué son sous-pull à la couleur indéfinissable qu'il portait la veille contre un chandail couleur rouille en polyester. Autant Perrot avait de la classe avec son style gentleman-farmer tout droit descendu des Highlands, autant son ami n'avait que faire de son apparence extérieure. Les deux collègues étaient aux antipodes l'un de l'autre mais se complétaient à merveille.

— Alors, s'écria le plus jeune en enfournant sa dernière bouchée de chocolatine, on commence par quoi ce matin ?

— Je pensais aller à nouveau interroger les parents d'Élodie Le Gall et sa sœur. Il faut qu'on sache qui elle fréquentait et où elle sortait. C'est bien beau de savoir que tout le monde l'appréciait mais ça ne nous fait pas beaucoup avancer...

— C'est sûr, approuva Lefèvre en s'essuyant scrupuleusement la bouche.

— Par ailleurs, j'ai eu l'aval du procureur pour perquisitionner la chambre de la victime. Les objets parleront peut-être davantage...

— Les parents ont été prévenus ?

— Non, je préfère qu'on y aille à l'improviste...

Au même instant, la jeune Colombe, emmitouflée dans son kabig beige et la tête enfoncée sous un enfantin bonnet à pompon rouge, faisait son entrée.

— Alors, l'interpella Lefèvre avec ironie, ton matou t'a donné ton congé ?

— Même pas, répondit-elle en riant de bonne grâce, je suis une perle rare, il en a conscience !

— Pauvre homme ! soupira Lefèvre sur un ton faussement compatissant.

— Colombe, intervint Perrot sur un ton plus sévère qu'il ne l'aurait souhaité, ce serait bien que vous retourniez au salon de coiffure où travaillait la victime. Essayez de parler aux personnes présentes, de repérer les habitués. Relevez dans le carnet de rendez-vous les numéros des clients réguliers et tentez de les joindre. Demandez à Le Mer de vous accompagner, vous ne serez sans doute pas trop de deux.

— Entendu, accepta le lieutenant, on y sera à l'ouverture.

*

Les commerces étaient encore fermés dans la rue principale de Pont-L'Abbé. On ne subissait pas encore les refrains usés de *Petit Papa Noël*. Seuls les boulangeries et le bar-tabac-dépôt de journal étaient ouverts. Les rares badauds se hâtaient en remontant le col de leur veste de quart. En revanche, la place de la République bruissait déjà d'activité. Le marché qui s'y tenait tous les jeudis attirait les visiteurs de tout le Pays Bigouden. L'été, la foule y était particulièrement dense. On y venait en quête de produits fermiers, marins ou asiatiques aussi bien que de linge de table en lin ou de lingerie fine dégriffée. Lorsqu'ils parvinrent à l'adresse de la victime, Sarah Le Gall, la cadette, sortait de la maison, un sac à bandoulière bleu sur le dos. Elle était perdue dans une parka noire trop grande pour elle et avait enroulé un keffieh autour de son cou. Elle marchait tête baissée en traînant la jambe. Les deux policiers se dirigèrent vers elle. Elle fit mine de ne pas les voir. Elle continua à avancer en fixant le bout de ses chaussures pointues. Perrot la héla, mais en vain. Alors, il s'approcha et lui tira doucement la manche. Elle marqua une pause et releva un œil étonné. C'est à ce moment que les deux officiers aperçurent le fil qui pendait à son oreille et la clameur assourdissante qui s'en échappait. La lycéenne ôta alors l'oreillette de son iPod et les interrogea du regard.

— Bonjour Sarah, vous sentez-vous mieux ?

Une œillade noire transperça le policier. Il ne se découragea pas :

— Vous partez en cours ?

— Mm.

— À quelle heure terminez-vous ?

— Seize heures.

— Bien, si vous le voulez bien, nous vous attendrons vers dix-sept heures chez vous pour essayer de comprendre ensemble ce qui est arrivé à votre sœur…

L'adolescente s'abstint de répondre et s'éloigna lentement. Encore une fois, la jeune sœur faisait preuve d'une évidente mauvaise volonté. Cette maussaderie était-elle uniquement due au chagrin occasionné par la perte de sa sœur ou y avait-il une autre cause ? On était en droit de s'interroger… Les deux collègues durent sonner deux fois avant que Monique Le Gall vînt leur ouvrir. Elle portait toujours le même survêtement gris délavé que la veille, mais ses cheveux encore humides attestaient d'une douche récente. Les cernes mauves sous ses yeux s'étaient encore assombris. Ses yeux rougis témoignaient d'une nuit sans sommeil à pleurer sa fille. Elle s'effaça sans un mot et les fit monter. Cette fois, elle les dirigea vers la cuisine. L'agencement de la pièce avait été moderne à une époque mais la cuisine équipée en faux rustique était à présent dépassée. Une baguette rassie traînait sur le plan de travail à côté d'une bouteille de vin rouge entamée. Des oranges flétries ramollissaient dans un saladier en pyrex. Une cafetière électrique était allumée. D'un geste automatique, elle s'en servit une tasse avant de se rendre compte que la politesse eût voulu qu'elle en offrît à ses hôtes. Les policiers acceptèrent volontiers. Perrot et madame Le Gall s'assirent à la table de formica tandis que Lefèvre, fidèle à lui-même, alla s'adosser au radiateur, après avoir laissé tomber quatre sucres rituels dans sa tasse. Perrot commença :

— Madame, vous sentez-vous capable de nous parler ?

Un hochement coopératif lui répondit.

— Bien, d'après nos premières informations, Élodie aurait succombé à un empoisonnement…

— Ah…

— Par ailleurs, elle n'a pas subi de violences avant de décéder…

Perrot évita sciemment d'évoquer les incisions *post mortem*. À quoi bon faire souffrir davantage cette mère blessée en lui donnant d'odieuses précisions ? En outre, il était peu probable qu'elle pût expliquer ces marques étranges sur le corps de sa fille. Mieux valait épargner une sensibilité déjà malmenée.

— ...Nous voudrions en savoir davantage sur les habitudes d'Élodie, ses fréquentations…

À ce moment, un glissement sur le sol leur fit tourner la tête en direction du couloir. La silhouette trapue de Bruno Le Gall s'encadra dans la porte. Il était vêtu d'un pyjama marine froissé et de charentaises qu'il portait comme s'il se fût agi de mules. Il s'appuya de l'épaule au chambranle et resta fixer les visiteurs d'un air égaré.

— Monsieur Le Gall, commença Perrot, le capitaine Lefèvre et moi-même sommes ici pour tâcher d'en apprendre davantage sur l'entourage de votre fille.

L'homme ne réagit pas. Entendait-il seulement ce qu'on lui disait ? Rien ne l'indiquait.

— Venez vous asseoir, l'enjoignit l'aîné en lui indiquant la chaise en face de lui.

Le marin-pêcheur obéit docilement. Perrot réprima un haut-le-cœur lorsque le bonhomme s'installa près de lui. L'haleine chargée du père endeuillé trahissait, à coup sûr, l'abus d'alcool et de tabac. Sa femme poussa un bol de café fumant devant lui. Le Gall glissa la main dans la poche de son pyjama et en sortit un paquet mou de cigarettes sans filtre. Bientôt, la petite pièce était plongée dans une atmosphère enfumée. En fumeur abstinent, Perrot se sentait agressé par ce tabagisme passif. Pourtant, il s'abstint de tout commentaire. Après tout, Le Gall était chez lui…

— Qui Élodie fréquentait-elle en dehors de ses heures de travail ?

Monique Le Gall avala une gorgée de café avant de répondre d'une voix à peine audible :

— Élodie a toujours eu beaucoup de copains. Elle était toujours prête à sortir, faire la fête…

— Avait-elle une amie intime ?

— Elle était proche de Sonia Cossec depuis l'école maternelle. Elle habite la maison d'à côté, à droite en sortant.

— Et ses autres amis ? s'enquit Perrot.

— Ils étaient toute une bande mais le groupe changeait régulièrement. Certains quittaient la bande, d'autres revenaient…

— À quel endroit se retrouvaient-ils ?

— Ils avaient pris l'habitude de sortir à Quimper depuis quelque temps.

— Avait-elle de nouveaux amis ?

— C'est ce qu'on a cru comprendre, oui, hein, Bruno ?

Celui-ci acquiesça mollement.

— Élodie aimait faire des secrets… conclut la mère en se mouchant.

— Et des petits amis, intervint Lefèvre du haut de son perchoir, elle en avait, votre fille ?

Le pluriel employé par le policier sembla choquer son interlocutrice qui le foudroya du regard.

— Notre fille aimait la vie, Monsieur, assena-t-elle en baissant les yeux sur ses poings qu'elle serrait.

Mais Lefèvre n'était pas homme à se laisser démonter. Il insista :

— Vous devez bien savoir si elle fréquentait un garçon en particulier, tout de même !

— Je crois que oui, reconnut la mère de mauvaise grâce mais je n'ai aucun nom à vous donner.

— Et vous, Monsieur Le Gall ? lança Lefèvre.

L'homme fit à nouveau un signe de dénégation.

— Votre fille, repartit Perrot, a été retrouvée sur la plage du Téven, plus précisément dans le blockhaus du Treustel. Avait-elle pour habitude de s'y rendre ?

Une larme roula sur la joue de Monique Le Gall tandis qu'elle répondait :

— Oui, Élodie aimait aller là-bas à la plage l'été, à l'écart de la cohue.

— Y allait-elle également l'hiver pour se promener ?

— Peut-être pendant son jour de congé, suggéra la mère.

— J'ai l'impression, commenta Lefèvre, que vous communiquiez peu avec votre fille… Je me trompe ?

Le ton insolent claqua comme une gifle. À l'évidence, le jeune officier avait mis le doigt sur le point sensible. Les époux ne jugèrent pas utile de répondre.

— Peut-être qu'Élodie parlait davantage à sa sœur ? avança Perrot.

— Non, murmura madame Le Gall, elles ne s'entendaient pas trop…

— On peut savoir pourquoi ? insista le commandant.

— Je n'en sais rien, depuis un an environ, elles se disputaient pour un oui, pour un non.

— Votre fille se droguait-elle ? interrogea Lefèvre à brûle-pourpoint.

Désarçonnés, les parents le dévisageaient sans comprendre.

— Non ! s'écrièrent-ils d'une seule voix.

— Pourtant, poursuivit le plus jeune, Élodie avait consommé du cannabis et de l'alcool avant sa mort…

— On l'aura forcée ! s'exclama le père, outré, en se redressant.

La violence de la réaction les fit tous sursauter. L'homme abattu avait encore quelques ressources. Quiconque salirait le souvenir de sa fille devrait en répondre devant lui.

— C'est possible, convint Lefèvre.

Perrot reprit :

— Nous voudrions examiner la chambre d'Élodie, s'il vous plaît. Tout ce que nous jugerons utile d'emporter à fins d'enquête vous sera précisé.

— Venez, fit la femme en se levant lentement.

Elle traîna les pieds jusqu'au bout du palier et descendit. Élodie avait la chambre mitoyenne de celle de sa sœur. Madame Le Gall repartit sans mot dire. La chambre était en ordre malgré l'accumulation de peluches et d'objets en tous genres sur l'étagère collée au mur.

Des stars de cinéma souriaient sur des posters tandis que, punaisé au-dessus du lit, un crooner canadien à la voix gutturale veillait sur le sommeil de la jeune fille.

Le lit était recouvert d'une couverture matelassée vieux rose et d'un traversin assorti. Un nounours à la fourrure râpée était posé sur le chevet.

Sur la coiffeuse en contreplaqué blanc, s'étalait du matériel de coiffure et de maquillage. La jeune fille avait été coquette et soucieuse de plaire. Perrot entreprit de faire l'inventaire de la penderie. Celle-ci regorgeait de vêtements dont la qualité médiocre ne put échapper au regard affûté de l'élégant Perrot. La jeune coiffeuse aimait les tenues voyantes, le strass et les paillettes.

Méthodiquement, le commandant glissa la main dans les poches des vêtements mais n'en exhuma que quelques menus objets parmi lesquels une boîte d'allumettes à l'effigie d'un bar de Quimper. Le policier empocha la boîte et poursuivit les fouilles. Lefèvre, de son côté, venait de découvrir une boîte en fer-blanc bariolée de couleurs vives. Les parois étaient ornées de petites filles en train de se maquiller maladroitement.

Le couvercle portait l'inscription naïve *Boîte à Amours*. Le contenant n'était pas verrouillé. À l'intérieur, un bric-à-brac s'amoncelait - fragiles coquillages roses, colifichets, talismans, morceaux de papier, échantillons de parfum et dents de lait.

Le policier examina scrupuleusement chaque élément contenu dans la boîte. Soudain, l'excitation s'empara de lui : il venait de mettre la main sur un ticket du cinéma *Les Arcades* sur lequel était griffonné un L à l'intérieur d'un cœur. Lefèvre sentit la fébrilité le gagner. Il montra le ticket à son collègue avec ces mots :

— Il semble bien qu'Élodie avait un petit ami…

— Ou du moins un admirateur… acquiesça Perrot qui venait de s'attaquer à la collection de livres de la Bibliothèque verte de la jeune fille.

Celle-ci avait été une amatrice de la série des *Alice*, les romans pour enfants mettant en scène la jeune détective américaine. Le policier eut un sourire nostalgique en contemplant les livres que lui-même avait lus et relus et qui étaient peut-être en partie à l'origine de sa vocation. Tout à coup, alors qu'il sortait les livres les uns après les autres, une liasse de feuillets nouée d'un ruban rose s'échappa et tomba à terre. Fiévreusement, l'officier les ramassa et défit le nœud de satin.

— Eh, Hubert, j'ai peut-être quelque chose ici !

Lefèvre s'approcha, s'assit sur le lit près de son collègue et se mit à lire les documents. Il s'agissait de lettres, toutes adressées à une certaine Diana.

— La première a été envoyée il y a neuf mois, commenta Lefèvre, et la dernière date du dix décembre…

— Soit une semaine à peine avant la mort d'Élodie…

— Tout juste !

Les deux policiers se concentrèrent sur les messages suivants, tous écrits à la main :

« 22 mars.
Chère Diana,
Je sais que tu as le cœur pur et l'âme simple. Si tu veux être ma Juliette, je serai ton Roméo. À deux, nous vaincrons tous les obstacles. Crois en toi, crois en moi… L. »

— Même signature que sur le ticket de cinéma ! t'as remarqué ? fit Lefèvre.

— Exact, fit Perrot qui s'était mis à lire la suivante à haute voix :

« 1er mai.
Chère Diana,
Ne t'engage pas sur la voie du Mal. Suis ma lumière, laisse-moi te guider. Ne cède pas à la tentation des apparences. Méfie-toi du miroir aux alouettes. La vérité est en toi, cherche-la, je t'y aiderai. L. »

Il déplia la suivante et lut :

« 21 juin.
Chère Diana,
Pourquoi refuses-tu de m'accorder ta confiance ? Je suis fils du matin. Appuie-toi sur mon épaule. Va sur le chemin du Bien. Résiste à la tentation, aux chimères. Donne-toi à moi ! Je serai ton Sauveur ! L. »

Dans la suivante, le ton avait changé, chargé de reproche à présent :

« 1er août.
Chère Diana,
Tu m'as fait mal, très mal. Mais je te pardonne. Tu es jeune, belle, influençable. Tu commets un péché de jeunesse. Mais tu peux te racheter en me suivant sur la voie de la rédemption… L. »

— Dis-moi, fit Lefèvre, l'amoureux transi a des comptes à régler, on dirait !

— Tu as raison, opina Perrot, un vrai redresseur de torts !

— Écoute la suivante, elle est encore plus moralisatrice :

« 22 septembre.

Chère Diana,

Pourquoi refuses-tu de m'écouter ? Ta vie est vide de sens. Tes pas te portent vers le Néant. Ta pensée s'étiole, ton cœur se dessèche. Ouvre-toi. Laisse-moi te pénétrer de ma lumière sacrée… L. »

Ne sachant que penser, les officiers continuaient leur lecture :

« 31 octobre.

Chère Diana,

Ton silence et ton mépris me brisent. Pourtant, je crois toujours en toi. Je t'ai élue. Tu es celle que je porterai vers la Vérité. Tu es celle qui baignera dans ma lumière. En toi, je sèmerai la graine de la Vertu. L. »

Une autre missive suivait, plus rapprochée dans le temps :

« 15 novembre.

Chère Diana,

Écoute cette parole :

« Quant à la débauche, à l'impureté sous quelque forme que ce soit, à la convoitise, qu'il n'y ait même pas lieu d'en faire mention chez vous, ainsi qu'il convient à des saints. » (Fuite de l'Impureté, extrait de Lettre de Paul aux Éphésiens.)

Réfléchis, Diana, réfléchis… L. »

Le rythme auquel les lettres avaient été écrites se précipitait. Celle-ci avait été écrite cinq jours plus tard :

« 20 novembre.

Chère Diana,

Pourquoi as-tu fait ça ? Pourquoi m'as-tu trahi ? N'as-tu donc pas lu ma précédente lettre ? N'as-tu pas compris qu'il faut vivre dans la recherche de la Pureté ? Tu dois racheter ton âme. Laisse-moi te laver de ta Faute. Je t'inonderai de ma source claire. L. »

La dernière avait été rédigée un peu plus de deux semaines plus tard :

« 9 décembre.

Chère Diana,

C'est ta dernière chance, ton dernier espoir. Mon amour pour toi pourrait s'éteindre si tu persistais dans cette erreur. Attends-moi où tu sais. Je suis sûr que j'arriverai à te convaincre. De toi je ferai une femme neuve et sublime. L. »

Perrot laissa retomber la dernière lettre sur ses genoux et resta plongé dans un silence perplexe. Lefèvre parla le premier :

— Je crois qu'on tient notre gars. Un gros taré, apparemment !

— Un exalté, certainement, approuva Perrot en se relevant. Je me demande ce que signifient ces dessins à la fin de la lettre du 9 décembre… Un code amoureux ? Ou un code secret ? Après tout, si on a affaire à un groupuscule satanique, je ne serais pas étonné qu'ils aient un langage à part… On va faire signer une décharge aux parents et emporter tout ça…

Il grimpa à l'étage et appela madame Le Gall.

Elle apparut en haut de l'escalier, les épaules basses.

— Madame, nous en avons terminé avec l'inventaire de la chambre d'Élodie. Voici quelques lettres que nous avons trouvées et que nous allons emporter. Pourriez-vous y jeter un œil, s'il vous plaît ?

Elle tendit la main et s'empara de la liasse. Elle se traîna jusqu'à la cuisine, se laissa tomber sur une chaise, éparpilla les documents devant elle et se mit à lire. L'incompréhension se lisait dans ses sourcils froncés.

Perrot l'interpella doucement :

— Savez-vous qui a pu écrire ces lettres ?

Elle haussa les épaules en signe d'ignorance.

— Diana serait-il le deuxième prénom de votre fille ?

— Non, pas du tout, c'est Marie, son deuxième prénom.

— Élodie ne vous a jamais parlé de ces lettres ?

— Non. Enfin, je savais qu'elle en avait reçu, mais son père et moi, on ne lui posait pas de questions. Elle tenait à sa vie privée…

La mère endeuillée se moucha discrètement et essuya une larme du revers de la main.

Perrot décida de conclure :

— Je vais vous demander de signer ce reçu, s'il vous plaît. Merci. Nous repasserons dans la soirée pour parler à Sarah, nous l'avons prévenue tout à l'heure lorsqu'elle partait au lycée…

Madame Le Gall parut ne pas avoir saisi le message.

*

— Je ne sais pas si vous avez remarqué, fit Colombe en touchant machinalement sa créole dorée, mais le type a écrit environ une lettre par mois, sauf en novembre où il en a écrit deux. D'ailleurs, dans celle datée du 20 novembre, on sent qu'il commence à perdre patience…

— Ça ne nous avait pas échappé, acquiesça Lefèvre. En fait, il commence à parler de trahison, il a un discours ultra-moralisateur…

— On dirait un Fou de Dieu, un membre d'une secte quelconque, renchérit Perrot qui venait de se servir un thé corsé.

— On est probablement sur la trace d'un fanatique prêt à tout pour sauver l'âme de celle qu'il aime… suggéra Colombe en avalant une gorgée de coca.

— Le problème, reprit Perrot, c'est qu'il signe d'un simple L et prend de multiples précautions pour qu'on ne remonte pas jusqu'à lui !

— Exact, confirma Lefèvre. J'ai noté, moi aussi, que dans la dernière lettre, celle du 9 décembre, il ne précisait pas l'adresse du lieu où il donnait rendez-vous à Diana. Il se contente d'écrire : « *attends-moi où tu sais.* »

— Pourtant, argua Perrot, on devrait bien pouvoir retrouver sa trace d'une façon ou d'une autre puisqu'il leur arrivait a priori de sortir ensemble dans des lieux publics…

— Comment le sais-tu ? interrogea Colombe, perplexe.

— Parce que, expliqua Perrot en tendant le petit bout cartonné, on a retrouvé ce ticket de cinéma dans une poche de manteau appartenant à Élodie. Regardez, on y voit un L entouré d'un cœur. On peut imaginer qu'il s'agit du même individu et qu'il leur arrivait de sortir ensemble au grand jour…

— Ainsi donc, en déduisit la jeune femme, elle sortait avec ce type et l'aurait trompé à un moment ou à un autre…

— C'est ce que semblent dire les dernières lettres, approuva Perrot. On va interroger la sœur de la victime, histoire de savoir si elle connaissait ce L. Et de votre côté, Colombe, ça a donné quelque chose votre enquête au salon de coiffure ?

— Rien de déterminant, répliqua-t-elle avec une moue navrée. Élodie Le Gall était unanimement appréciée. « Compétente » et « sympathique », voilà les adjectifs qui reviennent toujours à son sujet.

— Et le patron, vous lui avez parlé à nouveau ?

— Oui. Il a l'air perturbé, mais on peut mettre cela sur le compte des fêtes qui approchent et sur le fait qu'il lui manque une employée efficace.

— Bien sûr, acquiesça Perrot.

Colombe regagna son bureau. Lefèvre s'était approché de la table métallique où étaient étalées les lettres adressées à Élodie-Diana. Parmi elles se trouvait la petite boîte d'allumettes récupérée dans les affaires de la victime.

Lefèvre la retourna et l'examina de près. Il s'agissait d'un petit étui plat, de ceux que les bars offrent gracieusement à leurs clients fumeurs.

L'adresse situait le bar *L'Osmose* au centre de Quimper. Le nom peu commun éveilla la curiosité du cadet.

Décidé à en avoir le cœur net, il lança :

— Eh, Jean-Louis, je serais d'avis d'aller boire quelque chose de chaud en ville !

— Tu crois qu'on n'a vraiment que ça à faire !

— Hé ! C'est pour le travail ! Nous allons tester notre complémentarité à *L'Osmose*… fit-il en brandissant le paquet soufré et en adressant un clin d'œil égrillard à son équipier.

*

Place Laënnec, le carrousel 1900 à étage tournait gracieusement au son d'une musique surannée. Dans leurs manteaux gris à cols de velours, les petites filles rêvaient au Prince Charmant dans leur carrosse doré tandis que les garçonnets en duffle-coat bleu marine et knickers beige se prenaient pour Jules Verne à bord de leur ballon dirigeable. Ce tableau, pourtant touchant, mettait les deux officiers mal à l'aise. Depuis l'énigme des Étangs de Cergy[3], ils avaient appris à se méfier de ces symboles nostalgiques d'un passé révolu. Si même les endroits les plus poétiques n'étaient plus respectés, alors en quoi pouvait-on croire ? Cependant, l'un comme l'autre devait bien admettre qu'il était réconfortant de constater qu'à l'aube du troisième millénaire, à l'heure où l'on pouvait cloner l'être humain, les enfants goûtaient toujours la magie éternelle de ces manèges de bois. La ville était en effervescence. Les élégantes visitaient les temples du luxe en quête du pull-over de cachemire qui comblerait leur époux ou du carré de soie qui plairait à belle-maman. Quelques SDF, installés sur leur tapis de carton, avaient l'outrecuidance de gâcher la perspective. Mais il suffisait aux bourgeois de détourner les yeux et de faire un crochet pour les

3. *Voir* Dernier tour de manège à Cergy, *même auteur, même collection.*

éviter… Tournant le dos à la place, les deux policiers prirent la rue de la Mairie puis s'engagèrent dans une ruelle étroite. On avait quitté les artères cossues. Ici, les maisons typiques à pans de bois avaient laissé place à des façades simplement enduites. Les officiers eurent du mal à trouver le café. L'endroit ressemblait plus à un repaire de corsaires qu'à un bar branché. Au-dessus de la vitrine, sur une plaque en métal, des lettres en relief piquées de clous annonçaient *L'Osmose*. Les vitres teintées ne laissaient rien voir de l'intérieur. La porte émit une sirène stridente en guise de sonnerie. Perrot et Lefèvre durent cligner des yeux pour distinguer leur chemin dans la pénombre. Leur entrée ne passa pas inaperçue. En effet, leur mise conventionnelle détonnait avec celle des consommateurs. Tous tournèrent la tête dans la direction des deux arrivants. Le serveur accoudé au zinc était moulé dans un débardeur blanc. Il avait les cheveux ras et un piercing à la lèvre inférieure. Dans un coin reculé, un groupe de quatre jeunes gens étaient affalés sur une banquette de vinyle noir. Ils se noyaient dans un nuage de fumée. De leur tête, ils battaient la mesure d'une musique syncopée qui vrillait les tympans. À l'opposé, un autre groupe de cinq buvaient de la bière. Les policiers prirent place au bar. Le serveur semblait ne pas les voir. Lefèvre le héla :

— Dites, on vous dérange, là ?

Le barman leva avec peine un sourcil las et demanda :

— Oui ?

— On voudrait un café avec quatre sucres et un thé, s'il vous plaît !

Le serveur fit vrombir la machine à expresso et, peu après, fit glisser dans leur direction les deux cafés.

À voix basse, Perrot l'interrogea :

— Nous sommes de la police, voici nos cartes. Le nom d'Élodie Le Gall vous dit-il quelque chose ?

Le garçon de café ne sembla pas ému par la présence de policiers dans son établissement. Il avait l'air d'être dans un état second. Ou bien, peut-être, se dit Perrot, se donnait-il un air évaporé pour se mettre au diapason de ses clients ?

— Élodie ? répéta-t-il, non ça ne me dit rien…

— Diana, peut-être ? intervint Lefèvre.

— Non plus.

— Quel genre de clients fréquente votre bar ? s'enquit Perrot.

— Voyez vous-mêmes, fit le barman en indiquant de la pointe du menton les habitués au fond de la salle.

— Que connaissez-vous des cercles sataniques de la région ? continua le commandant.

— Des quoi ? fit répéter le barman, désarçonné.

— Laisse tomber ! fit Lefèvre à l'adresse de son collègue, on va plutôt aller interroger les gugusses du fond de la salle.

Le serveur était retourné s'accouder à son bar, le regard ailleurs, l'air indifférent. Les policiers s'approchèrent de la banquette occupée par le groupe des cinq jeunes. Tous étaient vêtus de noir. Les filles avaient le regard ombré de fard mauve et la bouche peinte en rouge sang. Leurs ongles longs étaient vernis de noir. À l'instar des filles, les trois garçons avaient l'air hostile. Ils avaient la joue hirsute et la moue boudeuse. Les cheveux ultracourts de l'un d'eux mettaient en valeur les flambées d'acné qui lui ravageaient la figure. Tous avaient le visage pâle et le regard cerné. Au doigt des garçons, de grosses bagues gothiques attiraient l'œil.

— Vous permettez ? fit Lefèvre sans attendre la réponse.

Il ne se présenta pas mais demanda aussitôt :

— Connaissiez-vous Élodie Le Gall ?

Aucun ne répondit. Pourtant, la nouvelle du meurtre avait sans nul doute fait le tour de cette ville tranquille.

— Je vais vous rafraîchir la mémoire, poursuivit le capitaine sans se démonter. Il s'agit d'une jeune fille qui a été assassinée et qui fréquentait ce bar… Cela ne vous dit rien ?

Un mou hochement général lui répondit.

Perrot intervint :

— Et Diana, vous la connaissiez ?

À nouveau, ils agitèrent la tête de droite à gauche avec une lenteur exaspérante.

Perrot capitula et se leva avec un cinglant :

— Merci de votre coopération !

Puis il donna le signal du départ et gagna l'autre bout du bar, Lefèvre sur ses talons.

Les quatre jeunes gens semblaient la copie conforme des précédents. Même allure inquiétante, même regard égaré, même mine renfrognée. Les trois filles buvaient une limonade du bout de leur paille tandis que le garçon sirotait un coca. Les policiers renouvelèrent leurs questions. Lorsque Perrot évoqua le prénom Diana, il crut percevoir une lueur dans le regard d'une des filles. Elle devait être la plus jeune. Elle n'avait pas dix-huit ans. Son maquillage cru faisait paraître sa peau encore plus diaphane. Elle se donnait l'image d'une dure, d'une rebelle revenue de tout, mais au fond, elle n'était, sans doute, qu'une gamine paumée.

— Mademoiselle, vous semblez connaître cette Diana ?

— N... Non, murmura la jeune fille en se rongeant l'ongle du pouce.

— Vous en êtes sûre ? insista-t-il.

— Ou... Oui.

— Pourtant, je parierais le contraire, fit Perrot d'une voix convaincante. Diana venait-elle souvent ici ?

L'adolescente hésita quelques secondes puis se décida à parler :

— Quelquefois, admit-elle à contrecœur.

— Avec qui ?

— Un groupe.

— Que vous connaissez ?

— De vue seulement.

— Et vous autres, fit Lefèvre en se tournant vers les voisins, la mémoire vous est revenue ?

Un regard noir lui répondit. Perrot reprit :

— Sortait-elle avec quelqu'un en particulier ?

— Oui, Lévi, fit le garçon du bout des lèvres.

— Lévi ? répéta Perrot en ouvrant son petit carnet de cuir orange. Lévi comment ?

— Lévi rien du tout, riposta le garçon sur le ton de l'évidence, Léviathan !

— Et qui est ce Léviathan ? interrogea Perrot qui sentait son cœur s'emballer dans sa poitrine.

— C'est leur chef.

— C'est-à-dire?

— Disons que c'est lui qui décide de tout dans la bande.

— Et où peut-on le trouver?

— Ah ça! Aucune idée! On n'est pas de la même bande, on se cause pas, c'est un principe! s'enflamma le jeune homme.

— Et quand les avez-vous vus pour la dernière fois?

— Il y a peut-être deux semaines…

— Très bien, conclut Perrot en se relevant, nous vous remercions pour ces renseignements. Si vous aviez d'autres informations à nous communiquer, merci de nous contacter à ce numéro.

Le silence lui répondit. Il y avait fort à parier que leur conscience civique n'irait pas jusque-là…

*

— En tout cas, ce n'est pas les études ou la recherche d'un boulot qui doivent trop les fatiguer, ceux-là! ironisa le plus jeune en sortant. D'ailleurs, il y a de fortes chances pour que ces gugusses soient des fils à papa en pleine crise d'indépendance! Peut-être que leur vilain père dentiste a exigé d'eux qu'ils obtiennent leur bac avant leurs vingt-et-un ans! Imagine la pression qui pèse sur leurs frêles épaules! Lefèvre, qui s'était fait tout seul, avait la dent dure lorsqu'il était confronté à l'oisiveté qu'engendre l'opulence. Perrot eut un rire complice. Décidément, il savait pour qui son ami ne voterait pas aux prochaines élections présidentielles de mai…

— Ce n'est pas le tout, reprit Lefèvre, j'ai une de

ces dalles, moi ! Il est plus de 14 h 30. On déjeune vite fait ?

— Allons-y !

Ils se rendirent dans le petit restaurant où le commissariat avait ses habitudes. L'établissement, avec ses tables en marbre gris et ses chaises bistrot abritées dans des alcôves, présentait le double avantage de servir à toute heure et de respecter l'intimité de ses clients. Pour faciliter le service, le patron avait opté pour le plat unique qu'il affichait à l'extérieur sur une grande ardoise.

Les difficiles allaient voir ailleurs. D'office, on disposa devant eux le merlu-pommes vapeur, la cuvée du patron, une carafe d'eau et deux tranches de gros pain. Lefèvre poursuivit avec le kouign aman et un café bien sucré tandis que son supérieur hiérarchique avalait un café allongé. Ils déjeunèrent dans le silence, se laissant bercer par le brouhaha ambiant et les vannes du sémillant propriétaire.

Avec regret, ils quittèrent la tiédeur des lieux et s'arc-boutèrent contre les bourrasques pour regagner le commissariat. Colombe était occupée à étudier les lettres reçues par Élodie Le Gall.

Les reliefs de son repas - sandwich américain à moitié grignoté et canette de coca - jonchaient son bureau…

— Du nouveau, Colombe ? s'enquit Perrot en s'approchant d'elle.

Elle haussa les épaules en signe d'ignorance et répliqua :

— J'ai bien relu toutes les lettres. J'ai essayé d'analyser la personnalité de l'expéditeur. Selon moi, il s'agit d'un fanatique, mais cela ne l'empêche pas d'avoir des désirs très humains ! termina-t-elle avec un sourire entendu.

— C'est-à-dire ? rebondit Perrot.

— Eh bien, expliqua le jeune lieutenant en relisant ses notes, lorsqu'il parle de *Roméo* et *Juliette* par exemple, il ne faut pas y voir qu'une illustration romantique de l'amour pur et absolu. Shakespeare n'a jamais voulu faire croire que la relation entre ces deux tourtereaux était platonique, bien au contraire ! Sa pièce de théâtre est truffée d'allusions érotiques, voire pornographiques - pas toujours très subtiles, d'ailleurs !

— Ouah, quelle culture ! siffla Lefèvre.

— Eh oui ! avant d'embrasser la carrière rassurante d'une fonctionnaire de police, j'ai eu d'autres ambitions, figure-toi ! Bon, assez parlé de moi, je continue... Il écrit à Diana *« Donne-toi à moi », « Laisse-moi te pénétrer de ma lumière sacrée », « en toi je sèmerai la graine de la vertu »,« Je t'inonderai de ma source claire... »*

— En d'autres mots, traduisit Lefèvre en termes choisis, L avait le feu au cul !

— Quel poète tu fais ! ironisa Colombe, mais c'est tout à fait ça, tu as saisi !

— Et concernant les dates d'envoi de ces lettres, vous avez appris quelque chose ? demanda Perrot.

— J'ai consulté les archives, répondit Colombe, histoire de voir ce qui se serait passé dans le coin à ces dates-là. Hélas, à part des manifestations de producteurs de cochons, je n'ai rien trouvé, acheva-t-elle avec une moue désolée.

— Il faudrait interroger les RG, suggéra Perrot, eux pourraient peut-être nous renseigner.

— Je m'en charge, proposa Colombe en se levant aussitôt.

— OK, approuva le commandant. De notre côté, nous retournons à Pont-L'Abbé interroger la sœur de la victime. Et ensuite je propose un petit tour chez notre marabout préféré…

— Barnabé ? s'étonna le plus jeune.

— Oui, opina Perrot, lui saura peut-être à quoi correspondent ces dates. En outre, il est possible qu'il sache interpréter les signes mystérieux à la fin de la dernière lettre.

Enthousiaste, Lefèvre se jeta sur ses pieds avec un « d'accord, Chef! » tonitruant.

*

La température extérieure avait nettement chuté au cours des deux dernières heures. Le ciel était bas et laiteux. Quelques flocons de neige s'étaient même mis à tourbillonner, rendant la chaussée glissante. Lefèvre s'était prudemment emmitouflé dans son anorak marron dont il avait scrupuleusement remonté la fermeture Éclair jusqu'en haut. Seul le bas de son visage émergeait de son bonnet et de son écharpe brune 100 % acrylique. Des gants assortis complétaient la tenue du parfait skieur.

— Dis-moi, se gaussa Perrot, tu te prépares pour un trekking au sommet de l'Himalaya ?

— Rigole, va ! Tu sais qu'on perd 30 % de sa chaleur corporelle par la tête ?

— Ah ?

— Eh oui, c'est ma mère - sainte femme ! - qui me l'a appris.

— Si c'est « monmon » qui le dit, alors… conclut un Perrot goguenard, tandis qu'ils entraient dans la capitale bigoudène.

Dans la rue de la République, *Vive le vent* avait remplacé l'obsédant *Petit Papa Noël* d'un célèbre chanteur qui aimait un peu trop les enfants.

Des mômes rieurs s'amusaient à ouvrir une bouche qu'ils s'imaginaient immense pour recueillir les flocons glacés sur le bout de leur langue.

L'affluence était à son comble dans la ville. Le compte à rebours avait commencé : plus que deux jours pour remplir les bas suspendus au manteau de la cheminée.

Les gens s'agitaient en tous sens. Le calme régnant dans le lotissement de feue Élodie Le Gall était d'autant plus saisissant. Chez les Le Gall, tout était silencieux. Pourtant, ils n'eurent pas besoin de sonner : la mère les guettait.

— Entrez, fit-elle, Sarah est dans sa chambre.

Elle frappa à la porte de sa fille puis monta, les laissant seuls face à l'adolescente butée. Cette dernière était installée devant un ordinateur. L'aspect de sa chambre était différent de celui de sa sœur. Ici, la teinte dominante était le gris - peinture murale gris perle et moquette anthracite. Le mobilier était résolument moderne, tout d'aluminium et d'acier. Aucune photo d'idole placardée aux murs. Aucun des artifices de séduction trouvés chez sa sœur. L'endroit était dépouillé, fonctionnel, à des années-lumière du boudoir rose bonbon de la disparue.

— Vous travaillez ? s'enquit Perrot.

— Non, fut la réponse laconique de l'adolescente.

— On peut vous parler quelques minutes ?

Elle haussa les épaules sans émettre un son. Mais elle fit pivoter sa chaise dans leur direction. Elle portait un ensemble en molleton noir passé qui n'avantageait pas une silhouette un peu lourde. Ses pieds étaient chaussés de pantoufles grises en forme d'éléphants étonnamment enfantines. Perrot s'assit sur le lit pendant que son frileux collègue s'adossait au radiateur de fonte.

— Sarah, commença le commandant, nous savons que c'est très douloureux ce qui vous arrive. Mais il faut que vous nous aidiez en nous disant ce que vous savez. Votre sœur avait-elle des problèmes ces jours derniers ?

La jeune fille fit un signe de dénégation ayant pour effet d'amener dans ses yeux ses mèches de cheveux latérales.

Mécaniquement, elle repoussa celles-ci vers l'arrière.

— Ta sœur avait-elle un petit ami ? demanda Lefèvre à son tour.

Si le passage au tutoiement la surprit, elle n'en laissa rien paraître. À regret, elle murmura :

— Je sais pas…

— Tu en es sûre ? insista Lefèvre, pourtant, ta sœur avait du succès, paraît-il !

L'insinuation eut l'effet escompté. La jeune fille se mordit la lèvre inférieure tandis que son nez se pinçait. Admiration ? Jalousie ? Lefèvre eût juré que c'était ce dernier sentiment qui l'habitait.

— Ta sœur n'avait donc pas de petit ami ? reprit Lefèvre. Elle ne sortait jamais ?

— Si, bougonna Sarah.

— Avec qui, alors ?

— Des amis.
— Garçons ou filles ?
— Les deux.
— Recevait-elle du courrier ?
— Peut-être…
— Pourtant, argua le capitaine, ta mère prétend qu'elle en recevait…
— Si elle le dit… rétorqua-t-elle avec une pointe d'insolence dans la voix.
— Donc, comme ta mère n'est sans doute pas une menteuse, c'est toi qui ne dis pas la vérité… assena Lefèvre brutalement.
Perrot lui adressa un froncement de sourcils explicite avant de reprendre la main :
— Qui votre sœur voyait-elle ?
— Un type…
— D'où ?
— Quimper.
— Son nom ?
— Lévi.
— Léviathan ?
Elle jeta un regard surpris au policier avant d'acquiescer :
— Oui, c'est ça.
— Ce n'est pas son vrai nom, si ?
— Ah bon ? fit l'adolescente visiblement surprise.
Si la lycéenne s'était rendu compte que ce nom n'était pas courant, elle en avait peut-être simplement conclu que le garçon était étranger à la région et n'avait pas cherché à en savoir davantage. Perrot songea alors que la crédulité de l'adolescente en faisait sans doute la proie idéale de charlatans mal intentionnés. Connaissait-elle personnellement ce

Lévi ? Avait-il abusé de sa naïveté ? Perrot reprit :

— Ce Lévi, vous l'avez déjà rencontré ?

— Hum, maugréa-t-elle.

— Où ?

— En boîte, l'année dernière.

— Élodie avait-elle rendez-vous avec lui le soir de sa mort ?

L'évocation de la fin tragique de sa sœur la fit pâlir brusquement.

— J'en sais rien… murmura-t-elle.

— Votre sœur se confiait-elle à vous ?

— Non, fit la jeune fille avec une mine renfrognée.

— Pourquoi ?

Elle haussa les épaules en signe d'ignorance, les yeux rivés sur ses pantoufles puériles. Lefèvre choisit ce moment pour décocher sa flèche :

— Elle te faisait de l'ombre…

Sarah Le Gall n'eut pas l'air de comprendre l'image. Elle leva un regard morne vers l'officier. Ce dernier traduisit brutalement :

— Elle avait plus de succès que toi et tu ne le supportais pas !

À nouveau, la bouche de la cadette se serra en un trait d'amertume. L'adolescente boulotte avait dû souffrir de la belle assurance de son aînée. Lefèvre enfonça le clou :

— Et toi aussi, tu étais amoureuse de Lévi !

Sarah Le Gall fusilla le capitaine du regard et cracha :

— N'importe quoi !

— Dans ce cas-là, poursuivit l'officier sans se démonter, si tu ne le protèges pas, tu vas nous dire où on peut le trouver !

— Comment j'le saurais ?

— Tu dois bien avoir une idée tout de même ! répliqua Lefèvre d'une voix dangereusement calme.

— Non…

— Bon, Sarah, intervint Perrot qui sentait qu'on n'arriverait à rien en prenant l'adolescente de front, nous allons nous en tenir là pour l'instant. Si vous avez quelque chose à nous dire, je compte sur vous pour nous appeler à ce numéro. Au revoir.

La jeune fille ne répondit pas. Elle fit pivoter son fauteuil et se remit à naviguer sur MSN.

*

— Quelle bourrique ! s'exclama Lefèvre en regagnant l'air libre.

— C'est vrai qu'elle a une sacrée caboche. Et pourtant, tu n'y es pas allé avec le dos de la cuiller ! D'un autre côté, je pense qu'elle est un peu limitée…

— C'est sûr qu'elle est mal barrée pour faire Normale Sup ! conclut le cadet avec son indulgence coutumière.

Tandis qu'ils traversaient le jardin laissé à l'abandon, ils décidèrent de rendre visite à la jeune voisine, amie de la disparue. À ce moment, *Les Quatre Saisons* retentirent sur le mobile du commandant :

— Perrot, j'écoute…

— Lenôtre à l'appareil. J'ai les premiers résultats d'analyse. Il est presque certain qu'Élodie Le Gall a succombé à une overdose de thallium, un métal blanc bleu à la toxicité voisine de celle du plomb. Ses composés se dissolvent dans l'eau. Ils sont invisibles et insipides. Les symptômes qu'il provoque sont similaires à ceux de la grippe et accompagnés d'une chute de cheveux. En fait, elle a dû en avaler à plusieurs reprises avant l'ingurgitation de la dose fatale, le soir de sa mort. Ce sont ses cheveux clairsemés par endroits qui m'ont alerté.

— Et on peut se procurer facilement ce genre de produit ?

— Facilement, non, mais de nos jours, c'est faisable. Tout se vend, tout s'achète. D'ailleurs, le thallium se retrouve dans la mort-aux-rats. Voilà tout ce que je peux dire pour l'instant…

— Merci, beaucoup, Lenôtre, à plus tard.

Perrot fit un compte rendu à son voisin avant de s'engager dans le jardin mitoyen.

La maison voisine était de construction récente. De facture simple, elle faisait la part belle aux ouvertures. De part et d'autre de la porte d'entrée en bois brun, s'ouvrait une baie vitrée occultée par un voilage couleur saumon. L'étage était percé de trois fenêtres en œil-de-bœuf. Le jardin était soigné. Une réplique de statue grecque dénudée supportant une potée de fleurs accueillait les visiteurs. Un petit étang à poissons rouges était creusé à une extrémité. L'allée de gravier beige était impeccable avec ses bordures nettoyées de près. Ils aperçurent à travers la fenêtre de droite les lueurs intermittentes émises par un poste de télévision.

Une femme d'une quarantaine d'années vint leur ouvrir. Bien plantée, elle avait la démarche assurée et le regard direct. Un tablier blanc immaculé lui ceignait la taille. Un peu de farine s'était accrochée dans sa frange châtain. Elle tenait une cuillère en bois à la main.

— Messieurs ?

— Madame, nous sommes de la police, fit Perrot en sortant sa carte, nous voudrions parler à Sonia Cossec qui était l'amie d'Élodie Le Gall.

— Oui, bien sûr, entrez.

Elle les précéda dans le salon et dit d'une voix douce :

— Sonia, ma chérie, deux messieurs de la police sont là pour te parler d'Élodie…

La mère se tourna vers les officiers et leur fit signe d'approcher. D'autorité, elle éteignit le poste avant de s'asseoir près de sa fille. Celle-ci était menue avec le teint clair. Elle portait un jeans droit et un sweat-shirt à capuche bleu layette qui lui donnait l'allure d'une gamine.

Perrot s'installa en face d'elle tandis que son comparse recherchait le réconfort du radiateur.

— Sonia, commença Perrot, vous étiez l'amie d'Élodie Le Gall. Saviez-vous si elle avait rendez-vous le soir de sa mort ?

La jeune voisine avait les yeux rouges et cernés. Son teint de porcelaine était douloureusement pâle. Ses nuits étaient probablement peuplées de fantômes depuis l'annonce de la fin brutale de son amie.

— Non.

— Avait-elle un petit ami ?

— Oui.

— Son nom, s'il vous plaît ? demanda Perrot en sortant son petit carnet rouge.

La jeune fille secoua la tête.

— Je ne sais pas, avoua-t-elle, il se faisait appeler « L », c'est tout ce que je sais. Il lui envoyait des lettres bizarres, ajouta-t-elle.

— Où le rencontrait-elle ?

— Je ne sais pas exactement.

— Le connaissiez-vous ?

— Non, mais elle m'avait fait lire ses lettres.

— Qu'en pensait Élodie ? voulut savoir le commandant.

— Elle trouvait ça romantique, fit Sonia doucement. Elle disait qu'à notre époque, on est plus habitué aux SMS…

— Et tu ne sais vraiment pas, insista Lefèvre, où ils se voyaient ?

La jeune fille fit un geste de dénégation. Puis elle frotta ses yeux irrités, marquant sa pommette saillante d'une disgracieuse coulée de mascara noir.

— Ses dernières lettres ne l'avaient pas intriguée ?

Sonia Cossec tira machinalement les deux jambes de son pantalon et répondit d'une voix sourde :

— Je n'ai lu que les trois premières lettres qu'elle a reçues. Je ne sais pas si elle en a reçu d'autres après. Je voyais moins Élodie ces temps derniers.

— Et pourquoi donc ? interrompit Lefèvre.

À ce moment, madame Cossec prit la parole sur un ton sévère, le front barré d'une ride soucieuse :

— Mon mari et moi avions mis le holà. Nous trouvions qu'Élodie avait de drôles de fréquentations… Des types louches avec des tatouages et des piercings partout. Nous l'avions croisée un dimanche après-midi dans les rues de Quimper avec une drôle de bande. Pas question que Sonia traîne avec ce genre de personnes ! D'autant que notre fille n'a que dix-neuf ans et qu'elle fait des études, elle !

Le mépris de madame Cossec était palpable. Sa fille n'avait qu'à bien se tenir… Les policiers décidèrent de mettre un terme à la discussion. Ils saluèrent la jeune fille qui leur rendit leur bonsoir et ralluma la télévision. Madame Cossec, drapée dans sa dignité, les raccompagna à la porte d'entrée.

*

Après une halte obligatoire à la boulangerie du coin afin que Lefèvre puisse se sustenter, les deux collègues avaient mis le cap sur La Torche. Ils roulèrent prudemment sur une route qui ne demandait qu'à verglacer. Les deux hommes étaient plongés dans le silence. Chacun réfléchissait aux informations qu'il avait obtenues. Lefèvre, après son pain aux raisins et sa canette de jus de pomme, avait confortablement reposé sa nuque sur l'appui-tête et fermé les yeux. Son instinct, à moins qu'il ne s'agît de l'état désastreux du chemin menant chez le sorcier, l'avertit de leur arrivée chez Barnabé. Le chien de ce dernier les annonça aussi bruyamment que la fois précédente. L'homme, drapé dans sa haire, sortit de sa tanière et, reconnaissant ses visiteurs, les fit entrer. Le feu crépitait dans l'âtre. Le molosse s'était couché devant la cheminée. Un vieux grimoire était ouvert sur la table. Une chope était posée à côté. L'homme leur proposa une boisson de son cru que les policiers refusèrent, freinés sans doute par quelque crainte obscure de se faire ensorceler.

— Monsieur, commença Perrot, nous enquêtons toujours sur le meurtre d'Élodie Le Gall. Nous avons trouvé dans ses papiers des lettres étranges. En voici des copies. Auriez-vous l'obligeance de les lire ?

L'homme à la crinière blanche attrapa les feuillets et se mit à les examiner longuement. Ses yeux rougis s'étaient mis à larmoyer. Une intense concentration lui figeait les traits. Au bout de plusieurs minutes, il prononça de sa voix sourde :

— La jeune fille s'appelait Élodie, n'est-ce pas ?

Perrot opina du chef.

— Et pourtant, reprit-il, il l'appelle Diana... Diana a une symbolique forte. Elle est la déesse de la lune. Elle est représentée sous la forme d'une étoile, comme celle qui signe la dernière lettre...

— Et le croissant de lune dessiné à côté, alors ? l'interrompit l'impatient Lefèvre.

— J'y viens, jeune homme, j'y viens, le tempéra Barnabé en élevant une main apaisante. Ce symbole représenterait Lucifer, le fils du matin. Les deux dessins juxtaposés formeraient un signe qui indique le chemin à suivre. Par ailleurs, le L qui signe toutes ces missives doit correspondre à Lucifer...

— Mais ce L ne pourrait pas être l'initiale de Léviathan ? interrogea Lefèvre.

— Possible, admit l'homme aux cheveux blancs, mais dans le contexte présent, je pencherais pour la première explication.

— Et que penser des dates auxquelles ont été écrites ces lettres ? questionna Perrot.

Le sorcier leva son regard vitreux vers l'officier et respira à pleins poumons avant de répondre :

— Les premières lettres ont été rédigées à des dates très connotées. Elles n'ont certainement pas été envoyées par hasard ces jours-là. Le 22 mars correspond à l'équinoxe de mars ou sabbat de feu. Le 1er mai célèbre Beltaine, c'est-à-dire l'amour. Quant au 21 juin, c'est le solstice de juin, le sabbat de la magie. Le 1er août est la fête de Lugnasad, fête de la victoire de l'ombre sur la lumière. Le 22 septembre, jour d'équinoxe, est le jour de la renaissance… Le 31 octobre, comme vous le savez déjà, fête les morts…

Il s'interrompit et avala une gorgée de son mystérieux élixir. N'y tenant plus, le plus jeune le pressa de poursuivre. L'homme prit son temps avant de continuer d'une voix encore plus rauque :

— Les trois dernières dates ne correspondent à aucun calendrier satanique. Il faut attendre le 21 ou 22 décembre pour fêter le solstice de décembre ou fête du soleil.

— Sans doute, suggéra Lefèvre, l'expéditeur voulait-il respecter un intervalle d'environ un mois entre chaque lettre et, du coup, les dernières ne correspondent à aucun anniversaire particulier…

— À part le sien, peut-être, avança Barnabé.

— Comment cela ? s'étonna le commandant.

— Eh bien, chez les adeptes du satanisme, qui se font forts de ne pas respecter les dates officielles du calendrier judéo-chrétien, la date anniversaire de leur propre naissance remplace celle supposée de la naissance du Christ…

Perplexe, Perrot prenait des notes en fronçant le sourcil. Il demanda :

— Pour en revenir au calendrier satanique, croyez-vous qu'il faille s'attendre à des manifestations quelconques dans la nuit du 21 au 22 décembre, au solstice ?

— J'ai bien réfléchi à cette question que vous m'avez posée hier, répliqua le vieux de sa voix monocorde. Si le crime est l'œuvre d'un adepte de Satan, ce qui m'en a tout l'air, alors, oui, je pense qu'il faut envisager cette possibilité…

— Le problème, réfléchit Perrot à haute voix, c'est que nous n'avons aucune indication sur leur lieu de rencontre…

— Ils se regroupent là où la mer se finit, fit Barnabé de sa voix grave.

— C'est vague, Monsieur, se permit Lefèvre.

— C'est tout ce que je peux vous dire…

Sur ces mots, l'homme se leva, ses spartiates de cuir glissant sur le pavé irrégulier. Il ouvrit la porte, faisant ainsi comprendre à ses deux visiteurs que l'entretien était terminé…

*

— Il a une façon de nous fiche à la porte, tu avoueras ! s'offusqua le cadet en s'engouffrant dans le véhicule de service.

— C'est vrai qu'il ne s'embarrasse pas de manières, sourit Perrot en retour.

Il força le chauffage dans l'habitacle glacé. Lefèvre reprit :

— Je suis paumé, qu'est-ce qu'il faut penser de l'identité de ce « L » ?

— Je n'en sais trop rien, admit l'autre. Sans doute, Lucifer et Lévi sont-ils une seule et même personne ? Reste à mettre la main dessus…

— « Reste », facile à dire, conclut le plus jeune en bougonnant.

Il se rencogna dans son fauteuil dont il inclina le dossier.

On ne l'entendit plus jusqu'à Quimper…

*

Au deuxième étage, on ignorait totalement la loi antitabac, comme s'en rendit rapidement compte la frêle Colombe.

Le bureau occupait tout l'étage. Quatre policiers se partageaient l'espace. Leur intimité était partiellement respectée par des cloisons en papier de riz d'environ un mètre quatre-vingts de hauteur. Les spécialistes des Renseignements Généraux ne dépassaient pas la trentaine d'années et tous fumaient à qui mieux mieux. Ils n'étaient pas toujours débordés, partageant leur temps entre la surveillance des manifestations de marins pêcheurs ou des velléités de renversement du pouvoir par les autonomistes bretons.

Les yeux douloureux et la gorge irritée, elle se posta devant le responsable du service, Frédéric Gassies, un grand échalas tout en nerfs occupé à boucler une procédure. Dans le cendrier se consumait une cigarette sans filtre. Un mini-lecteur CD posé sur le bureau diffusait les mélodies de Creedence Clearwater Revival. Malgré son jeune âge, le policier était obstinément tourné vers les 60's, une époque qu'il n'avait pas connue et qui, pourtant, l'emplissait de nostalgie.

Près de la minichaîne, souriaient deux blondinettes identiques dans un cadre en pâte à sel maladroit.

— Bonjour, commença Colombe, ce sont vos filles, là ? fit-elle en pointant le doigt sur les fillettes.

— Oui, se rengorgea l'heureux père, Camille et Madeleine…

— Camille et Madeleine, tiens ! commenta le lieutenant en riant, vous avez dû trop lire la Comtesse de Ségur, vous !

— Moi, non, mais ma femme, oui, répliqua le policier en écartant les mains en signe de fatalité.

— Elles sont adorables…

— Oui, je les ai pas mal réussies, fanfaronna Gassies sur un ton ironique. Bon, Colombe, que me vaut cette charmante visite, outre l'occasion de me féliciter sur ma progéniture, naturellement ?

— Je dois dire, répondit Colombe sur le même ton et en balayant l'air, que le plaisir de vous voir est quelque peu terni par l'effort que constitue la traversée de ce nuage de nicotine…

— C'est vrai, reconnut son interlocuteur, on est tous intoxiqués à cet étage…

— En fait je venais vous voir à propos du crime du Treustel, fit-elle en tirant une chaise.

— Élodie Le Gall ?

Il éteignit la musique afin de mieux se concentrer.

— Oui, c'est ça. Plusieurs éléments semblent converger vers la piste d'un crime satanique.

— Quel genre d'éléments ? voulut savoir le policier.

Colombe se refusait à trop en dire. Il n'était pas nécessaire que des informations confidentielles filtrent en dehors du cercle restreint des enquêteurs directement chargés de l'affaire.

Aussi se contenta-t-elle du minimum :

— La victime recevait des lettres à certaines dates symboliques…

— Les jours d'équinoxe ou de solstice, je présume ?

— Exactement. Perrot et Lefèvre cherchent à en savoir davantage sur les lieux de rencontre des sataniques.

— Par principe, ils sont très discrets, expliqua Gassies en allumant une cigarette en un geste réflexe. Les adeptes du satanisme avancent toujours masqués…

— Masqués ? répéta Colombe, un peu comme les adeptes du Ku Klux Klan aux États-Unis ?

— Non, c'est une image, rectifia le policier. En fait, les authentiques adeptes se doivent de se présenter sous une apparence rassurante. Pour ce faire, ils font unanimement preuve de modestie et de gentillesse.

— Ils n'auraient donc pas de discours violent ?

— Non, bien au contraire. Ce n'est que dans l'intimité qu'ils vont délivrer leur message de haine.

— Et en quoi consiste leur credo ?

— Ils prônent l'isolement du monde extérieur qui est le siège du Mal. Ils méprisent les autres croyances jusqu'à contester les religions établies, les religions chrétiennes en particulier. Ils remettent aussi en question le bien-fondé de l'existence…

— Ils encouragent donc le suicide et le meurtre, en déduisit une Colombe impressionnée.

— Pas si simple, nuança Gassies, en fait, il n'y a que rarement passage à l'acte. En revanche, ils encouragent les rituels dégradants et déviants…

— De quel type ?

— Flagellation, scarification, viols collectifs, énuméra Gassies.

— Je vois, murmura le jeune lieutenant pris de vertige à l'évocation du puits sans fond de la noirceur humaine. Et a-t-on une idée des lieux où se tiennent leurs réunions ?

— Le plus souvent dans les caves mêmes des adeptes.

— Jamais à l'extérieur? s'écria Colombe avec déception.

— Si, ça arrive. Ils ont leurs lieux de prédilection. Les coins isolés, bien sûr, et un peu lugubres. Les RG ont localisé trois emplacements principaux…

— Oui? le pressa Colombe qui notait à toute vitesse les précisions apportées par Gassies.

— Le bois de Combrit, les abords du fort de Sainte-Marine et la grève du Haffond, également sur la commune de Combrit.

— Quelqu'un, fit Colombe sans préciser sa source, nous a parlé d'un endroit « où la mer se finit »… Lequel de ces trois lieux pourrait convenir, à votre avis?

— Je pencherais pour le Haffond, c'est l'endroit le plus directement sur la mer.

— Et savez-vous s'il y a des rencontres à venir?

Gassies eut un regard énigmatique.

Lui, non plus, bien que sa fonction fût d'aider les autorités à maintenir l'ordre public, ne voulait pas trop en dire.

Il se contenta d'ajouter ce que Colombe avait déjà compris:

— Il y a des dates plus propices que d'autres.

— Je vois, conclut Colombe en se levant. Merci beaucoup, Frédéric, pour toutes ces informations.

— De rien, Colombe. Mais un dernier conseil: discrétion absolue…

— Entendu…

*

Tandis qu'il se garait sur le parking en amont du port de Sainte-Marine, *Les Quatre Saisons* retentirent dans sa poche intérieure. C'était Colombe qui lui communiquait les informations qu'elle avait obtenues en début de soirée.

— Bon travail, Colombe, la félicita Perrot.

— Merci, mais je n'y suis pas pour grand-chose...

— Détrompez-vous, ce n'est pas si facile de faire parler nos amis les taupes des RG.

— Ah ?

— Eh oui, ils disent seulement ce qu'ils veulent bien nous dire...

— Remarquez, de mon côté, je n'ai pas été des plus loquaces !

— Vous avez bien fait, il vaut mieux avancer masqué !

— Tiens, tiens, j'ai déjà entendu cette expression quelque part, ironisa Colombe.

— Pardon ?

— Non, rien. Allez, Jean-Louis, bonne nuit et à demain.

— Reposez-vous bien.

Perrot raccrocha et sortit de sa voiture.

Les quelque deux cents mètres qu'il parcourut dans l'air glacé lui coupèrent le souffle. Le raidillon menant au port était à peine éclairé. Les maisons de vacances étaient fermées, les chaises longues rentrées. Dans son renfoncement, le lavoir projetait son ombre inquiétante sur le mur opposé. Sur la place, comme sur la jetée, il ne croisa pas âme qui vive. Aucune lumière ne filtrait à travers les volets des maisons construites en surplomb de l'anse. La chapelle se dessinait, silhouette fantomatique veillant sur le port. Aucun café n'était allumé, à l'exception de celui de l'hôtel qui attendait désespérément quelque client transi.

Soudain, un bruit le fit tressaillir. Une boule noire venait de se glisser sournoisement sous une haie de troènes, frôlant le policier sur son passage. Perrot sursauta et lâcha un cri de surprise.

Puis, reconnaissant le félin à l'origine de tant de superstitions, il s'amusa de sa propre frayeur: qu'était-il allé s'imaginer, l'espace d'un instant? Que le coupable, se sentant bientôt démasqué, était venu attenter à sa vie? Dieu merci, il n'en était rien.

L'officier se secoua, se forçant à étouffer une émotivité qui ne pouvait qu'émousser un jugement déjà mis à mal par l'évocation sordide des actes sataniques.

Lorsqu'il tourna la clé dans sa serrure, la fatigue s'abattit brutalement sur le policier.

Depuis deux jours, il avait l'impression pénible de sonder les tréfonds de l'âme humaine. Les interrogations se bousculaient: quel être malfaisant pouvait avoir ainsi arraché à la vie une jeune fille dans la fleur de l'âge? À quelles forces obscures avait-il obéi? À quelle manipulation avait-il cédé? Pourrait-on un jour répondre à ces questions?

Perrot gagna la cuisine en soupirant. Il se servit lentement un verre de Bordeaux.

Tout en le dégustant à petites gorgées, il se prépara une salade d'endives aux noix, vinaigre balsamique et jambon Serrano.

Il faisait toujours un effort pour se préparer un repas digne de ce nom mais il fallait bien avouer que, depuis sa séparation avec Sofia, la mère de ses deux enfants, les plats n'avaient plus la même saveur.

Dorénavant, il ne dînait avec plaisir que lorsque ses petits partageaient sa table.

Dans ces moments-là, entre les commérages de l'aînée et les anecdotes du second, il reprenait goût aux plaisirs simples de l'existence.

Mais les beaux jours étaient derrière lui. Il n'avait pas su combler sa femme qui croquait la vie à belles dents.

Depuis, il ne s'était jamais engagé durablement dans une relation.

Un jour peut-être…

V

Vendredi 20 décembre.

— Selon Gassies des RG, on aurait trois lieux possibles de rencontre : le bois de Combrit, les abords du fort de Sainte-Marine et la plage du Haffond, toujours à Combrit.

— Et d'après lui, ils pourraient se manifester ces jours-ci ?

— Il ne s'est pas prononcé… fit Colombe en ouvrant des mains navrées.

— Ça aurait été trop beau… soupira Perrot. Bon, voici ce que je propose, lança-t-il à la cantonade. On va organiser une planque aux trois adresses que l'on a.

— Quand ? demanda Lefèvre avec impatience du haut de son radiateur.

— Demain soir, 21 décembre, jour de l'équinoxe.

— Vous êtes sûr de votre coup ? interrogea Suzanne Le Mer dont le doute transpirait dans la voix.

— Je ne suis sûr de rien, répliqua posément son supérieur mais je pense que ça vaut la peine d'essayer. On n'a aucune piste sérieuse de toute façon… Le dénommé L, tout le monde le connaît mais personne n'est capable de nous dire qui il est ni l'endroit où il habite. On n'est pas plus avancés ! Alors, si on est bien sur la trace d'un adepte du satanisme, la meilleure solution, c'est de le traquer dans son repaire potentiel…

— Concrètement, ça donne quoi ? demanda Lefèvre dont le visage pâle émergeait d'un sous-pull à la teinte improbable.

— On va se diviser en trois groupes de trois. On fait du repérage discret aujourd'hui. Et demain, à partir de dix-neuf heures, chaque groupe se rend sur les lieux et trouve le meilleur endroit pour voir sans être vu. On met le portable sur mode vibreur et on observe…

— Et si une réunion a bien lieu ? s'enquit Colombe en serrant ses cheveux derrière ses oreilles où pendaient des créoles dorées.

— Eh bien, répondit Perrot, tout va dépendre de la taille de l'assemblée. S'ils sont moins de dix, on peut les coincer en les encerclant, l'arme de service bien en évidence, cela va de soi…

— Et s'ils sont plus nombreux ? intervint Richard Pensec, le lieutenant qui, à cause de sa corpulence qu'expliquait un bon coup de fourchette, avait été surnommé « Alceste » en clin d'œil au gros camarade du *Petit Nicolas* de Sempé.

— Dans ce cas-là, on prévient les renforts. Si la rencontre se déroule près du fort de Sainte-Marine, il faudra un peu de temps aux collègues postés aux deux autres endroits pour rejoindre ceux du fort. En revanche, du Haffond au bois de Combrit, la distance peut être parcourue en moins de dix minutes. Bien entendu, pas de giro, pas d'alarme, discrétion maximum.

— Compris ! firent-ils tous d'une seule voix.

— Lefèvre, Le Mer et Le Du, vous planquerez dès dix-neuf heures près du fort. Colombe, Pensec et Raoult, le bois de Combrit est pour vous…

— C'est plutôt étendu, non ? réagit Pensec.

— C'est vrai, admit Perrot. C'est pourquoi je vous conseille, à vous aussi, d'y aller en éclaireurs sans tarder. Essayez de localiser un endroit dégagé genre clairière mais à l'abri des regards où la cérémonie pourrait se dérouler. L'objectif : les ramener au poste.

À tous, je répète la même consigne : portables en veilleuse, armes de service, lampes torches et menottes à disposition…

*

Lenôtre en ayant terminé avec la dépouille d'Élodie Le Gall, la famille avait été autorisée à procéder à l'inhumation de la victime. Les obsèques étaient prévues à 15 heures en l'église de Pont-L'Abbé. Perrot crut qu'il allait rater le début de l'office tant les abords étaient embouteillés. Après avoir tenté vainement de trouver une place de stationnement près de l'édifice religieux, le policier avait dû se résoudre à laisser son véhicule sur le quai de Pors Moro au-dessus de la rivière qui, à marée basse, découvrait son fond vaseux où gîtaient les pêche-

promenade. Le commandant entra dans l'église et se coula près de la lourde porte sculptée. Au premier rang, Monique Le Gall soutenait son mari que le désespoir voûtait chaque jour davantage. À côté, légèrement en retrait, la sœur cadette regardait fixement devant elle. Elle avait les mains profondément enfoncées dans les poches de sa longue parka noire. L'homélie du père Joseph était pudique et pleine de retenue. Nul appel à la haine ni à la vengeance dans ses paroles mesurées. Conscient du sentiment de révolte qui animait l'assemblée, l'homme d'église sentait qu'il était de son devoir d'appeler à l'apaisement et au pardon. Perrot put constater que la jeune fille était appréciée. Son cercueil était entouré de brassées de fleurs aux couleurs pastel rassemblées en couronnes élaborées, gerbes guindées ou simples bouquets champêtres. Comme tous les enterrements de jeunes, celui d'Élodie Le Gall était poignant avec tous ses camarades soudain arrachés à l'insouciance de leur âge, réunis pour lui rendre un dernier hommage. Collègues et amis se tenaient serrés les uns contre les autres, litée craintive et inconsolable.

Perrot aperçut Jennifer, la collègue du salon de coiffure où travaillait la défunte. Cette dernière hoquetait convulsivement, les mains croisées, ses cheveux colorés pendant de chaque côté de son visage bouffi par les larmes.

À sa gauche, son patron, Francis Le Hir, plus pâle que jamais, gardait la tête inclinée.

Deux rangs devant, Sonia Cossec, l'amie d'enfance de la disparue, se recueillait, tête penchée, tandis que des sanglots soulevaient sa poitrine menue. Sa mère, tout de noir vêtue, l'entourait de son bras protecteur.

La famille Le Gall avait demandé que la cérémonie d'inhumation - et de crémation à laquelle tenait la disparue - ait lieu dans la plus stricte intimité. Aussi la cérémonie se termina-t-elle par le lent défilé des relations et camarades venus d'un ultime geste - salut de la main, baiser jeté du bout des doigts ou prière esquissée - faire leurs adieux à la jeune fille. À ce moment, tandis que retentissait dans l'église bondée la chanson préférée d'Élodie Le Gall, sa sœur s'approcha de leur père et lui glissa une main sous le bras. Perrot aperçut le regard surpris que lui rendit ce dernier…

*

— On a repéré un endroit pratique pour planquer, indiqua Lefèvre qui mordait dans son kouign bien beurré. On va s'installer chacun à un angle, à distance de l'entrée menant au fort. Ceci dit, je serais surpris qu'une rencontre ait lieu à cet endroit…

— Pourquoi ça ?

— Eh bien, parce que l'endroit n'est plus aussi isolé qu'il l'était autrefois. L'été, on y organise des vernissages et des expositions, si bien que les lieux ont été aménagés. Ce n'est plus aussi sauvage et protégé des regards qu'avant…

— Je vois, fit Perrot pensivement, ceci dit, cette adresse est pourtant répertoriée par les RG comme étant un lieu de rencontre satanique…

— Ou « ayant été », corrigea Lefèvre.

— Tu as peut-être raison, acquiesça le maître des opérations, mais il vaut mieux ne pas négliger cette piste, sait-on jamais ? Et vous, Colombe, Pensec et Raoult, ça a donné quoi ?

Ce dernier, un grand blond connu pour sa passion immodérée pour le poker, prit la parole :

— On a repéré deux endroits possibles où ils pourraient bien se donner rendez-vous. Les deux clairières sont heureusement distantes l'une de l'autre de cinquante mètres tout au plus. Je me posterai à proximité de l'entrée de la première, Colombe et Alc… euh Pensec, se rattrapa-t-il, guetteront l'autre.

— Bon, on est parés, conclut Perrot. Pensez à vous habiller chaudement. Prévoyez de quoi tenir quelques heures ; les thermos sont en bas…

*

Cela faisait plus d'une heure trente à présent qu'ils montaient la garde. Ils avaient dissimulé leur véhicule dans le jardin de voisins compréhensifs. Ces derniers, un couple de septuagénaires, avaient accepté de bonne grâce de rendre service aux forces de l'ordre, car « avec tout ce qu'on voit aux actualités en ce moment, on ne se sent plus en sécurité nulle part. » Les officiers avaient naturellement exigé une parfaite discrétion de leur part. Interdiction formelle de passer un coup de fil à quiconque l'informant de présence policière dans le secteur. « Vous pouvez nous faire confiance ! » avaient promis les deux vieux, tout excités d'imiter leurs héros de séries télévisées. Il faisait toujours aussi froid bien que le vent ait provisoirement baissé les armes. Une légère brume montant de la mer et des marais voisins ouatait les lieux d'une blancheur opaque. Les policiers avaient établi que la réunion avait de bonnes chances de se tenir dans l'espace dégagé au-dessus de l'ancien emplacement de l'épave de caboteur échoué. Ils prirent position près du hangar - là même où la municipalité de l'Île-Tudy avait fait le pari - à l'instar de Rochefort avec son *Hermione* - de ressusciter *La Barbinasse,* un vieux gréement du temps passé. Le bout de plage bordé de rochers n'était visible d'aucune habitation alentour. Seuls les pêcheurs de palourdes, à marée basse, pouvaient apercevoir l'endroit, lorsqu'armés de leurs *bascaden*[4], ils s'avançaient prudemment dans les sables mouvants de la grève.[5] Mais à cette heure tardive, aucun risque d'être espionné par un plaisancier ou un pêcheur à pied. À intervalles réguliers, le cri des goélands déchirant le silence faisait sursauter les policiers en faction. Nul doute que l'atmosphère lugubre pouvait séduire des organisateurs de réunions occultes. Chez les policiers, l'appréhension montait au fur et à mesure que les minutes s'égrenaient. Et insidieux, le doute s'immisçait, perturbant, paralysant. À cette impression désagréable s'ajoutait la sensation de froid, humide, tenace. Afin de ne pas geler sur place, Caër et Peuch, deux gardiens expérimentés, trompaient l'attente en piétinant et en se frappant la poitrine de leurs mains gantées. Les tasses de café noir qu'ils se servaient à intervalles réguliers leur donnaient une provisoire impression de chaleur. Le silence était total, seulement entrecoupé par les plaintes des mouettes et le clapot de la houle venant lécher la plage. Par crainte d'être entendus par un adepte qui serait venu en reconnaissance, les policiers ne communiquaient que par signes, théâtre muet amusant s'il n'eût été angois-

4. *Panier en osier qu'utilise le pêcheur de palourdes.*

5. *Langue de sable située à l'embouchure de la rivière de Pont-L'Abbé.*

sant. Soudain, un bruit assourdi se fit entendre. Perrot crut que son imagination lui jouait des tours, mais, à nouveau, il entendit le même son. Pas de doute : des véhicules, tous feux éteints, approchaient sur le chemin inégal. Les arrivants avaient opté pour la route venant de l'axe Combrit-l'Île-Tudy. Après les lotissements de Pen Diry, ils avaient prudemment engagé leurs véhicules sur la route caillouteuse sillonnant à travers champs et marécages. Finalement, ils vinrent se garer à l'emplacement du hangar désaffecté. Des torches se mirent à balayer l'obscurité tandis que les policiers cherchaient précipitamment le couvert des arbres. Une cohorte s'approchait dans le silence le plus total. Tous étaient vêtus de sombre, la capuche tirée sur les cheveux. À la tête de la procession, venait un individu en noir portant un chapeau pointu blanc. Il s'arrêta. Toujours sans mot dire, le groupe forma cercle autour de celui qui devait être le chef. Ce dernier leva lentement la main. Aussitôt, toujours sans un mot, ils se mirent à genoux. Mis à part le maître, seuls deux personnages étaient restés debout. Celui qui se tenait sur sa gauche portait un lourd cierge à la flamme vacillante dans chaque main. Celui de droite balançait un encensoir dont le parfum entêtant parvenait jusqu'aux narines des policiers à l'affût. Pendant ce temps, la personne au chapeau blanc promenait un lent regard circulaire sur l'assemblée agenouillée, général passant la soldatesque en revue. Puis, toujours aussi lentement, il sortit de sous sa cape un drap immaculé qu'il déroula sur le sable piqué d'herbes de dune. Enfin, comme dans un film au ralenti, il se mit à genoux et s'allongea de tout son long sur le linge blanc. S'ensuivit alors, sous le regard médusé des forces de l'ordre, une mascarade obscène qui vit le chef mimer l'acte copulatoire. Autour, les participants, bouche close, avaient entonné une plainte sourde, lancinante, inquiétante. Puis, au fur et à mesure que l'homme au centre s'échauffait, la rumeur s'amplifia jusqu'à se muer en cris de guerre : « À mort ! À mort ! À mort ! » Telles étaient les paroles qui parvenaient aux oreilles des trois policiers abasourdis. À ce moment, certain d'être en présence de ceux qu'ils guettaient, Perrot composa discrètement le numéro de portable de Lefèvre. Celui-ci décrocha aussitôt d'une voix que l'excitation faisait trembler. Perrot chuchota :

— Ici Perrot, ils sont sur site, on vous attend. Prenez direction bourg de l'Île-Tudy, puis après le camping GCU, prenez à droite. Garez-vous là. Faites le chemin à pied, torches éteintes. Mettez-vous à couvert du hangar à bateaux. À mon signal, on les encercle.

Lefèvre raccrocha après avoir promis de libérer ceux postés près du fort. Pendant ce temps, dans le calme revenu, le chef s'était relevé et était allé se placer entre les deux cierges plantés dans le sol. Il se tenait debout, jambes écartées et le front hautain. Il contemplait ses sujets, satisfait. Soudain, la personne qui tenait l'encensoir depuis le début de la cérémonie, le posa doucement sur le sol et gagna le centre du cercle. Elle semblait dans un état second. Répondant à quelque signal muet, les fidèles entonnèrent une complainte assourdie tandis que leur corps se mettait à vaciller d'avant en arrière. Leurs mains, en revanche, reposaient docilement sur leurs genoux. L'individu vers lequel convergeaient tous les regards, se mit à se trémousser de façon langoureuse. Avec des gestes lents et des regards appuyés, il se caressait le corps, insistant sur les parties les plus intimes. Autour, l'assemblée galvanisée gémissait de plus en plus fort. Puis, le personnage en noir commença à se déshabiller à gestes calculés. Lentement. Très lentement. Soulevant un coin de son manteau avant de le laisser retomber. À chaque fois qu'il faisait mine d'ôter son vêtement, l'assemblée s'agitait davantage. Puis, alors que l'excitation des voyeurs était à son comble, il enleva sa cape d'un coup sec. Dans la pénombre crépusculaire, un corps pâle jaillit, triomphant : celui d'une femme… Perrot, surpris, observait celle qu'il avait prise pour un homme et qui venait de s'immobiliser, apparemment insensible à la morsure du froid. Aucun frisson ne traversait son corps mince. Elle était de marbre, les yeux fixés sur quelque point lointain qu'elle seule semblait voir. Elle avait la bouche légèrement entrouverte, ses bras retombaient mollement de chaque côté de son corps mince. Ses formes pleines tendaient sa peau blême qui se nimbait, à la lueur de la lune, d'un halo phosphorescent. Elle sortit de sa léthargie et, toujours aussi lentement, alla s'allonger sur le drap que le chef venait d'abandonner sur l'herbe. Tout au long du spectacle, la ferveur de l'assemblée était allée crescendo. Puis, tandis que la parodie s'achevait, la clameur s'atténua progressivement jusqu'à redevenir une mélopée étouffée avant le silence total. La fille se releva et se couvrit de l'ample couverture noire que le chef lui tendait. Puis, celui-ci s'empara du drap et le brandit à bout de bras. Sur le linceul, les policiers stupéfaits purent voir le dessin en signes de sang d'une femme. D'une voix rauque, les bras largement écartés, l'homme se mit alors à psalmodier des paroles prophétiques tandis qu'il passait d'une jambe sur l'autre :

— Moi, Léviathan,
Seigneur des Océans,
Avec Béhémoth,
Règne sur le temps,
Qui ose défier Léviathan,
Sera puni par Satan,
Qui ose braver le serpent,
Devra payer de son sang !

Sur ces mots, le chef lança le suaire à terre. Aussitôt, la horde se jeta sur le drap et se mit à le réduire en charpie. Au silence recueilli avaient succédé des cris de guerre caverneux, gutturaux. Puis, le chef intima à la meute l'ordre de se calmer. Comme un seul homme, la foule se remit à genoux, mains posées sur le haut des cuisses. Léviathan reprit son oraison en même temps qu'il brandissait un cierge allumé :

— Toi, Diana qui as trahi,
Toi, Diana qui as péri
Aux Infidèles, nul pardon
Tu as rejoint Abaddon.

Les gémissements du groupe reprirent à l'unisson tandis que le chef, au nom du Paraclet, bénissait chacun de ses fidèles de son cierge enflammé. Sur le passage du maître, tous baissaient la tête en signe d'aveugle obédience. À ce moment, le portable de Perrot se mit à vibrer.

— Perrot, j'écoute, chuchota-t-il.

— Nous sommes au hangar, indiqua Lefèvre, on attend ton signal.

— OK, à 22 h 05, on donne l'assaut.

— Compris, je transmets.

Aussitôt, Perrot communiqua le même message aux deux collègues qui l'avaient accompagné. Trois minutes plus tard, les six policiers encerclaient le groupe d'illuminés. Plusieurs firent mine de vouloir s'échapper, mais le maître les rappela à l'ordre d'un olympien : « calme ! » La meute se coucha alors, docile. Perrot prit les commandes :

— Tous en rang, tranquillement. On les menotte les uns aux autres, intima-t-il à ses hommes. Le Du, tu vas chercher le véhicule, Le Peuch, tu fais pareil.

*

— Nom, prénom, date et lieu de naissance, adresse, profession.

On cuisinait les adeptes depuis une heure maintenant. La moyenne d'âge de l'assemblée funèbre était étonnamment jeune. Tous étaient habillés de noir et portaient les cheveux mi-longs.

Les collègues s'étaient divisés le travail : chaque suspect serait interrogé par un couple de policiers. On se réservait le chef pour plus tard en espérant qu'un séjour en geôle attendrirait sa carapace.

— Alors, Judas, reprit Lefèvre, tu vas vite nous donner ta véritable identité avant qu'on lance un appel à témoins ! Tu veux voir ta bobine dans *Ouest-France* demain ? « *Qui reconnaît ce Judas ? Merci de contacter la rédaction du journal !* », ironisa Lefèvre.

En face, le jeune homme s'enfermait dans son silence. L'individu n'avait sans doute guère plus de vingt ans. Il portait un jeans, un anorak et des santiags noirs. Ses cheveux longs encadraient un visage fin mais trop pâle. Ses yeux bleus avaient la couleur pure du glacier.

— Tu étais plus causant tout à l'heure, si j'ai bonne mémoire ! Tu as une belle voix, dis-moi ! Mûr pour « Les petits chanteurs à la croix de bois » !

Un reniflement méprisant accueillit les paroles acerbes du policier dont le caractère impatient était bien connu du service. L'individu risquait d'en faire les frais…

— …Puisque tu refuses de coopérer, menaça Lefèvre, on va faire venir une de tes collègues… Ça te motivera peut-être ! Pensec, tu peux aller me chercher une nana, s'il te plaît ?

Malgré une forte corpulence, son collègue était d'une vivacité surprenante. Il réapparut aussitôt, tenant par le coude un brin de fille à la peau blafarde et aux yeux de braise. Le regard aussi meurtrier que son acolyte, elle dévisagea les policiers avec audace. Une odeur capiteuse de patchouli la précédait.

— Alors, Mademoiselle Cybèle, reprit Lefèvre avec ironie, à défaut de nous donner ton vrai nom, que peux-tu nous dire sur ce monsieur ici présent ?

Elle répondit par une moue méprisante.

— Tu ne l'as jamais rencontré ?

Elle continuait à toiser les policiers sans desserrer la mâchoire. Lefèvre revint à la charge :

— Dans une autre vie, peut-être ? ironisa-t-il. Près de lui, Pensec étouffa un rire complice. C'est dommage, susurra-t-il, de t'enferrer dans le silence. Il ne fait pas chaud en cellule, tu sais. On coupe le chauffage, on fait des économies, tu comprends ? Et puis, on y ramène souvent des SDF, tu sais, ces pauvres gens qui dorment dehors et n'ont pas accès aux sanitaires… Eh bien, poursuivit-il sur le ton de la confidence, ces gens sont gentils mais… ils puent! Tu t'imagines passer la nuit avec eux? Pouah!

Sur ces mots, il se leva et se mit à tourner autour de la suspecte, lentement, puis de plus en plus vite. Mais la jeune fille ne bronchait toujours pas. Lefèvre alla alors se rasseoir et changea de registre:

— Bon, trêve de plaisanterie, la belle, j'ai la nette impression que tu es encore mineure… Dans ce cas, on doit prévenir tes parents…

À ces mots, la jeune fille frémit imperceptiblement. Elle cilla à plusieurs reprises. Lefèvre insista:

— On va faire comme pour les autres, on va mettre ta photo dans le journal de demain. Tu vas devenir une star! La « keuf académie », tu connais? Dans celle-là, j'te garantis qu'ils ne seront pas nombreux à voter pour toi!

Le visage de la jeune fille avait pris un teint olivâtre. Des gouttes de sueur perlaient à son front bombé. Pourtant, elle ne parla pas.

— Bon, on n'a pas que ça à faire, conclut Lefèvre en se levant. On remet tout ce beau monde en cellule.

Le bedonnant Richard Pensec menotta les deux adeptes et les fit descendre en geôle. Lefèvre gagna le bureau de Perrot qui était occupé à interroger une jeune fille avec l'aide de Colombe. Lefèvre hissa son postérieur frileux sur le radiateur derrière la suspecte. Ainsi dissimulé, il déstabiliserait plus certainement l'ennemi, l'effet de surprise jouant pour lui.

— Donc vous persistez dans votre déclaration, vous vous appelez Esther? interrogeait Perrot.

La jeune fille se tenait voûtée sur sa chaise. Elle portait un pull noir trop ample qui, au lieu de masquer ses rondeurs, les mettait en valeur. La couleur jais de ses cheveux coupés à hauteur d'épaules ne devait rien à la nature, comme le trahissaient ses racines fauves. Le visage bouffi était marbré par une couperose aggravée par le vent glacial des jours passés. Elle avait ombré ses yeux d'un trait de khôl trop épais qui avait bavé sur la paupière. À l'instar des autres témoins, elle gardait le silence, obstinément.

Colombe s'approcha à la toucher et l'interrogea de sa voix douce :

— Vous savez, Esther, vous êtes très jeune. Vous êtes sans doute influençable, c'est normal. On l'a tous été à votre âge. Mais vous devez penser à votre avenir. Votre chef n'a aucun droit sur vous. Vous devez parler, si vous ne voulez pas subir le même sort que lui…

Les paroles de Colombe avaient fait mouche. La disgracieuse jeune fille avait levé les yeux. De son doigt boudiné qui disparaissait sous une grosse bague en argent surmontée d'une tête de mort, elle se gratta le cuir chevelu. Une mèche de cheveux ternes lui retomba sur les yeux. Elle la repoussa en arrière et renifla. La sentant mûre, Colombe s'apprêta à la cueillir :

— Alors, reprenons, vous vous appelez donc…

— Coraline Bihan…

— Âge ?

— Dix-neuf ans.

— Profession ?

— Je suis à l'école.

— Quelle classe ?
— TL.
— Bien, Coraline, que faisiez-vous au Haffond à cette heure tardive ?
— On avait une réunion de groupe...
— Quel groupe ?
— Le nôtre, répondit-elle sur le ton de l'évidence.
— Mais encore ? intervint Lefèvre par l'arrière.
— « Love of Satan ».
— Qui est Satan ? interrogea à son tour Perrot.
— Le Diable ! répliqua la dénommée Coraline avec un rictus méprisant face à l'inculture crasse dont témoignait ce policier trop élégant.
— Ça, on l'aurait compris tout seul, s'écria Lefèvre en sautant de son perchoir et en allant se fourrer sous le nez de la jeune fille adipeuse. Ce qu'on veut savoir, nous, c'est qui dirige ton groupe et ce que vous y faites précisément !
Coraline Bihan se mit à ronger un ongle de pouce étonnamment épais et recourbé. Elle avait les yeux baissés à présent. Ses pieds étaient rentrés, signant ainsi son refus de coopérer plus avant.
— Alors, insista Lefèvre en tournant autour de la suspecte, tu nous donnes des détails ?
La jeune fille s'était murée dans le silence. Colombe tenta sa chance :
— Coraline, vous ne devez pas obéissance à votre chef. Ce n'est qu'un imposteur qui joue de votre naïveté. Vous ne lui devez rien. Vous n'avez pas à le protéger. Pensez à vous. Je suis sûre que vous n'avez rien fait de bien grave... Allez-y, on vous écoute...
Les mâchoires de la jeune fille se serraient convulsivement tandis qu'elle écoutait les encouragements

de la policière. Un instant, les policiers crurent qu'elle allait parler, mais il n'en fut rien. Elle avait fait un serment. Elle devait le respecter. À son tour, Coraline Bihan fut redescendue en cellule. Il était 23 h 45 et la fatigue et l'énervement commençaient à se faire sentir. Le groupe qu'ils avaient interpellé était manifestement soudé. Loyaux, ils avaient juré fidélité à leur chef et ne le trahiraient pas si facilement…

— Drôle d'équipe ! commenta Perrot qui venait de se servir un thé noir corsé, on est à mi-chemin entre le cercle gothique et la secte…

— Oui, approuva Colombe, et je n'arrive pas à savoir s'ils sont dangereux ou simplement pitoyables…

— Les deux, à mon avis, soupira le commandant.

— Bon, c'est pas le tout, intervint le bouillant Lefèvre qui piétinait, on l'entend le « chef spirituel », oui ou non ? Il a dû décanter un brin depuis qu'il est en cage !

— On y va, fais-le monter, acquiesça Perrot avec une lassitude qu'il ne cherchait même pas à masquer.

Le chef avait gardé son chapeau blanc vissé sur la tête. Il portait un pantalon sous un long imperméable ainsi que des bottes de cuir et des gants de même matière. Tout comme ses partisans, il était de pied en cap vêtu de noir. Ses cheveux mi-longs retombaient de chaque côté de son beau visage émacié. Ses yeux à l'étrange couleur jaune rappelaient la topaze. Il avait de longs cils noirs qui venaient faire une ombre sur sa paupière inférieure. Il obéit avec un demi-sourire au commandant qui lui faisait signe de se découvrir.

— Votre nom ? interrogea ce dernier.

— Lévi.

— Lévi comment ? insista Perrot.

— Lévi tout court, répliqua le jeune homme d'une voix étonnamment douce.

— Lévi quoi ? s'interposa alors le fougueux capitaine. Lévi comme chez les Juifs ?

— Lévi comme Léviathan.

— Tes parents n'ont peut-être pas un goût très sûr, persifla Lefèvre, mais sur ce coup-là, ils ont charrié ! Léviathan ! Tu avoueras, c'est vraiment un nom à coucher dehors ! Remarque, c'est bien ce que tu fais, coucher dehors ! On t'a vu à l'œuvre, tout à l'heure, en train de t'exciter sur ton drap !

Loin de heurter la susceptibilité du suspect, les paroles acerbes du jeune officier lui arrachèrent un léger sourire. Lefèvre ne s'attendant pas à une telle réaction, il s'en trouva momentanément dérouté. Perrot reprit l'assaut :

— Votre véritable identité, s'il vous plaît ?

— Lévi.

— Votre âge ?

— Vingt ans.

— Profession ?

— Tatoueur-pierceur.

— Où ?

— Rue des Boucheries à Quimper.

— Quelles étaient vos relations avec Élodie Le Gall ?

— Je ne connais pas cette demoiselle, répondit le jeune homme sans se départir de son flegme.

— Vous ne l'avez jamais rencontrée ? insista Perrot.

— Non.

— Jamais vue, non plus ? lança Lefèvre du haut de son radiateur.

— Non.

Le jeune chef faisait preuve d'une maîtrise de lui-même impressionnante. Il n'était guère surprenant que cet homme eût tant d'emprise sur ses camarades.

— Pourtant, tout à l'heure, pendant votre cérémonie, vous avez parlé d'une « Diana »...

— Je croyais que vous m'interrogiez sur une Élodie... répliqua calmement Lévi.

— Ne faites pas l'innocent, le prévint Perrot, vous savez qu'Élodie et Diana ne font qu'une !

Le suspect haussa les épaules sans relever l'allusion. Son attitude placide forçait le respect et agaçait en même temps. En face, le commandant s'exhortait secrètement au calme. Il respira à pleins poumons et parvint à reprendre d'un ton neutre :

— Qui est donc cette Diana dont vous parliez ?

— Diana, déesse de la lune, fit le suppôt de Satan.

Sa voix avait changé. Gutturale, elle semblait sortir d'outre-tombe. L'effet en était perturbant.

— Vous avez parlé de vengeance aussi, de règlement de compte, poursuivit Perrot.

— Peut-être, fut la réponse sibylline du chef.

À ce moment, Lefèvre, n'y tenant plus, sauta à terre et se mit à tournoyer tel un vautour autour de l'inquiétant personnage. Le calme inébranlable de ce dernier ne pouvait qu'irriter un aîné qui se laissait si facilement dominer par ses émotions.

— On ne va pas rester là cent sept ans ! s'emporta le policier, ou tu parles ou on te met en garde à vue !

Un sourire énigmatique répondit à l'exhortation. Aussi excédé que son collègue, Perrot demanda qu'on fît descendre Lévi en cellule. Il contacta le procureur qui, au vu des charges pesant sur lui, autorisa sa mise en garde à vue ainsi que celle de ses adeptes. On avait vingt-quatre heures pour les faire parler… Colombe, un jus de raisin dans une main, se frottait les yeux de l'autre. Elle paraissait épuisée. Elle calcula :

— Il reste encore deux adeptes à entendre, on les fait monter ?

— Allons-y, soupira Perrot en se servant une nouvelle tasse de thé.

Lefèvre, quant à lui, carburait au chocolat chaud qu'il allait à intervalles réguliers se servir au distributeur. Il se donnait également du cœur à l'ouvrage en croquant d'énergétiques Traou Mad. Escorté par Pensec, un couple arriva. Tous deux étaient âgés d'une petite vingtaine d'années. La fille était jolie. Sous sa cape noire, sa silhouette se dessinait, mince mais avec des courbes bien marquées. Sa longue chevelure blonde, ses joues pleines et ses yeux bleu clair lui donnaient plus l'air d'un chérubin descendu tout droit du plafond de la Chapelle Sixtine que d'une adepte de la sorcellerie. Pourtant, c'était bel et bien cette jeune fille que les policiers avaient vue transfigurée, se livrer quelques heures plus tôt à son numéro d'exhibitionnisme. La fatigue creusait un regard qui cependant demeurait impénétrable. À ses côtés, un garçon maigre aux bras trop longs semblait se demander ce qu'il faisait là. Il regardait le policier de ses grands yeux incrédules tout en se frottant le bout du nez. L'odeur piquante qui se dégageait de lui disait son appréhension. On les fit asseoir. Perrot s'adressa en premier au garçon aux yeux noisette :

— Votre nom, s'il vous plaît ?
— Moloch, murmura le jeune homme.
— Pardon ?
— Moloch.
— Le bouffeur d'enfants ? intervint Lefèvre qui connaissait ses classiques.

Le prévenu lui jeta un regard vide de toute expression. Ce n'était probablement pas ce garçon à l'intelligence apparemment limitée qui s'était choisi ce pseudonyme.

— Votre « vrai » nom ? répéta calmement Perrot.

— C'est mon vrai nom, répliqua l'adepte sans conviction, comme un élève répétant une leçon mal digérée.

— Tu ne nous as pas compris, là ! s'exclama Lefèvre. On n'est pas au cirque ! Tous tes copains ont parlé, bluffa-t-il, alors tu as intérêt à coopérer, toi aussi !

— Erwan Le Sueur, souffla le dégingandé en baissant les yeux.

Perrot étouffa un rire tant le patronyme du témoin s'accordait bien avec l'activité intense de ses glandes sudoripares. Le suppôt avait sans doute plus d'une fois été victime de quolibets mettant en cause sa transpiration excessive.

— Et vous ? interrogea Perrot en s'adressant à la jeune fille qui n'avait pas jeté un regard à son voisin depuis le début de l'entretien.

— Swastika.

— On rigole plus là ! intervint Lefèvre, on veut ton vrai nom !

Elle serra les lèvres en une lame dure. Lefèvre interrogea son voisin. Avant de parler, ce dernier quêta le soutien dans le regard de sa voisine. Mais celle-ci le lui refusait obstinément.

— Alors Le Sueur, repartit Lefèvre, on veut le nom de ta voisine !

Le jeune efflanqué murmura :

— Mahaut Hénaff.

À ses côtés, la jeune suspecte présentait un masque uni. Elle montrait cette confiance en soi que rien ne peut ébranler. Impressionné malgré lui, Perrot demanda au couple :

— Que faisiez-vous ce soir à l'endroit où nous vous avons arrêtés ?

— On avait une réunion, articula péniblement le jeune homme.

— Quel genre de réunion ?

— Une réunion spirituelle, expliqua le jeune homme d'une voix hésitante.

— Une messe noire, c'est ça que vous voulez dire ? questionna Perrot.

— Je ne sais pas, répliqua Le Sueur en ouvrant des yeux ébahis.

— On vous a forcés à assister à cette réunion ? intervint Lefèvre qui avait fait signe à son supérieur qu'il prenait la main.

— N... non, bafouilla le garçon, déstabilisé.

— Tu en es sûr ? demanda Lefèvre.

— Ou… oui.

— Et toi, Hénaff, fit Lefèvre en se tournant vers la statue à côté, qu'est-ce que tu peux nous dire sur les événements de ce soir ?

Elle persistait à s'enfermer dans le mutisme. Il s'adressa alors à son acolyte :

— Si on ne t'a pas forcé à assister à cette réunion,

tu dois bien connaître la nature de cette petite sauterie, tout de même! s'enflamma Lefèvre en le fusillant du regard.

— Ben, je sais pas moi, bafouilla le jeune, c'est une réunion pour des gens qui croient à autre chose…

— « Qui croient à autre chose », répéta ironiquement son interlocuteur. On a du mal à te suivre là, tu pourrais préciser tout ça?

— Ben, on fait partie du Grand Tout, ânonna Le Sueur, et on doit obéissance au chef…

— Le nom de ton chef?

— Léviathan…

— Son vrai nom étant…

— Je ne sais pas, répliqua le jeune homme.

— Pareil pour toi, Hénaff?

Le même silence buté lui répondit.

— Donc, l'attaqua Lefèvre, tu obéis à quelqu'un dont tu ne sais rien, comme ça, simplement parce qu'il a décrété qu'il était ton « chef »!

L'individu gauche avait baissé la tête, mauvais élève rappelé à l'ordre par une maîtresse intransigeante. Que devait-on attendre de ce gamin trop vite grandi, certainement privé de repères et prêt à suivre quiconque lui ferait croire qu'il avait une quelconque valeur? À ce moment, Perrot intervint:

— Que faites-vous dans la vie?

— Je suis maçon.

— Ça vous plaît?

Étonné qu'on s'intéressât un tant soit peu à son sort, l'ouvrier esquissa un sourire timide.

— Oui, ça va, mais c'est dur.

— Sans doute, approuva Perrot. Vous êtes très courageux d'avoir choisi cette filière. C'est très ingrat de travailler dans le froid, l'hiver. Ça demande du cran…

Flatté malgré lui, Le Sueur commençait à prendre de l'assurance. Ses épaules se redressaient imperceptiblement, son port de tête devenait plus fier.

Habile, le commandant poursuivait sa flatterie :

— Vous avez un bel avenir qui s'ouvre devant vous. On manque de main-d'œuvre dans ce corps de métier. Vous monterez sans peine votre entreprise…

Dérouté par la tournure inattendue que prenait la discussion, Le Sueur se sentait à présent en confiance. Il approuva dans un murmure :

— Oui, j'espère avoir ma boîte un jour…

— Vous y parviendrez, le rassura Perrot en avançant les lèvres d'un air convaincu. Sauf si…

Et il laissa délibérément sa phrase en suspens. En face, l'autre attendait, surpris, inquiet tout à coup. La menace voilée n'avait pu lui échapper. Perrot continuait à le fixer sans parler. Puis il reprit :

— ...Sauf si vous étiez poursuivi pour association de malfaiteurs et complicité de meurtre !

Le jeune homme avait blêmi. L'odeur qu'il dégageait s'était intensifiée. Ses aisselles dessinaient à présent une large auréole humide. Il porta la main à sa bouche et demanda à aller aux toilettes. Lefèvre l'accompagna et assista à l'expectoration douloureuse de bile brûlante. Il lui tendit un verre d'eau et l'autorisa à s'asperger le visage. À leur retour dans le bureau, le jeune homme titubait sous le coup de l'émotion. Il se rassit. On poursuivit.

— Donc, reprit Perrot, soucieux de conserver l'avantage sur son adversaire, vous êtes conscient que vous jouez votre avenir en ce moment ?

L'autre leva sa tête de chien battu et opina. Aussi sûrement qu'il avait élu Lévi comme son maître à penser, aussi certainement était-il prêt à trahir son allégeance et confier son destin à ce représentant de l'ordre qui semblait le comprendre.

— Si vous n'êtes coupable de rien, vous ne voulez pas payer pour les autres ! s'écria Lefèvre.

Le Sueur fit un signe de dénégation véhément.

— Alors, continuait le policier, pouvez-vous nous dire à quoi vous jouiez ce soir près de la plage ?

D'une voix blanche, encore réticente, Le Sueur se jeta à l'eau. Il bredouilla :

— Lévi avait fixé ce rendez-vous depuis longtemps parce que c'était une date importante du calendrier lunaire…

— Les cérémonies se déroulent-elles toujours ainsi ? s'enquit Perrot.

— Plus ou moins, oui, ça dépend de ce qui s'est passé entre-temps…

— C'est-à-dire ?

— Eh bien, expliqua le jeune homme, s'il s'est passé quelque chose entre les deux réunions, Lévi choisit d'en… d'en parler à ce moment-là.

— Et plus précisément, insista le commandant, le rituel auquel vous avez participé tout à l'heure, était inspiré de quel événement particulier ?

— La mort d'Élodie Le Gall, souffla le jeune homme, conscient qu'à partir de ce moment précis, il ne pourrait plus faire machine arrière.

— Qui l'a tuée ? interrogea brutalement Lefèvre qui s'était glissé derrière les suspects.

Comme s'il eût reçu une bourrade, Le Sueur vacilla, incrédule.

Avant qu'il ne se renferme dans sa coquille, Perrot insista d'une voix douce :

— Que s'est-il passé la nuit de la mort d'Élodie Le Gall ?

— J'en sais rien, bafouilla le jeune homme éperdu. Lévi ne me dit rien. Je suis un serviteur, moi, c'est tout…

— Un « serviteur » ? répéta Lefèvre que l'impatience rendait nerveux.

— Oui, je sers Lévi, mais il n'a pas à me dire ce qu'il pense ou ce qu'il fait…

— Alors pourquoi lui obéissez-vous si aveuglément ? s'enquit Perrot qu'une telle soumission déroutait.

Leur interlocuteur haussa les épaules en signe d'ignorance.

Il n'avait probablement jamais eu l'occasion d'analyser ses propres émotions. Personne n'avait sans doute jamais eu l'occasion de sonder son âme. Alors, comment aujourd'hui pourrait-il trouver les mots pour expliquer cette obéissance absolue ?

— Vous le craignez ? avança Perrot.

— Ou… oui.

— Il peut se montrer violent ? le pressa le commandant.

— Ou… oui.

— Vous avez déjà assisté à des scènes de violence ?

— Oui.

— S'en est-il déjà pris à vous ?

— Non.

— Que craignez-vous alors ?

— Il nous menace.

— Lévi ?

— Oui.
— De quoi ?
— Il dit que si l'on désobéit, la « Bête » nous prendra…
— Et que devez-vous faire concrètement ?
— Faire ce qu'il dit ! énonça Le Sueur comme une évidence.
— C'est-à-dire ?
— Il dit qu'il faut sacrifier certains êtres pour en sauver d'autres…
Sous l'effet d'une décharge d'adrénaline, Perrot quitta son siège.
Il s'approcha du suspect et se posta à quelques centimètres de lui, adossé à son bureau.
— Vous voulez dire que Lévi exige de vous que vous tuiez des gens ?
— Pas tout à fait, mais il dit que certaines vies valent moins cher que d'autres…
— La vie de qui par exemple ? le pressa Perrot.
— Je ne peux pas dire exactement, bafouilla le jeune homme.
— Donc, fit Lefèvre en revenant à la charge, Lévi avait décidé que la vie d'Élodie Le Gall « valait moins cher que d'autres » ! pour reprendre tes termes.
Désorienté par cette voix émanant d'un individu dont il ne voyait pas le visage, Le Sueur se remit à pâlir :
— J'ai pas dit ça ! se défendit-il.
— Alors quoi ! s'enflamma Lefèvre en venant se planter près de son collègue sous le nez du suspect. Qu'est-ce que vous faisiez à vos réunions à part regarder votre chef s'envoyer en l'air sur un portrait de nana ?

— On chantait et on priait…

— En l'honneur de la morte ? Le Sueur ne répondit pas.

— Et c'est tout ? insista doucement Perrot malgré l'excitation qu'il sentait grandir en lui.

— Non…

Le suspect s'était tu, visiblement incapable d'aller plus loin. Craignait-il les foudres de l'au-delà ou plus prosaïquement cherchait-il à sauver sa peau ?

— Que faisiez-vous alors ? insista le commandant.

— Nous, les serviteurs, on fait que regarder notre Maître et ses deux apôtres…

Le Sueur avait baissé les yeux.

Perrot l'encouragea :

— Vous le regardez commettre des sacrifices, c'est bien ça ?

Le suspect opina mollement.

— Il leur arrive de tuer ?

Le Sueur se contenta de ciller en guise de réponse.

— Des êtres humains ?

Il eut un geste scandalisé de dénégation.

— Des animaux, alors ?

— Oui, chiens, chats…

— Pas d'hommes, vous êtes sûr ?

— Oui.

— Et qui était représenté sur ce drap sur lequel s'est allongé votre maître ?

— Élodie Le Gall.

— Que faisait-il précisément sur ce drap ?

Étrangement, le jeune homme rougit à l'évocation du mime à connotation sexuelle auquel s'était livré Lévi. Perrot l'aida :

— Il faisait l'amour, c'est ça ?

— Oui.

— Parce qu'il la connaissait? lança Lefèvre qui s'était à nouveau planté derrière le dos du témoin.

— Oui.

— Parce qu'il l'a tuée! assena le capitaine sans détour.

— Je... je ne sais pas, bafouilla le jeune homme en se mettant à trembler.

Ce policier avait l'air sûr de son fait. Peut-être détenait-il une vérité que lui, Le Sueur, ignorait? Éperdu, le « serviteur » pâlissait à vue d'œil. Perrot décida alors de changer d'angle de tir. Prêchant le faux pour savoir le vrai, il avança:

— Nous avons bien compris que vous n'avez rien fait de mal, mentit-il. Le problème, c'est que les juges risquent de ne pas en être aussi convaincus, eux. Alors, il faudrait que vous nous donniez des détails plus précis, vous comprenez?

Égaré, le suspect leva son regard enfantin vers ce policier à qui il sentait confusément qu'il pouvait accorder sa confiance. Perrot insista:

— Vous comprenez, Erwan?

Cette soudaine familiarité balaya les dernières réticences du jeune homme qui acquiesça docilement.

— Que fait votre maître à part sacrifier des animaux?

Les policiers durent tendre l'oreille pour entendre.

— Il prend des filles, murmura le témoin en se grattant convulsivement le cuir chevelu.

— « Il prend des filles », répéta Perrot, vous voulez dire qu'il les viole, c'est bien ça?

— Ou... oui.

— Seul?

— Ou avec ses apôtres, approuva Le Sueur.

— « Ses apôtres » ? Qui sont-ils ?

Le trouble que Perrot perçut dans son regard le mit sur la voie. Il pointa la voisine du témoin du menton :

— Mahaut Hénaff est une apôtre ?

Avec un regard inquiet vers la jeune fille qui ne s'était pas départie de son assurance glaçante, il murmura :

— Oui.

— Qui sont les autres ?

— L'autre, c'est Alistair…

— Alistair ?

— Timothée Le Scornec.

— Il était présent ce soir ?

— Oui.

Lefèvre à ce moment ramena la conversation sur le sujet qui le préoccupait.

— Quelles filles violent-ils ?

— Des filles qu'il a choisies et qu'il a invitées aux réunions…

— Élodie Le Gall en faisait partie ?

— Non, pas Élodie…

Perrot crut percevoir une hésitation dans la voix du prévenu. Une intuition qu'il se refusait à envisager le traversa soudain :

— « Pas Élodie », dites-vous, ça veut peut-être dire qu'une autre fille Le Gall aurait été violée ?

— Ou… oui… Sarah, la petite sœur.

— Quoi ? s'écria Perrot qu'une vague nauséeuse venait de submerger.

Ainsi, Sarah, la cadette renfrognée qui ne pleurait pas la mort de sa sœur, aurait été victime d'une de ces « tournantes » ? Ceci expliquait en partie l'attitude lointaine et l'apparente insensibilité de la jeune fille. Puis une hypothèse plus noire encore traversa l'esprit du policier : et si cet acte barbare avait fait germer dans le corps et l'esprit malmenés de la victime des désirs de règlement de compte ? Perrot frémit à cette idée.

Il se força à se ressaisir et à reprendre le fil de sa pensée :

— Élodie savait-elle que sa sœur avait été victime d'un viol collectif ?

— J'en sais rien, elle était pas là en tout cas…

— Et toi, Hénaff, cracha Lefèvre à cet instant, toi aussi, tu jouais à touche-pipi avec le chef ?

L'allusion obscène n'eut pas l'effet escompté. Elle continuait à fixer un objectif invisible droit devant elle. Lefèvre, roquet hargneux, décida qu'elle devait plier :

— Hénaff, on sait que tu es le bras droit de Lévi. On vous a vus ce soir à l'œuvre. On a pris des photos. On a toutes les preuves nécessaires pour vous faire inculper d'association de malfaiteurs et complicité d'assassinat. Alors, je te conseille de coopérer, c'est dans ton intérêt !

Le ton vindicatif ne la démonta pas. Elle n'avait pas cillé ; son visage restait de marbre. Perrot intervint :

— OK, on va les descendre en cellule, ça les aidera sûrement à réfléchir !

Le Sueur avait eu un mouvement involontaire de révolte. Quoi ? Ces policiers à qui il avait dit tout ce qu'il savait ne respectaient pas leur promesse ? Un éclair de haine passa dans ses yeux tandis que, d'un bond, il se jetait sur ses pieds. Mais le suspect trébucha, oubliant qu'une menotte le retenait par la cheville à sa chaise.

Aussitôt, sa hargne retomba et c'est docilement qu'il suivit le gardien qui les ramenait, lui et Hénaff en geôle.

— Dans quelques minutes, on confronte le chef et ses deux apôtres, indiqua Perrot à son collègue. Je crois qu'on les tient…

— Ça m'en a tout l'air, approuva Lefèvre en enfournant une madeleine.

Perrot sentait la migraine, sa plus fidèle ennemie, prête à fondre sur lui. Il alla remplir sa bouilloire et la rebrancha. Il se prépara un thé corsé bien sucré. 1 h 54 s'affichait à la pendule murale.

Après cinq minutes de pause, on fit remonter Lévi. Il avait toujours fière allure. Son beau visage taillé à la serpe n'avait pas souffert de son séjour en garde à vue.

L'homme avait un port de tête altier et son immuable sourire en demi-teinte. Derrière, venait Mahaut Hénaff, dont le visage à la Michel Ange recelait des trésors de noirceur.

Le dénommé Alistair fermait la marche. De grande taille, il était très maigre, avec le visage boutonneux et le crâne rasé. Colombe et Le Du l'avaient interrogé en vain, plus tôt dans la soirée. Lui aussi s'était muré dans un silence têtu. Tout comme l'autre disciple, il avait juré qu'il ne plierait pas. On les fit asseoir les uns près des autres, Lévi au milieu. Tous étaient menottés au pied de leur chaise.

— Vous vous doutez que ça commence à sentir le roussi pour vous, commença Perrot d'un ton sévère. Nous avons filmé et enregistré votre rituel de ce soir. Ce document constitue une preuve irréfutable de vos agissements. Rappelons quand même que les réunions de type sectaire sont très réglementées sur notre territoire, alors, si en plus on a des témoignages qui attestent de comportements à caractère criminel, votre compte est bon…

Les trois suspects fixaient un point sur le mur. Lévi affichait toujours ce léger sourire crispant. À sa droite, Cybèle-Mahaut serrait les dents avec rage. Seul Alistair semblait anxieux. Des plaques rouges tachaient son long cou pâle. Sans arrêt, il irritait sa peau enflammée. Perrot s'adressa à celui qui paraissait le plus vulnérable.

— Alistair, quelle est votre véritable identité ?

Le jeune homme efflanqué tressaillit et porta instinctivement la main à sa gorge. Sa pomme d'Adam saillante montait et descendait en même temps qu'il avalait nerveusement sa salive.

— Alistair, quel est votre nom ?

Le jeune homme s'était tourné vers son voisin, gamin perdu appelant à l'aide. Mais le secours espéré ne vint pas. Le chef n'avait même pas daigné le regarder. Alistair regarda alors le policier qui attendait calmement une réponse. Ce policier qui paraissait si sûr de son fait, si certain d'être à sa place. Alors que lui, Alistair… On pouvait lire dans le visage du suspect comme à livre ouvert. Les tics nerveux qui faisaient sursauter sa paupière supérieure droite disaient ses atermoiements et son déchirement intérieur : trahir son maître ou obéir à la loi des hommes. Risquer les foudres de l'au-delà ou se conformer aux exigences de la société. Perrot observait les changements survenus dans la physionomie du prévenu : l'homme semblait tellement incapable de duplicité que le policier commençait à se demander si le dénommé Alistair était réellement l'homme de confiance de Lévi. D'un autre côté, raisonnait Perrot en lui-même, si cet Alistair avait été désigné comme apôtre, c'était probablement parce que Lévi l'en avait jugé digne. Ce dernier l'avait sans doute mis à l'épreuve d'une manière ou d'une autre pour tester son courage et sa loyauté. Et en tout état de cause, Alistair avait donné satisfaction. Étrange… Perrot réitéra sa question avec le même flegme apparent :

— Quel est votre vrai nom ? Alistair doit être un pseudonyme puisque vous en avez tous un dans votre groupe…

Le jeune homme continuait à le dévisager de son regard ingénu. Était-il réellement quelque monstre capable des pires atrocités ou n'était-il qu'un pantin effarouché aux mains d'un mentor charismatique ? Question épineuse s'il en était. De fait, l'attitude craintive de l'homme de main n'était pas sans rappeler celle d'un autre témoin, Moloch, ce « serviteur » entendu précédemment. Comme lui, Alistair semblait être fragile, influençable, prêt à se damner pour quiconque lui accorderait un minimum d'attention. Et comme lui, après une dernière hésitation, il capitula :

— Timothée Le Scornec… souffla-t-il en baissant les yeux.

— Âge ?

— Vingt ans.

— Profession ?

— Sans.

— Comment avez-vous intégré ce cercle ?

— J'ai rencontré Lévi dans son salon de piercing, on a parlé et voilà…

— Saviez-vous ce qu'il faisait exactement dans ce groupe ?

— Oui.

— Et vous l'avez suivi tout de même ? s'étonna Perrot.

Au fur et à mesure qu'il parlait, le jeune homme prenait de l'assurance. Sa voix, en s'affermissant, était désagréablement montée dans les aigus :

— Nous avons été choisis, nous avons un message à transmettre…

— Oui, l'invita à continuer Perrot qui sentait les premières vagues de migraine venir s'éclater contre ses tempes.

— Nous faisons partie du Grand Tout et nous avons été élus pour servir Satan, Dieu des Ténèbres !

Surpris, le commandant et le capitaine observaient la mue de Le Scornec, animal improbable se défaisant de son exuvie. Le débit de sa voix s'était haché comme si une machine s'était substituée à ses cordes vocales. On eût dit que, par quelque exorcisme, quelqu'un s'était mis à parler pour lui. À côté, Lévi se rengorgeait, fier de la démonstration de force de son disciple formé à bonne école. Lefèvre indiqua alors, d'un geste du menton à son collègue, qu'il prenait la suite :

— OK. Alors, moi aussi, figure-toi que j'ai un message à te transmettre…

Le Scornec sursauta lorsque le policier s'écria :

— Si tu ne dis pas ce que tu sais concernant la mort d'Élodie Le Gall, on te remet au trou et t'es pas près d'en sortir !

Le jeune illuminé vacilla, tandis que la sueur se mettait à couler le long de ses tempes piquées d'acné. Lefèvre, le sentant prêt, reprit calmement :

— Lévi ici présent connaissait-il Élodie Le Gall ?

— Ou… oui.

— L'a-t-il tuée ?

Désarçonné, Le Scornec déglutissait de plus en plus vite.

— L'a-t-il tuée ? reprit Lefèvre d'une voix dangereusement calme.

— Je… j'en sais rien…

— Pourtant, tout à l'heure, dans la clairière, ton chef a parlé de sa mort !

— Oui.

— Que voulait-il dire, à ton avis ?

— Je sais pas.

Lefèvre reprit l'offensive. Il attaqua de front cette fois :

— Tu aimes violer les filles ?

Le Scornec regarda le policier avec terreur. Lefèvre enfonça le clou :

— Tu reconnais que vous violez des filles ?

L'échalas baissa la tête sans répondre.

— Tu sais que pour ça, tu vas être poursuivi ? Tu le SAIS ? finit le policier en criant presque.

En face, le jeune homme s'était recroquevillé. Son long corps ne formait plus qu'une masse compacte offrant le moins de surface possible aux attaques du capitaine survolté. Lefèvre poursuivit sur le même ton :

— Tu vas être jugé pour viol, c'est sûr, mais c'est rien par rapport à ce qui t'attend si on obtient la preuve que tu as participé au meurtre d'Élodie Le Gall !

À ce moment, Le Scornec releva une tête cramoisie et hurla :

— J'ai pas tué Élodie ! J'étais pas là ! J'ai rien fait, je sais pas ce qui s'est passé !

L'accent de vérité dans la voix du suppôt de Satan était déroutant. Fallait-il prêter foi à ses allégations ? Ou fallait-il se méfier des protestations d'innocence d'un homme qui, après tout, cautionnait les actes barbares de son chef ? Lefèvre se tourna alors vers Lévi qui n'avait pas bronché.

— C'est donc toi qui as assassiné Élodie Le Gall !

Un rictus hautain étira les lèvres du beau jeune homme. L'assurance minérale de son regard bleu taraudait le policier.

— Réponds ! ordonna Lefèvre qui s'était dressé devant lui.

L'autre répliqua de sa voix étonnamment douce :

— Je n'ai pas tué cette fille.

— Mais tu la connaissais ?

— Non.

Lefèvre s'adressa alors à Mahaut Hénaff :

— Lévi connaissait Élodie Le Gall ?

Elle repoussa ses cheveux blonds derrière son épaule, exhalant ainsi les effluves puissants du patchouli. Elle répliqua avec insolence :

— Il vous a dit le contraire, non ?

Perrot, voyant son collègue au bord de l'implosion, prit la relève :

— Donc, Lévi ne connaissait pas Élodie Le Gall. Pourtant, d'après Erwan Le Sueur, Lévi sortait avec elle. Quelqu'un ment donc !

Le maître et son apôtre restaient impassibles.

— Cependant, reprenait Perrot, j'ai tendance à penser que Le Sueur dit la vérité. Il n'est qu'un suiveur, lui, il a moins à perdre que vous à taire la vérité. Par ailleurs, il serait facile de vous confondre en vous confrontant à l'une de vos victimes, Sarah Le Gall, par exemple !

À nouveau, l'allusion à leurs rites sexuels dégradants ne leur arracha aucun commentaire. Décidément, on se heurtait à un bloc de glace, un mur impénétrable, une forteresse inexpugnable. De guerre lasse, Perrot déclara :

— Puisque vous vous enferrez dans vos mensonges, nous allons vous reconduire en cellule. Mais avant ça, tout comme vos autres camarades, vous allez vous soumettre à un prélèvement. Nous allons sûrement retrouver votre ADN près du cadavre de votre amie !

La provocation ne fit pas mouche. Les deux policiers procédèrent au prélèvement avant de faire redescendre les suspects. Le visage blafard de Lefèvre laissait apparaître les picots d'une barbe noire. Ses yeux trop brillants attestaient de son épuisement. Perrot n'était guère plus vaillant. Assaillies qu'elles étaient par les coups de pilon de la migraine, ses capacités de concentration s'en trouvaient réduites. D'un commun accord, ils décidèrent que quelques courtes heures de sommeil ne seraient pas superflues. En outre, une nuit en geôle délierait peut-être la langue des plus coriaces…

VI

Dimanche 22 décembre.

Un être assoiffé de sang, plus proche de la bête que de l'homme venait de les attraper. Il n'en ferait qu'une bouchée. Ils étaient si petits, si frêles. Ils n'avaient plus le courage de l'appeler. Ils se laissaient partir. Lui courait pour les suivre. Mais il n'avançait pas. Ses pieds restaient collés au sol. Il ne pouvait les soulever. Ils pesaient une tonne. Alors il se mit à crier. Il criait. Il savait qu'il criait… Mais personne ne l'entendait. Pourquoi aucun son ne sortait-il de sa bouche ? Pourquoi ne l'entendaient-ils pas ? Allaient-ils mourir en croyant que leur père les avait abandonnés ? Mais soudain, une musique se fit entendre, tuant ses derniers espoirs d'être entendu…

En nage, le cœur battant à se rompre, Perrot tendit mécaniquement la main vers son portable dont la sonnerie empruntée à Vivaldi venait de l'arracher au cauchemar. Il était 5 h 57.

— Perrot, j'écoute…
— Ici Madame Cossec, la voisine des Le Gall…
Perrot se redressa, bien réveillé tout à coup.
— Oui, Madame, je vous écoute…
— Voilà, vous nous avez dit qu'on pouvait vous joindre si on avait des informations à vous communiquer…
— Bien entendu, vous avez bien fait, l'encouragea l'officier, sentant l'excitation monter en lui.
— Tout à l'heure, se mit alors à expliquer la voisine bien intentionnée, j'ai été réveillée par des lumières et du bruit venant d'à côté. Je ne suis pas indiscrète, vous comprenez, mais comme ma fenêtre donne sur le pignon des Le Gall…
— Je comprends, continuez…
— Eh bien, j'ai vu Sarah qu'on emmenait en ambulance. Je ne sais pas ce qui lui est arrivé, mais j'ai pensé que…
— Merci Madame Cossec, merci beaucoup de votre coopération, l'interrompit le policier en raccrochant.

Perrot se traîna jusqu'à la salle de bains et prit sa douche froide quotidienne. Il s'ébroua, s'essuya et enfila un pantalon de velours brun, une chemise bleu pâle et un pull en V d'un bleu plus soutenu. Un foulard bleu pastel à pois roses complétait la tenue. « So British ! » allait sans doute ironiser son collègue Lefèvre. Puis il s'aspergea de son eau de toilette *Grey Flannel* et descendit. Il venait d'entendre au bulletin de six heures sur France Inter que le meurtre de la jeune fille sur la plage de l'Île-Tudy restait inexpliqué. Assassinat crapuleux ? Règlement de compte ? Crime passionnel ? La police demeurait discrète sur les circonstances exactes du drame… Le sous-entendu était lourd de sens : les autorités pataugeaient, voilà pourquoi elles communiquaient si peu avec la presse ! S'en étaient suivis les témoignages de voisins totalement ignorants des faits mais ravis de passer à l'antenne. Perrot écoutait d'une oreille distraite tout en passant sa veste. Des idées contradictoires se bousculaient dans sa tête : Perrot et son équipe avaient-ils avancé ? Pouvaient-ils considérer qu'ils tenaient une piste valable ? Ils avaient bien mis la main sur un groupe d'individus mystérieux et vraisemblablement violents. Pour autant, étaient-ils vraiment liés au meurtre d'Élodie Le Gall ? Leurs activités clandestines étaient-elles en rapport avec la mort de la jeune coiffeuse ? Si les suspects se muraient dans le silence, les enquêteurs n'auraient d'autre alternative que de les relâcher. Car si Perrot avait bien filmé la scène de rituel satanique à l'aide du caméscope du service, l'image en était trop floue pour constituer une preuve à charge contre les membres de cette étrange association. En effet, la prise de vue avait été rendue difficile par la nécessité de rester invisible aux yeux des membres de la secte. En outre, la réunion dont il avait été témoin ne revêtait a priori aucun caractère criminel. On y avait vu des gens danser, mais aucun acte répréhensible n'avait été commis. A contrario, si les résultats d'analyse ADN confirmaient les soupçons des policiers, alors là les choses prendraient une autre tournure… En attendant… Perrot remonta la fermeture de son blouson aviateur et se prépara à affronter la froidure hivernale. Renonçant à regret à prendre son repas préféré de la journée, il attrapa néanmoins des biscuits énergétiques dans un placard et sortit. Il remonta à pas vifs le petit raidillon menant au parking où il laissait sa voiture. Naturellement, il était seul sur le chemin longeant les petites maisons de pierre derrière leurs hortensias. Les routes étant désertes, cela ne lui prit qu'une vingtaine de minutes pour rejoindre le commissariat. Il se gara sur le quai. Dans le petit matin, les rues étaient encore vides. Seuls quelques livreurs étaient déjà sur la brèche. Le ciel encore noir laissait voir des centaines d'étoiles. Le Père Noël suspendu au-dessus de l'*Odet* semblait bien seul. En dessous, la rivière brune charriait ses alluvions invisibles. Ses eaux noires avaient quelque chose d'inquiétant. Que transportaient-elles ? Quels secrets avait-on confié à son sein généreux ? Au spectacle de cette eau d'encre, un vers emprunté à Verlaine lui revint en mémoire :

« Roule, roule ton flot
Indolent, morne Seine. »[6]

Perrot resta immobile quelques secondes, puis se secoua. Il se força à s'arracher à cette contemplation nostalgique et à reprendre pied dans une réalité plus prosaïque. Il pénétra dans le grand bâtiment, salua les gardiens et gagna l'étage. Le coup de fil de madame Cossec l'avait contraint à modifier ses plans. Il avait décidé de remettre à plus tard la visite à la boutique de tatouage et piercing du chef, Lévi. En effet, l'urgence était d'entendre la sœur cadette de la victime sur son lit d'hôpital. D'expérience, il savait que la présence d'une femme pourrait l'aider dans cette tâche ingrate, aussi avait-il prié Colombe de le rejoindre au plus tôt au service. Il entrait dans son bureau au moment où celle-ci débouchait sur

6. *Paul Verlaine,* Nocturne Parisien, *« Poèmes Saturniens ».*

le palier. Sa tête émergeait à peine de la capuche de son kabig. Elle portait une chemise blanche et un cardigan gris perle qui s'accordait avec l'argent de ses créoles.

— Ça va, Jean-Louis ? lança-t-elle avec un sourire.

— Ça peut aller et vous, vous avez réussi à vous arracher à votre lit ce matin ?

— Moi oui, mais c'est Étienne qui n'était pas ravi de me voir partir un dimanche, répliqua-t-elle sur un ton navré. Il va bien falloir qu'il s'y fasse pourtant…

« S'y faisait-on jamais ? », s'interrogea en lui-même Perrot qui n'avait pas réussi à concilier vie professionnelle et vie familiale. Il se garda pourtant d'éteindre l'optimisme de sa jeune collègue.

— Colombe, j'ai eu un appel peu avant six heures de madame Cossec, la voisine de madame Le Gall. Selon elle, Sarah, la sœur cadette, aurait été emmenée en ambulance ce matin. Je viens d'appeler l'Hôtel-Dieu à Pont-L'Abbé. Ils ont en effet admis Sarah Le Gall. Ils n'ont pas voulu m'en dire plus au téléphone. Étant donné le caractère difficile de la gamine, j'ai pensé qu'une oreille féminine pouvait être utile…

— Et vous avez pensé à moi…

— Et j'ai pensé à vous, termina Perrot en attrapant son blouson.

Dans le couloir, ils se heurtèrent à Lefèvre qui arrivait, un croissant dans la bouche. Ses mains étaient occupées à dénouer une écharpe synthétique trop bien nouée. On l'entendait maugréer dans sa viennoiserie. Colombe vola à son secours :

— Allez, viens là que je t'aide, on dirait un gosse qui ne sait pas faire ses lacets tout seul !

Lefèvre se laissa faire, appréciant la caresse délicate des mains de sa collègue. Souvenir d'enfance. Bouffée de nostalgie. Vertige de la solitude. Regrets. Et sursaut. Ne pas se laisser abattre. Pas d'apitoiement.

— Bon, Hubert, je te confie la baraque. Je viens d'apprendre que la cadette Le Gall vient d'être hospitalisée…

— TS[7] ?

— C'est probable. On en saura davantage une fois à l'hôpital de Pont-L'Abbé. Avec un peu de chance, elle sera en état de nous parler. En attendant, continuez, toi et les autres, à cuisiner nos illuminés.

— À vos ordres, Chef, acquiesça Lefèvre en portant la main à la tempe.

L'Hôtel-Dieu s'abritait derrière le rempart de son haut mur de granit. L'établissement était régulièrement sous les feux de l'actualité car comme bon nombre de structures médicales de semblable importance, certains services - dont la maternité - étaient considérés insuffisamment rentables. Pourtant, fallait-il considérer qu'aider à donner la vie ne serait-ce qu'à quelques dizaines de bébés par an ne valait rien ? Les Pont-L'Abbistes en avaient jugé autrement qui vantaient le dévouement du personnel hospitalier. Dans le parc planté de chênes plus que centenaires, les ambulances croisaient les camions de livraison de produits pharmaceutiques et alimentaires. Deux bancs de fer peints en vert attendaient désespérément des visiteurs que le froid ne rebuterait pas. Mais personne n'arpentait les allées, à l'exception d'un très vieil homme à la silhouette voûtée.

7. *Tentative de suicide.*

Il allait à pas lents. Ses jambes le portaient difficilement. Il paraissait égaré. Toutefois, en s'approchant de lui, les deux officiers durent réviser leur jugement : l'individu était en réalité un homme entre deux âges. Une cigarette à moitié consumée pendait à sa lèvre inférieure. Sa démarche traînante ne semblait le mener nulle part. Il tournait en rond. Lorsqu'il vint dans leur direction, Perrot eut la surprise de reconnaître monsieur Le Gall. Le policier hésita un court instant, puis il choisit d'ignorer l'homme. Pour l'heure, ils allaient le laisser face à sa détresse. L'urgence était de voir sa fille. Les enquêteurs pénétrèrent dans l'hôpital. Inévitable odeur d'éther, véhicule d'angoisses de mort, de séparation. Peurs ancestrales. Incontrôlables. Les policiers s'adressèrent à l'accueil et demandèrent à parler au chef du service pédiatrique dans lequel avait été transférée la jeune Sarah Le Gall Le responsable se fit attendre, le temps pour les deux policiers d'assister au ballet incessant des blouses roses et vertes. Une odeur de café se répandait au fur et à mesure que l'on servait les plateaux du petit-déjeuner. Puis, monsieur Guégan arriva. Bel homme, le cheveu poivre et sel, il avait le visage fin et la silhouette sportive. Il devait avoir dans les cinquante ans. Au départ, l'homme racé parut réticent à renseigner les forces de l'ordre mais lorsque Perrot lui eut exposé les liens de parenté entre Sarah Le Gall et la victime du blockhaus, le chef de service s'adoucit. Face à l'urgence de la requête policière, il autorisa les officiers à s'entretenir quelques minutes avec l'adolescente. Il les guida à travers le dédale des couloirs contre lesquels des civières et des chariots divers s'appuyaient. Il les informa en quelques mots : Sarah Le Gall avait fait une overdose médicamenteuse. Comme bien souvent dans ces cas-là, avait-il cru bon d'ajouter, la suicidée cherchait sans doute davantage à attirer l'attention qu'à réellement mettre fin à sa courte existence. Les policiers ne cherchèrent pas à le contredire. Ils pénétrèrent dans le service pédiatrie. Les murs étaient peints de l'habituelle couleur vert d'eau que tentaient d'égayer quelques posters de Bambi et autres personnages naïfs. Une salle de jeux regorgeant de jouets en tous genres était à la disposition des jeunes patients. Dans un recoin de cette pièce, un espace console de jeux était réservé aux adolescents. Pour l'heure, l'endroit était désert. Le médecin qui les guidait ne parlait plus, se contentant de saluer du chef un personnel qui semblait le craindre. Arrivé à destination, il s'arrêta. La cloison de la chambre donnant sur le couloir était vitrée dans sa moitié supérieure, permettant ainsi au personnel de surveiller ses patients. Au travers de la vitre, les deux policiers aperçurent Sarah qui paraissait dormir. À son chevet, sa mère semblait porter toute la misère du monde sur ses épaules carrées. Dans son pull-over gris distendu, elle paraissait encore plus trapue qu'elle ne l'était en réalité. Le médecin frappa doucement et annonça l'arrivée de la police. Perrot et Colombe s'avancèrent lentement, émus malgré eux par l'atmosphère pesante qui régnait dans les lieux. Madame Le Gall ne bougea pas. Elle se borna à lever ses yeux rougis vers les deux visiteurs. Le policier demanda doucement :

— Madame, nous avons appris que votre fille avait été admise ce matin aux urgences. Que s'est-il passé exactement ?

— Sarah a pris des médicaments, toute la boîte

de calmants que le médecin avait prescrits à son père, répondit-elle d'une voix étranglée.

— C'est vous qui l'avez trouvée ?

Elle opina en regardant sa fille dont les cheveux défaits s'étalaient sur l'oreiller :

— J'ai eu comme une intuition pendant la nuit. J'arrivais pas à dormir comme toutes les nuits depuis… - elle écrasa une larme qui s'était mise à rouler sur sa joue rougie. Alors, j'ai repensé au dîner. C'était la première fois qu'elle acceptait de revenir à table avec nous, même si elle refusait toujours de manger autre chose qu'un peu de pain et de beurre… Elle avait l'air moins en colère, plus calme. J'ai pensé qu'elle commençait à surmonter le choc. Mais pendant que je me retournais dans mon lit, je me suis rappelé qu'elle avait dit des choses bizarres à table. Elle disait que sa sœur était sans doute mieux où elle était… Qu'au fond, elle avait de la chance… Que plus rien ne pourrait plus lui faire de mal, maintenant… Alors, dans la nuit, je me suis levée pour aller la voir et… et j'ai tout de suite vu que quelque chose ne tournait pas rond…

— Que disent les médecins ? s'informa Colombe.

— Elle va s'en tirer. Heureusement, la dose qu'elle a avalée n'était pas mortelle. On lui a fait un lavage d'estomac. Ils ont dit que le plus dur, ça allait être le mental…

— Sans doute, approuva Colombe avec compassion.

— Savez-vous ce qui lui est passé par la tête ? interrogea Perrot.

La mère le regarda avec surprise et prononça d'un ton cassant :

— Le chagrin d'avoir perdu sa sœur, évidemment !

À ce moment, un gémissement leur fit tourner la tête. La jeune fille se réveillait.

D'une voix pâteuse, elle demanda :

— C'est toi, maman ?

— C'est moi, ma chérie. Comment te sens-tu ?

— Mal, j'ai la tête lourde… J'ai soif et puis j'ai faim…

— Tu as faim ! s'écria la forte femme, je vais appeler l'infirmière, alors !

Aussitôt, elle tira la sonnette suspendue au-dessus du lit de sa fille. Entre-temps, Colombe s'était approchée du lit. Elle se présenta avec précaution. Contrairement à Lefèvre, le tutoiement dans sa bouche n'avait aucune connotation péjorative. Il traduisait simplement sa proximité avec les jeunes.

— Je suis Colombe Faure du commissariat de Quimper…

La gamine hocha une tête renfrognée.

— Nous voulions prendre de tes nouvelles et te parler quelques minutes si tu en as la force…

Un haussement d'épaules indifférent lui répondit. Vêtue d'une chemise blanche fournie par l'hôpital, la jeune fille paraissait plus enfantine que d'habitude. Débarrassée de son maquillage, la patiente avait l'air d'une gamine sans défense. Seule sa moue demeurait inchangée - boudeuse et méprisante. Colombe insista pourtant :

— Qu'est-ce qui t'a traversé l'esprit, Sarah, le chagrin ?

La cadette se tourna de l'autre côté et ferma les yeux.

Colombe fit le tour du lit et interpella l'adolescente :

— Sarah, nous avons besoin de ton aide. Essaie de nous dire ce qui te tracasse…

Mais la gamine gardait les paupières obstinément baissées.

— …Tu as subi un grand choc, bien sûr, mais il y a peut-être autre chose qui t'inquiète… Ça te ferait sans doute du bien de nous en parler…

Tout en prononçant ses encouragements, le lieutenant avait posé une main légère sur l'avant-bras qui dépassait du drap. À ce moment, la cadette rouvrit les yeux et plongea son regard désespéré dans ceux de Colombe. Puis elle tourna la tête et glissa un regard inquiet en direction de sa mère. Perrot intercepta l'œillade et intervint :

— Madame Le Gall, pourriez-vous nous laisser seuls avec Sarah, s'il vous plaît ?

La femme ne semblait plus devoir s'étonner de rien. Elle se leva pesamment, fit glisser ses tennis avachies sur le linoléum brillant et sortit.

Colombe aida la patiente à s'adosser à ses oreillers, s'assit sur le bord du lit et reposa sa question :

— Sarah, pourquoi as-tu commis ce geste ?

— J'vois plus trop l'intérêt de vivre, murmura l'adolescente en ramenant en un geste mille fois répété ses mèches de cheveux plus courtes sur ses tempes.

— Mais tu es jeune, argua la policière, tu as la vie devant toi…

— Quelle vie ? souffla-t-elle avec dédain. De toute façon, mes parents ne se remettront jamais de la mort d'Élodie !

— Bien sûr, Sarah, c'est très dur pour eux, comme pour toi, mais tu ajouterais encore à leur désespoir en disparaissant…

La jeune fille se recroquevilla davantage. Sur un ton uni, Colombe demanda :

— Sais-tu ce qui est arrivé à ta sœur ?

— Non.

— Tu n'as pas la moindre petite idée ? Ta sœur ne te parlait pas ?

— Plus trop, non…

— Pourquoi ça, Sarah ?

Elle ne répondit pas mais se mit à ronger l'ongle de son majeur.

— Pourquoi, Sarah ? répéta Colombe en accentuant sa pression sur le bras de l'adolescente.

Celle-ci eut un mouvement involontaire de recul avant d'abandonner finalement son bras. Puis, fixant son drap d'un regard hostile, elle souffla :

— Une histoire de mecs…

— Tu peux préciser ?

À nouveau, elle se mura dans le silence. Perrot qui se tenait sur une chaise au pied du lit, demanda alors :

— Une histoire avec Lévi ?

La gamine rougit violemment et tritura son ongle de plus belle. Perrot avait vu juste. Il insista en s'approchant d'elle :

— Vous aimiez Lévi ?

Sarah Le Gall se mit à agiter frénétiquement la tête de droite à gauche. Le sang avait afflué à son visage. Seul le tour de sa bouche demeurait blanc. Les deux policiers craignirent, l'espace d'un instant qu'elle soit victime d'une crise de nerfs, mais elle se calma progressivement. Colombe lui tendit un verre d'eau qu'elle avala d'un trait avant d'en redemander un autre. Elle la relança doucement :

— Quelles étaient tes relations avec Lévi ?

Elle ouvrit la bouche, la referma. Puis elle prit une profonde inspiration et se décida à parler enfin :

— Je l'ai connu à une soirée où ma sœur m'avait emmenée. Il m'a plu. J'avais envie de sortir avec lui… mais il me regardait même pas…

— Il s'intéressait plutôt à Élodie ? l'aida Colombe.

Une larme roula sur la joue de Sarah tandis qu'elle acquiesçait.

— Que s'est-il passé à cette soirée ?

— Rien. J'ai surpris Lévi en train d'embrasser Élodie, alors je suis rentrée…

— Et puis ?

— Et puis, après ça, j'en voulais à Élodie. Elle, elle avait tous les mecs qu'elle voulait. Elle était mince, jolie, bien dans sa peau, elle plaisait…

— As-tu revu Lévi après ? demanda Perrot.

— Oui. Je ne sais pas si ma sœur sortait toujours avec lui… Il lui écrivait, mais je ne sais pas s'ils se voyaient toujours. Alors je me suis dit que je pouvais tenter ma chance… Un mercredi, j'ai pris le car pour Quimper et je suis allée le voir à sa boutique. Je lui ai dit que je voulais faire partie de sa bande…

— Quelle bande ?

— Sa bande de potes.

— Tu n'étais pas au courant de ses activités ?

Un pli amer lui rétrécit la bouche. Elle murmura en hochant la tête :

— Oh non, si j'avais su…

Elle se prit le front à deux mains et éclata en sanglots.

Colombe lui serra doucement l'épaule comme elle l'aurait fait à un petit enfant.

Graduellement, les hoquets s'espacèrent. La femme profita de l'accalmie pour demander :

— Raconte-nous, Sarah…

— Un samedi soir, en septembre dernier, mes parents étaient chez des amis, alors je suis sortie. Ma sœur était chez une copine, elle aussi. J'ai pris mon scooter et j'ai rejoint Lévi et sa bande près du fort de Sainte-Marine. Et là…

Sa voix se brisa à nouveau. Mais elle décida de faire front et se jeta à l'eau. Elle planta ses yeux dans ceux de Colombe :

— Je ne savais pas ce qui allait se passer. Je croyais que c'était juste une soirée pour rigoler. En fait, ils ont commencé à boire et à faire passer des joints. Moi, je voulais pas trop, j'aime pas ça, mais ils m'ont forcée… Après, il s'est passé un drôle de truc. Ils ont entouré Lévi en faisant comme des prières. Et puis, ils m'ont attrapée et… ils m'ont…

— Violée, c'est ça ? lui souffla Colombe.

Elle approuva. Étrangement, elle était stoïque à présent. En franchissant le cap du non-dit, elle s'était comme libérée, endurcie.

— En as-tu parlé à quelqu'un ? demanda le commandant.

— Oui, à Séverine, ma meilleure amie. J'avais peur du SIDA… et puis d'être enceinte… Elle m'a parlé du planning familial… J'ai fait les tests. j'avais rien…

Sauf une blessure à l'âme…

— Et tes parents, ta sœur, tu leur en as parlé ?

— Je ne leur ai rien dit, j'avais pas le droit d'être dehors ce soir-là.

— Tu as revu Lévi ?

— Jamais ! cracha-t-elle.

Colombe se fit pressante :

— Il faut que tu portes plainte contre Lévi et sa bande.

— Non !

— Si, Sarah, sinon ils vont continuer. Ils feront à d'autres ce qu'ils t'ont fait à toi !

— Tant pis, ça n'enlèvera pas le mal qu'ils m'ont fait…

— Bien sûr, fit la policière sur un ton apaisant. Ta haine est justifiée, normale, mais tu ne t'en sortiras qu'en parlant de ce qui t'est arrivé et en faisant payer ceux qui t'ont fait du mal !

Mais l'adolescente agitait la tête avec véhémence. Perrot reprit :

— Vous savez, Sarah, Lévi est en ce moment même au commissariat de Quimper.

— C'est vrai ? Il a avoué ?

— En fait, il est soupçonné d'avoir tué Élodie.

— Ce serait lui, alors… fit-elle d'une toute petite voix.

— Il y a de fortes chances, oui.

À ce moment, la gamine écrasa son poing contre sa bouche et se mit à hurler :

— J'aurais dû prévenir Élodie ! J'aurais dû ! Mais je lui en voulais ! Alors, je ne lui ai pas dit que Lévi était dangereux !

— Ne te culpabilise pas, Sarah, l'enjoignit Colombe. Tu sais, Lévi est très habile. Il cache tellement bien son jeu que ta sœur ne t'aurait probablement pas crue.

— N'empêche, à cause de moi, Élodie est morte…

— Mais non, Sarah, tu ne pouvais pas deviner qu'il s'en prendrait à elle. Tu ne dois pas t'en vouloir… Ta sœur était majeure, elle prenait ses responsabilités. À présent, nous allons demander à ta mère de rentrer…

La gamine eut un mouvement de recul mais Colombe lui pressa doucement l'épaule et expliqua :

— Tu vas dire à ta mère ce qui t'est arrivé pour qu'elle te soutienne dans tes démarches…

La cadette vaincue hocha la tête tandis que Perrot ouvrait la porte de la chambre, livrant passage à une aide-soignante souriante portant un plateau-repas.

— Alors, Sarah, on reprend goût à la vie ? Tu as faim, c'est un bon signe, ça ! Allez, viens que je redresse tes oreillers…

Puis elle s'adressa à Colombe :

— Vous pouvez l'aider à manger ?

— Sa mère s'en chargera.

— Comme vous voudrez. Bon appétit, Mademoiselle ! fit l'aide-soignante en ressortant.

Les parents Le Gall apparurent à leur tour. La mère se précipita vers sa fille et l'entoura de ses bras. Le père se tenait gauchement en retrait.

— Tu vas reprendre des forces, ma puce, je suis là et papa aussi. Hein, Serge, on va bien s'occuper de notre petite fille !

L'homme ainsi interpellé acquiesça docilement. Son visage s'était amaigri. Sa peau avait pris une teinte cireuse. Il ne s'était pas rasé, même le jour des obsèques de sa fille. Cette enveloppe piquante le protégeait confusément. Bouclier dérisoire contre les agressions du monde. Le marin pêcheur était un homme de peu de mots, habitué à communiquer par signes avec ses équipiers. De même, ses gestes de tendresse avaient toujours été rares et empruntés. Mais parce qu'il avait failli perdre sa seconde fille, il était prêt à forcer un naturel porté à la pudeur. Il s'approcha du lit et, à son tour, étreignit Sarah. Par discrétion, Colombe avait rejoint Perrot dans le couloir. Au bout de quelques minutes, ils réintégrèrent la chambre. Le moment était propice pour que Sarah se décharge de son pesant fardeau. Le jeune lieutenant prit la parole de sa voix douce et calme :

— Madame, Monsieur, Sarah a quelque chose à vous dire qui va éclairer son geste de désespoir de la nuit passée…

Les époux la regardaient sans comprendre, puis ils quêtèrent la confirmation dans les yeux de leur fille. Alors, la tête enfouie dans l'épaule de son père, Sarah chuchota son calvaire à leur oreille attentive. Ils lancèrent un regard incrédule aux policiers qui hochèrent la tête en signe de confirmation. À la surprise de tous, Bruno Le Gall se redressa et déclara d'une voix étonnamment claire et forte :

— Ils doivent payer, ces ordures ! On va les traîner devant la justice !

Son épouse le regarda avec une admiration qu'elle ne cherchait pas à dissimuler. À son tour, elle s'écria :

— On va porter plainte, ça oui !

— Vous faites bien, les encouragea Colombe, dès que Sarah sera sur pied, on vous attend au commissariat pour enregistrer votre plainte…

VII

Lorsqu'ils sortirent de l'établissement hospitalier, une pluie mêlée de neige s'abattit sur eux. Le ciel bas et lourd avait pris l'aspect du coton sale. Colombe releva la capuche de son kabig et empêcha l'air gelé de pénétrer dans ses narines en portant ses mains gantées à son nez. Saisi par le vent glacé, Perrot ne prononça pas un mot jusqu'à leur voiture garée dans le petit raidillon menant à une impasse. Une fois dans l'habitacle, il poussa le chauffage au maximum et fit fonctionner les essuie-glaces afin de libérer le pare-brise de sa gangue de grésil.

C'est à vitesse réduite qu'ils firent le chemin du retour. Les deux policiers gardaient le silence, plongés dans leurs pensées. Sarah Le Gall tiendrait-elle son engagement d'aller témoigner contre ses bourreaux ? Trouverait-elle le courage de remuer la fange et faire savoir son calvaire ? Il fallait l'espérer car, à cette seule condition, elle pourrait un jour affronter le monde et regarder vers l'avenir.

Perrot informa sa passagère qu'ils se rendaient sur le champ à la boutique de tatouage et piercing de Lévi. Ce dernier avait déclaré lors des auditions qu'il avait une employée. Elle aurait sans doute des choses à leur apprendre… Les policiers choisirent de garer leur véhicule sur la place de parking qui leur était réservée derrière le commissariat et de faire le reste du chemin à pied. Ils se doutaient que les places de stationnement seraient chères en cette veille de fête dans Quimper. La boutique de Lévi était implantée dans la rue de la Petite Montagne, ruelle abrupte partant de la charmante place Médard. Logée dans le renfoncement d'une impasse, l'échoppe était presque invisible de la rue.

— Elle est bien planquée, sa boutique, commenta le commandant, légèrement essoufflé d'avoir gravi la pente au pas de course.

Il avait pourtant un cœur de grand sportif qu'il entretenait en courant dès qu'il le pouvait et en nageant chaque jour à la belle saison. Colombe, plus jeune mais moins entraînée, peinait à ses côtés. Elle dut reprendre son souffle avant de pouvoir répondre :

— Oui, à mon avis, seuls les initiés connaissent l'adresse.

Cependant, si l'établissement était difficile à repérer, on l'entendait de loin. Le rythme sourd des basses filtrait à travers la vitrine chichement éclairée. La musique était à mi-chemin entre le style punk et le métal, sa variante dure. Lorsqu'ils entrèrent, les policiers se sentirent oppressés par ce vacarme qui semblait retentir à l'intérieur même de leur poitrine. Une odeur de tabac froid mêlée à celle de l'encens flottait dans l'atmosphère. Un rideau de perles se souleva à l'arrière de la boutique, livrant passage à une jeune femme décharnée qui leur lança d'une voix rauque :

— Une minute, je termine avec un client !

Perrot et Colombe eurent tout le loisir d'examiner les lieux. Trois sièges en vinyle noir faisaient office de salle d'attente. Des modèles de piercing en imitation or et argent étaient piqués dans des tableaux de velours noir et grenat. Des photographies de corps abondamment tatoués tapissaient les murs. Dans des vitrines étaient exposés les modèles de bijoux les plus chers - parures en plaqué or et argent, brillants et turquoises destinés à parer les endroits les plus incongrus de l'anatomie. Colombe poussa son voisin du coude et étouffa un rire incrédule : dans quel univers avaient-ils atterri ? Qui étaient ces individus prêts à modifier leur apparence de façon si radicale et si voyante ? Des jeunes en décrochage scolaire et rupture familiale ? Des adultes épris de sensations extrêmes ou de simples provocateurs soucieux d'attirer l'attention ? Sans doute un peu tous ceux-là à la fois... On était loin ici des liftings et autres liposuccions dont le but est justement d'être insoupçonnables - sauf au Brésil, toutefois, où les jeunes filles de bonne famille se font offrir une paire de fausses fesses en silicone pour leurs seize ans tandis que leurs semblables, issues des favelas, sont prêtes à tous les sacrifices pour rivaliser avec elles. Les policiers n'eurent pas le loisir de s'interroger davantage car l'employée les avait rejoints. Elle était habillée d'un jeans noir savamment troué au genou et d'un débardeur, également noir, clouté. Ses cheveux ultracourts et hirsutes étaient teints couleur corbeau. Le rouge vif qui dessinait ses lèvres minces faisait ressortir la pâleur extrême de son visage et l'encre de son regard. Elle portait une bague en argent à chaque doigt et sur son avant-bras osseux, tintinnabulaient une enfilade de fins bracelets travaillés dans la même matière. Son client était un jeune homme d'une vingtaine d'années au regard fuyant et à la démarche empruntée. Sa narine enflammée attestait d'une perforation récente. Une petite pierre rouge y scintillait. Il paya et sortit. L'individu timide allait probablement avoir du mal à assumer sa nouvelle apparence…

— Bonjour, c'est pourquoi ? demanda l'employée en souriant.

— Police, indiqua Perrot en tendant sa carte. Nous avons en ce moment votre patron en garde à vue au commissariat…

Elle porta la main à sa bouche et prononça d'une voix blanche :

— C'est pour ça que ça ne répond pas chez lui ! J'ai fait l'ouverture comme d'habitude mais j'étais surprise de pas l'avoir vu arriver vers dix, onze heures comme tous les jours.

— Comment s'appelle votre patron, s'il vous plaît ?

— Lévi.

— Non, son vrai nom.

— Pierre Le Floch.

— Et le vôtre ?

— Mélanie Toudic.

— Que pouvez-vous nous dire sur monsieur Le Floch ? s'enquit le commandant.

Elle se hissa sur un haut tabouret derrière le comptoir étroit. Ses mains marbrées trahissaient des problèmes circulatoires.

Elle alluma une cigarette préalablement roulée et aspira deux bouffées profondes avant de répondre :

— Lévi travaille bien, c'est un artiste…

— Mais encore ?

— Il m'a appris le métier, répondit l'employée trop maigre. J'étais au chômage, il m'a proposé de l'aider. Ça fait deux ans maintenant…

— Et vous vivez ensemble ? osa Perrot en la regardant droit dans les yeux.

Elle détourna le regard, exhala la fumée par le nez et répondit :

— N... non.

— Vous en êtes sûre ? insista Colombe de sa voix douce.

— Oui.

— Mais vous êtes amants tout de même ?

— Ou… oui.

— Vous passez toutes vos soirées ensemble ?

— Non, pas toutes. Lévi tient à sa liberté.

La phrase resta en suspens. Colombe enchaîna subtilement :

— Mais pas vous…

— N... non. D'un autre côté…

— Oui ? l'encouragea la policière.

— J'ai une petite fille de trois ans, Lola, que je ne veux pas imposer à Lévi…

Traversé par une intuition soudaine, Perrot demanda :

— La semaine dernière, vous avez passé toutes les nuits avec lui ?

— Toutes, oui ! affirma la jeune femme sur un ton catégorique et les yeux brillants. Lola était chez son père, alors j'étais libre tous les soirs !

— Tous sans exception, vous en êtes sûre ? Même mardi soir ?

— Oh oui ! Pensez, si je m'en souviens, c'étaient nos deux ans de rencontre, alors on est allés au *Tandoori* fêter ça ! On passe tellement peu de soirées ensemble… Cette semaine-là, j'ai eu l'impression enfin qu'on formait un vrai couple…

*

— Tu te fous de moi ? s'énervait Lefèvre, les joues rougies par l'excitation.

Face à lui, un Lévi olympien le toisait. Apercevant Perrot, il lui fit signe de le suivre dans la pièce d'à côté. Aussitôt, il commenta :

— Y a pas plus coriace que ce type. Ça fait une heure qu'on le cuisine et il n'a même pas l'air fatigué. C'est un extraterrestre, ce mec !

Perrot sourit avec compréhension, puis lui fit un résumé des derniers événements :

— Sarah Le Gall nous a confirmé qu'elle avait été violée par Lévi et son groupe. Ce qui est embêtant, c'est qu'elle n'avait pas porté plainte à l'époque des faits. Mais elle dit être allée au planning familial. Malgré leur devoir de confidentialité, le personnel médical et social garde sans doute des dossiers médicaux qu'on pourrait consulter. Je demanderai à Le Mer d'aller se renseigner…

— Et Sarah saurait reconnaître ses agresseurs ?

— Apparemment, oui… Dès qu'elle sera sur pied, elle compte venir déposer plainte ici avec ses parents…

— Parce qu'ils sont au courant ? s'étonna Lefèvre.

— Depuis notre visite, oui. Colombe a réussi à convaincre Sarah de se confier à ses parents. Au départ, la gamine avait honte, elle refusait de parler à quiconque de son agression. Colombe a su se montrer persuasive. Le père a très bien réagi. Finalement, face à l'adversité, il se montre capable de prendre des décisions... Il faut dire aussi qu'après avoir perdu sa première fille, il a dû avoir terriblement peur lorsque la deuxième a essayé de se supprimer la nuit dernière. Ça a été un électrochoc. Il est décidé à emmener sa fille porter plainte dès qu'elle aura quitté l'hôpital. Lorsqu'elle viendra, on en profitera pour lui faire reconnaître ses agresseurs d'après photo.

— Bien, c'est tout ?

— Non, ce n'est pas tout, répliqua Perrot d'une voix grave qui éveilla la curiosité de son collègue. On arrive de la boutique de Lévi. Son employée assure qu'elle était avec son patron tous les soirs de la semaine passée sans exception...

— Y compris le soir du meurtre ?

— Surtout ce soir-là, puisque selon elle, ils fêtaient l'anniversaire de leur rencontre au restaurant indien.

— D'un autre côté, argua Lefèvre, on peut imaginer qu'elle est en train de lui fournir un alibi !

— Ce sera à vérifier, évidemment.

— Au pire, se consola le capitaine, si on ne parvient pas à l'inculper pour meurtre, on le poursuivra de toute manière pour viol aggravé. Et ce n'est pas à « Mesgloaguen » qu'il ira celui-là, ce serait le Club Med pour une saleté pareille !

Perrot eut un sourire amusé. Son collègue faisait

allusion à la maison d'arrêt quimpéroise fermée en 1990 car jugée obsolète. La prison était réservée aux courtes peines et, fait suffisamment rare pour être souligné, les détenus s'y plaisaient ! Il était même arrivé qu'un certain détenu fraîchement libéré ait tambouriné à la porte pour qu'on le laisse réintégrer les lieux ! La prison avait hébergé Seznec et, plus brièvement, un certain Vidocq, voleur, assassin et bagnard qui obtint la rédemption de ses péchés en devenant en son temps chef de la Sûreté… Tout arrive…

Perrot reprit :

— Je viens d'avoir le proc en ligne, il autorise la perquise aux domiciles de Lévi et Hénaff. La maîtresse de Lévi nous a communiqué son adresse.

— Et on ne perquisitionne pas chez Le Sueur ? s'étonna Lefèvre.

Perrot hocha la tête :

— Je pense qu'il n'est pas directement lié au meurtre d'Élodie. Je suis presque certain qu'il n'y est pour rien…

— Bon, on se refait Lévi, alors ? le pressa le fougueux Lefèvre.

— Oui et ensuite on va jouer à la maîtresse avec lui.

— Pardon ?

— J'ai quelque chose à vérifier avec lui…

Perrot regagna le bureau voisin où patientait le chef de la bande.

Lefèvre alla s'installer dans le dos du prévenu. Aussitôt, le commandant commença :

— Sortez-vous avec Mélanie Toudic, votre employée ?

Son interlocuteur eut son sourire hautain et opina. Perrot insista, passant soudain au tutoiement qu'il réservait aux plus retors.

— Parle, on t'écoute. Sors-tu avec elle ?

— Oui, Monsieur, fit le satanique avec une irritante obséquiosité, je sors… quelquefois avec mademoiselle Toudic.

— Parfois seulement ? répéta Perrot.

— Oui, Monsieur, parfois, disons que je ne suis pas monogame…

— Précise !

— Je dois honorer celles qui le désirent…

— Donc tu partages tes nuits avec d'autres ?

— C'est cela.

— Pourtant Mélanie Toudic prétend que mardi dernier vous fêtiez votre rencontre…

— Elle est romantique, que voulez vous ! persifla l'illuminé.

— Elle dit donc vrai ?

— C'est votre métier de vérifier, non ? demanda le chef sans se départir de son sourire trop poli.

Perrot décida de ne pas relever l'insolence et se rendit à son bureau.

Il prit le dossier contenant les photocopies des lettres adressées à Élodie Le Gall et retourna à côté.

Sans perdre de temps en explication, il tendit une feuille de papier et un crayon au suspect sous le regard étonné de Lefèvre.

— Tu vas écrire ce que je te dicte.

Lévi eut l'air surpris mais tendit néanmoins la main vers le stylo et se rapprocha de la table. Perrot l'observait froidement. Il commença à lire à haute voix la lettre du neuf décembre :

« Chère Diana,

C'est ta dernière chance, ton dernier espoir. Mon amour pour toi pourrait s'éteindre si tu persistais dans cette erreur. Attends-moi où tu sais. Je suis sûr que j'arriverai à te convaincre. De toi je ferai une femme neuve, pure et sublime. *L.* »

Posément, de sa longue main droite, le beau jeune homme écrivait sans manifester la moindre émotion. Puis il rendit la feuille. Perrot compara les deux documents. À première vue, nul besoin d'être un expert pour remarquer que les deux écritures étaient totalement différentes. Tout d'abord, si Lévi était bien l'auteur de ces lettres tour à tour plaintives et vengeresses, son niveau d'orthographe avait considérablement baissé entre-temps. En effet, le « pourrai » s'était vu attribuer un « s » final tandis que les « où » et les « à » étaient dépourvus d'accents. Maintenant, restait à prouver que le suppôt de Satan n'avait pas volontairement falsifié son écriture.

Pour en avoir le cœur net, Perrot dépêcha Colombe chez une graphologue émérite, installée en périphérie de Quimper. Puis il fit signe à Lefèvre de le suivre dans le couloir.

— Il se fout vraiment de nous ! s'énerva Perrot. Il n'a même pas saisi l'occasion fournie par sa maîtresse de se défendre !

— On peut dire qu'il a un sacré tempérament ! Qu'est-ce qu'on fait ? On le remet au trou ?

— Oui, le temps de rassembler le matériel pour la perquise.

— OK, mais avant ça, je dois aller m'alimenter sous peine de mourir d'inanition ! prononça le capitaine d'une voix faussement mélodramatique.

— Décidément, tu es vraiment un estomac monté sur pattes, se moqua son collègue. Je t'accorde une demi-heure pas plus et on file !

Les deux policiers se dirigèrent vers la petite crêperie située rue Sainte-Catherine, petite artère perpendiculaire au commissariat. L'étroite venelle avait gardé le charme de l'ancien temps. Les bâtisses à épais murs de pierre salis par les ans dataient du siècle dernier. Les pavés irréguliers laissant passer des touffes de mousse faisaient résonner les talons du promeneur. À l'ombre de ces hautes façades, le temps paraissait suspendu. On se serait presque attendu à rencontrer, grinçante sur ses essieux rouillés, une calèche tirée par deux chevaux. En tendant l'oreille, on aurait entendu le rétameur haranguant le chaland. Le ramoneur aurait proposé ses services de sa voix haut perchée pendant que le maraîcher aurait crié après des mômes en galoches et culottes courtes venant de chaparder des pommes sur son étal. Pour sa part, Perrot ne se sentait jamais aussi bien que dans ces endroits hors du temps. Il avait toujours eu la nostalgie d'un passé dont il avait la lucidité de savoir qu'il l'idéalisait. Pourtant, il restait intimement convaincu que cette familiarité qu'il ressentait avec le monde du XIXe siècle avait un sens. Bien que sa raison tentât de le persuader de l'irréalisme de cette certitude, son cœur lui disait qu'il avait déjà vécu à cette période. Ou alors, comment expliquer ce sentiment d'intimité avec cette époque révolue ? La crêperie qu'ils fréquentaient n'était pas faite pour démentir cette impression de déjà-vu. L'établissement semblait tout droit sorti du passé avec son plafond très bas noirci par des milliers de feux de cheminée.

Les tables et les bancs étaient taillés dans un épais bois sombre, patiné par des générations de coudes venus s'y appuyer. On y servait encore le cidre dans des bols de grès beige. Le patron, refusant de sacrifier à la mode des crêpes fourre-tout, avait réduit sa carte au minimum. Il ne proposait qu'un choix basique de galettes de blé noir et de crêpes de froment. Les deux policiers commandèrent donc la classique complète-œuf miroir.[8]

Puis Lefèvre enchaîna sur une gargantuesque double froment au chocolat fondant tandis que Perrot se contentait d'une beurre-sucre. Le repas se déroula dans le silence, chacun goûtant la bénédiction de cette pause gourmande. Quand ils eurent terminé, Perrot se réjouit d'avoir respecté le temps qu'il s'était alloué…

*

— Prends par là, première à droite, puis au feu à gauche et encore à droite. C'est au numéro 5.

Suzanne Le Mer jouait les copilotes. Elle portait une longue veste matelassée dorée et un pantalon en satin coordonné. Elle avait également des mitaines multicolores à rayures qui répondaient davantage à un souci de coquetterie qu'à une protection efficace contre les engelures. Avant de descendre de voiture, elle vérifia son reflet dans le miroir du pare-soleil et ébouriffa sa tignasse rousse. Sur sa gauche, Colombe souriait patiemment. Le bureau de la graphologue était installé au rez-de-chaussée de la maison. Celle-ci, bâtie sur ossature bois avait ce côté

---

8. *Œuf au plat directement posé sur la galette.*

chaleureux des chalets canadiens. La dame était à l'avenant. De petite taille, elle avait une silhouette ramassée. Elle portait un pantalon beige moulant et un pull-over irlandais à côtes qui lui descendait à mi-cuisses. Elle était chaussée de bottes aux revers ornés de fourrure. Ses cheveux auburn et bouclés balayaient le haut de ses épaules rondes. Elle les accueillit dans son bureau dont les murs disparaissaient derrière des rayonnages et les fit asseoir dans des fauteuils en rotin, de part et d'autre de sa table basse à revêtement de verre.

— Comme nous vous l'avons précisé au téléphone, nous sommes du commissariat, commença Colombe. Nous avons des documents dont nous ignorons l'auteur. Voici une lettre écrite par un suspect en notre présence. Et voici celle dont nous recherchons l'auteur. Se peut-il que les deux écrits soient de la même main ?

— Montrez, fit la dame en tendant le bras vers les photocopies.

Elle chaussa des lunettes à large monture noire et blanche. Puis elle se plongea dans l'étude approfondie des documents. Elle annotait certains passages et en surlignait d'autres. Par moments, elle fronçait les sourcils et se murmurait à elle-même. Elle étouffait des exclamations et hochait la tête avec conviction lorsqu'elle avait le sentiment d'avoir éclairci un aspect de la personnalité des auteurs. Au bout d'un petit quart d'heure, elle releva la tête et secoua sa crinière :

— Je peux vous garantir, Mesdames, que ces lettres ont été rédigées par deux personnes. Même en contrefaisant sa propre écriture, on ne peut à ce point s'en éloigner. D'autant plus que, j'imagine, le suspect a écrit sous votre dictée…

— C'est exact.

— Donc, s'il a écrit à vitesse normale, il n'a pas eu le temps de modifier vraiment son écriture. Sur ce document, fit-elle en indiquant celui rédigé par Lévi, les boucles et les jambes des lettres sont particulièrement hautes, ce qui indique une personnalité ambitieuse et volontaire. L'auteur de l'autre document a une façon très particulière de faire des R et des P majuscules dans un texte par ailleurs totalement écrit en minuscules. On trouve généralement ce genre d'erreurs chez les personnes qui ne sont pas allées longtemps à l'école et qui ne maîtrisent pas l'usage de la grammaire de base. Cependant, ce qui est étonnant, c'est que la ponctuation est soignée et l'orthographe parfaite, ce qui contredit ma remarque précédente… Bizarre… Par ailleurs, vous noterez que dans le deuxième document, la ponctuation est totalement absente…

Colombe qui n'avait pas relevé ce détail apprécia la précision de l'analyse.

Elle s'apprêtait à prendre congé lorsque la graphologue ajouta :

— Je crois pouvoir dire que la personne qui a écrit la lettre à la ponctuation et à l'orthographe justes doit avoir un tempérament psychorigide.

— …

Colombe et sa collègue haussèrent un sourcil surpris :

— Oui, enchaîna la spécialiste, la graphie est très rectiligne, sans fioriture. Cela signe un tempérament austère, anxieux voire dépressif… Cette insertion de lettres majuscules au milieu d'un texte parfaitement rédigé par ailleurs traduit généralement une personnalité immature…

*

Rassasiés, les deux collègues marchaient d'un bon pas le long du quai de l'*Odet*. La brise mordante qui malmenait les hêtres n'incitait pas à la causerie. Perrot avait relevé le col de fourrure de son blouson aviateur et sentait ses yeux clairs s'embuer sous la claque du vent. De Lefèvre, on ne voyait que le bout du nez rougi qui émergeait de son écharpe en acrylique. Ils se hâtèrent vers le commissariat où les attendait le gardien chargé de les accompagner au domicile de Lévi et de surveiller ce dernier, le temps de la perquisition. On fit monter le suspect menotté à bord du véhicule de service. Lévi ne broncha pas tout le long du chemin. Son regard était fixe, imperméable au paysage qui défilait sous ses yeux. Il habitait en périphérie, dans le quartier de Locmaria, célèbre pour ses faïenceries peintes à la main selon la tradition du « décor à la touche ». Dans la fabrique HB-Henriot, chaque pièce était artisanale. Au fil du temps, les célèbres céramistes avaient fait appel à des peintres de renom - Méheut chez Henriot ou Quillevic chez HB - pour renouveler leur inspiration. Du coup, les pièces « en Quimper » avaient acquis une réputation qui traversait les frontières et ne se démentait toujours pas. Selon les renseignements fournis par Mélanie Toudic, Lévi habitait derrière l'église Notre-Dame qui n'était en fait qu'une modeste abbatiale située derrière la faïencerie. Il habitait au cinquième et dernier étage d'une maison à pans de bois nettement défraîchie. La porte d'entrée à la peinture écaillée laissait voir par endroits le brun de sa couleur d'origine. Dans la fente servant de boîte à lettres, pourrissaient des prospectus qu'on avait glissés là quelques mois auparavant et que personne n'avait pris soin d'ôter. Cette négligence avait découragé les démarcheurs ultérieurs. La porte n'était pas verrouillée et s'ouvrit avec un gémissement lugubre. Le parquet poussiéreux aurait eu besoin d'un bon coup de balai. L'odeur de renfermé vous saisissait aux narines. Lefèvre, allergique aux acariens se mit à éternuer bruyamment et à pester contre le manque d'hygiène des résidents. Un escalier vermoulu et craquant menait aux étages supérieurs. Le groupe, Lévi en tête, menotté au gardien, s'engagea dans les étages. Méfiant, Perrot tâtait chaque marche avant de s'engager dessus. Le reste de l'immeuble semblait inhabité. On s'attendait à chaque instant à voir des rats vous filer entre les jambes. Parvenus au dernier palier, ils s'arrêtèrent, légèrement essoufflés. Un chien-assis à la vitre encrassée diffusait avec parcimonie une lumière sale. Perrot approcha de l'ouverture qui laissait voir l'horizon. Au loin, se devinait le port du Corniguel qui fut dans le passé le quatrième port finistérien et dont l'activité se concentrait alors sur l'importation de vin de Bordeaux et du Val de Loire mais également celle du sel pour l'industrie du poisson. Mais cette époque florissante était révolue depuis bien longtemps maintenant… Des pigeons bien gras avaient élu domicile sur la corniche en contrebas. Parmi les effets confisqués à Lévi au début de sa garde à vue, se trouvait son trousseau de clés. Perrot dut s'y reprendre à deux fois avant que la porte ne cède. Goguenard, l'occupant des lieux le regardait se débattre avec ses clés. Enfin, la porte consentit à s'ouvrir. Une fois à l'intérieur, il essaya de tourner le commutateur, mais la pièce resta obstinément sombre. Il traversa alors l'appartement et ouvrit l'unique fenêtre de la pièce. Une lumière blafarde pénétra dans le séjour. Il allait falloir faire vite si l'on voulait profiter des dernières lueurs du jour pour fouiller le studio. Si les policiers crurent un instant que le locataire était en difficulté avec EDF, ils en jugèrent vite autrement. En effet, selon toute apparence, Lévi avait volontairement opté pour un mode d'éclairage à l'ancienne, comme en témoignaient les innombrables bougeoirs et candélabres dont il semblait faire collection. Ils menottèrent le suspect au vieux radiateur de fonte plaqué contre le mur à la peinture jaunie. À l'aide d'un briquet qui traînait sur une table, Perrot alluma plusieurs cierges. À leurs yeux ébahis, apparut alors un décor surréaliste tout en rouge et noir. Des croix en ébène côtoyaient des figures monstrueuses de gargouilles ou lucifériennes. Fixé au mur, un immense volatile noir empaillé vous fixait de ses yeux de verre à l'inquiétante couleur rouge. Contrairement au reste de l'immeuble, l'appartement était impeccable. Une étagère abritait quelques ouvrages traitant de sorcellerie et de satanisme. À côté s'alignaient des CD de groupes métal aux noms évocateurs : *Necrophagia*, *Hell on Earth* ou *Cradle of Filth*. Hormis ces objets de « décoration » et ces livres, les lieux étaient très dépouillés. Un lit une place, une table et deux chaises constituaient tout le mobilier. Pas de poste de télévision, de téléphone ou d'ordinateur. L'homme vivait dans un autre temps, un autre monde, peuplé de morts-vivants et de monstres des ténèbres. L'endroit était impeccablement rangé et parfaitement propre. Dans le petit coin cuisine, séchait sur un égouttoir, la vaisselle pour une personne. À l'exception d'une rudimentaire plaque chauffante et d'un petit réfrigérateur, il n'y avait aucun appareil ménager. Le contenu du réfrigérateur se limitait à une demi-bouteille de lait entamée, un paquet de jambon sous cellophane, un morceau de beurre sur une soucoupe et deux pommes.

— Ce cher homme est peu porté sur les nourritures terrestres, commenta Lefèvre qu'un tel mépris pour la bonne chère dépassait.

— Ça doit t'en boucher un coin ! Enfin, façon de parler ! persifla son collègue.

Le mauvais jeu de mots arracha un sourire complice à son ami. Il suivit Perrot dans la minuscule salle d'eau attenante. Un bloc de savon de Marseille était posé sur une petite assiette ébréchée près d'un flacon de shampooing premier prix. Un antique coupe-choux reposait près d'un savon à barbe. Au-dessus du miroir fendu parfaitement propre se trouvait une petite armoire à pharmacie peu fournie. De ses mains gantées, Perrot préleva un flacon transparent qui ne portait pas de nom. Il le déboucha et porta le récipient à son nez. L'odeur piquante ne lui était pas familière. À part ce produit inconnu, l'endroit ne recelait, à première vue, rien d'intéressant. Après un dernier regard circulaire, ils retournèrent dans la pièce principale. Lefèvre se mit à retourner le sommier. Il tâta le matelas, vérifia qu'aucune couture suspecte n'avait été faite. Il manipula également l'oreiller de plumes à la recherche de quelque objet dissimulé. Perrot, de son côté s'était attaqué à la bibliothèque. Il lisait chaque couverture, feuilletait chaque livre et les retournait les uns après les autres. Ensuite, il fit de même avec les CD dont il ouvrit tous les boîtiers. Nul endroit ne fut laissé au hasard.

Au final, le butin s'avéra décevant : un flacon d'une substance inconnue et quelques papiers couverts de ce qui pouvait s'apparenter à des poèmes. Pendant toute la durée de la perquisition, Lévi avait montré une indifférence hautaine. S'il écoutait les relevés que Lefèvre annonçait à haute voix avant de les transcrire sur son ordinateur portable, nul n'aurait su le dire. Sa maîtrise de soi était proprement surhumaine. Il n'était pas près de se rendre.

*

— Voici un flacon sans étiquette que nous avons trouvé dans l'armoire à pharmacie du suspect. On recherche en priorité la ricine puisque c'est le toxique que Lenôtre a identifié dans le corps de la victime à l'autopsie. Élodie Le Gall en aurait ingurgité à son insu à plusieurs reprises depuis quelques semaines. Le soir de sa mort, elle aurait avalé la dose fatale. Vous pensez en avoir pour combien de temps ?

La laborantine dont la blouse blanche tirait sur sa poitrine opulente, répondit :

— En fin d'après-midi au mieux.

— Merci, j'attends les résultats.

Perrot descendit rejoindre Lefèvre qui achevait de taper le compte rendu de la perquisition. Au même instant, les joues rougies par le froid, Colombe faisait son entrée.

— Jean-Louis, nous revenons de chez la graphologue qui a analysé la lettre écrite par Lévi et l'originale. Selon elle, Lévi ne peut pas être l'auteur des lettres envoyées à la victime…

— Et m… jura poliment le commandant avant d'ajouter : je m'en doutais, remarquez, mais j'espérais quand même quelque ruse de sa part…

— Et de votre côté ? interrogea Colombe en ôtant son vêtement et en se juchant sur le bureau de Lefèvre.

— Rien, murmura Perrot avec un haussement d'épaules découragé. On a bien trouvé un flacon suspect dans l'armoire à pharmacie de Lévi mais les chances pour que ce soit de la ricine sont minces, à mon avis.

— Pourquoi dites-vous ça ? interrogea Colombe que l'abattement soudain de son supérieur ébranlait.

— Pour deux raisons. Premièrement parce que le liquide retrouvé chez Lévi dégageait une odeur piquante, alors que, selon le légiste, la ricine est inodore. Ensuite, parce que si Lévi n'a pas écrit ces lettres, ce serait illogique qu'il ait administré lui-même ce poison à Élodie. Et s'il n'a pas administré de ricine, alors il y a fort à parier que l'on ne trouvera pas non plus son ADN sur les objets ramassés auprès du cadavre…

— Alors…

— Alors rien, conclut Perrot, on continue…

— Eh, Jean-Louis, on ne va pas se laisser abattre, hein ! Tiens, prends une madeleine, fit le cadet en tendant à son ami un gâteau ventru enveloppé dans son sachet individuel. Ça va te requinquer, fais-moi confiance !

Perrot déclina l'offre avec un sourire mais brancha sa bouilloire électrique. Peu après, il buvait un thé orange-cannelle dont il savait qu'il lui redonnerait de l'énergie. En face, Lefèvre s'agitait, prêt à repartir au combat. L'inaction lui pesait car elle mettait en lumière ses propres déficiences. Maudit doute. Ne pas céder au découragement. Tu seras un homme, mon fils. Avec un regain d'énergie, il interpella le commandant :

— Jean-Louis, j'en ai terminé avec le rapport de perquise. Je l'ai transmis au proc par mail. On s'attaque à la perquisition de Hénaff ?

— On y va, acquiesça Perrot en enfilant son blouson aviateur.

Le jeune « apôtre », Alistair, avait du bout des lèvres indiqué l'adresse de sa camarade, Mahaut Hénaff. Les policiers s'étaient rendu compte, en vérifiant dans les pages jaunes, que la jeune fille habitait chez ses parents. Ils avaient téléphoné à son domicile. Sa mère les attendait. À leur grande surprise, ils s'aperçurent qu'elle habitait rue du Parc, dans un appartement d'au moins cent cinquante mètres carrés non loin du *Café de l'Épée*. Madame Hénaff répondit au premier coup de sonnette. Elle les fit entrer dans un vestibule cossu à l'éclairage tamisé. Aussi blonde que sa fille, c'était une belle femme en dépit d'une minceur excessive. Son corps malmené par des heures de gymnastique forcenées et des régimes affamants, n'avait plus aucune des courbes qui font la beauté du corps féminin. La fraîcheur du visage s'en était allée avec le creusement des joues. Cependant, la femme encore séduisante avait une classe incontestable. Ses longs cheveux étaient remontés en une haute queue-de-cheval, dégageant ainsi son long cou gracieux. Elle portait une jupe-boule en velours brun resserrée aux genoux sur des bottes cavalières. L'échancrure de la veste cintrée coordonnée laissait entrevoir un caraco de soie parme bordé de dentelle. Un sautoir dans les tons chocolat et framboise rehaussait la tenue. Lorsque Perrot tendit sa carte de police, elle esquissa un mouvement de recul, puis se ressaisit. Elle ne les invita pas à entrer mais dit :

— Messieurs, lorsque vous m'avez appelée, j'ai été très surprise. J'ai cru comprendre que Mahaut était chez vous ?

— Oui, Madame, depuis avant-hier soir. Vous ne vous étiez pas inquiétée de son absence ? interrogea Perrot, incrédule.

Consciente de ce que ses paroles pouvaient avoir de surprenant, elle poursuivit néanmoins :

— Eh bien non, enfin, si, je veux dire, Mahaut réclamait sa liberté, alors on la laissait vivre…

— Mais elle habite ici, tout de même ! ne put s'empêcher de s'écrier Lefèvre. Vous avez bien dû vous rendre compte qu'elle n'était pas rentrée !

— Ou… oui, je m'en suis rendu compte, bafouilla la femme qui semblait tout à coup déstabilisée.

— Où est votre mari ? poursuivit Lefèvre, imperturbable.

— Il est en déplacement, il rentre tout à l'heure.

— Que fait-il ?

— Il a un magasin de bateaux de plaisance. En ce moment, il signe un contrat dans le nord de la

France. Il est absent depuis deux jours.

— Et vous ne lui avez pas fait part de votre inquiétude de ne pas avoir de nouvelles de votre fille ?

— N... non.

— Vous n'étiez peut-être pas là vous-même... insinua Lefèvre.

Elle releva son menton pointu et répliqua d'une voix redevenue assurée :

— C'est exact.

Puis elle releva la tête et planta ses yeux dans ceux du capitaine.

Elle ajouta :

— Ma fille est majeure, Monsieur, elle n'a pas à me rendre compte de tous ses faits et gestes. Nous lui faisons confiance... Mais vous ne m'avez toujours pas dit ce qui lui est reproché...

— Votre fille a été arrêtée samedi soir au cours d'une réunion satanique.

— Satanique ! De quoi parlez-vous ? C'est une plaisanterie ! s'exclama-t-elle dans un rire incrédule.

— Que nenni, Madame, répondit Lefèvre de sa voix doucereuse. Sachez en outre, que votre fille est le bras droit du chef de cette secte !

— Ma fille ! Une secte ! s'exclama l'élégante femme avec une sincérité qu'on ne pouvait mettre en doute.

— Et ce n'est pas tout, expliqua posément Perrot, comme vous le savez certainement, les mouvements à caractère sectaire sont interdits sur notre territoire.

Mais ce qui nous préoccupe davantage c'est que votre fille Mahaut est soupçonnée de complicité dans le meurtre d'Élodie Le Gall.

La dame vacilla puis se laissa tomber sur le petit divan recouvert d'un plaid de cachemire lie-de-vin. Elle attrapa le paquet de cigarettes et le briquet en argent posés sur le guéridon et alluma une cigarette extrafine. Perrot reprit :

— À présent, nous voudrions inspecter la chambre de votre fille. Voici le mandat de perquisition. Vous assisterez à la fouille et vérifierez ce que nous emportons.

Sans un mot, la femme se leva et ouvrit la double porte capitonnée. La lumière du jour pénétrant par trois grandes fenêtres les éblouit. Le séjour était d'autant plus lumineux qu'il était totalement voué au blanc cassé. Un immense sapin Nordmann élégamment décoré de sobres rubans rouges répandait son essence nostalgique. On avait abandonné avec une négligence tout étudiée des soieries rouges sur les deux vastes canapés se coupant à angle droit. Une table basse résolument contemporaine, en acier et plaque de verre, s'harmonisait avec la cheminée à piètement métallique suspendue au plafond. Un bureau Boulle était placé devant l'une des fenêtres. De petits coins plus intimes avaient été aménagés aux quatre coins du séjour : des lampes en pâte de verre diffusaient une douce lumière sur un petit secrétaire tandis qu'une méridienne invitait à la détente. Le couple avait du goût et, à n'en pas douter, des revenus considérables. Ils traversèrent le salon, puis enfilèrent un couloir avant d'arriver à la chambre de la fille de la maison. Mahaut Hénaff disposait d'une véritable suite constituée d'une vaste chambre, d'un dressing et d'une salle de bains attenante. Madame Hénaff s'assit sur le lit de sa fille, ses cigarettes et son cendrier à portée de main. Mahaut était une fille gâtée comme en témoignaient ses penderies regorgeant de vêtements de marque et de chaussures cousues main. Les deux policiers étaient loin d'imaginer que la gardée à vue évoluait dans un tel milieu. La jeune fille avait du matériel audio et vidéo dernier cri. Par ailleurs, elle semblait être une grande lectrice. Les « classiques » côtoyaient les œuvres policières de romancières britanniques. Perrot s'enquit :

— Que fait votre fille ? Elle a refusé de nous renseigner.

— Elle est étudiante en école de commerce et suit les traces de son père, acheva-t-elle sur un ton dont on ne savait s'il était admiratif ou teinté de regret.

Elle ralluma une cigarette.

Lefèvre gagna la pièce voisine. Dans la salle de bains toute lambrissée dans le style nordique, s'étalaient des flacons de parfum et de cosmétiques de grande marque. D'épais draps de bain dans les tons parme et gris perle étaient soigneusement empilés sur une étagère en pin verni. Aucun flacon douteux n'attira son attention. Cependant, par acquit de conscience, il déboucha tous les flacons et en sentit le contenu. À l'évidence, tous renfermaient du parfum.

Lefèvre retourna ensuite dans la chambre et alluma son ordinateur portable. Au fur et à mesure que Perrot progressait dans ses fouilles, il en dictait le compte rendu à son collègue.

Le commandant fit lever la mère du lit afin d'examiner la literie. Puis il l'autorisa à se rasseoir. Elle assistait à la fouille, fumant cigarette sur cigarette afin de tromper son angoisse. L'amatrice de romans policiers qu'elle faisait ensuite découvrir à sa fille, n'aurait jamais imaginé se retrouver un jour de l'autre côté du miroir, du côté des suspectes. Après avoir fouillé la chambre et le dressing de fond en comble, Perrot avisa dans un renfoncement de la penderie une porte dérobée.

Il interrogea madame Hénaff :

— Qu'y a-t-il là-dedans ?

Elle répondit d'une voix lasse :

— C'était la salle de jeux de Mahaut lorsqu'elle était petite. Ensuite, on a fait construire son dressing dans une partie de la pièce. L'autre partie est inutilisée.

— Pourrais-je tout de même en avoir la clé ?

Sans un mot, elle quitta la chambre, Lefèvre sur ses talons. Elle revint peu après, une clé à la main. Aussitôt, Perrot l'introduisit dans la serrure. Mais la clé tournait dans le vide. De toute évidence, ce n'était pas la bonne. Madame Hénaff fit part de son étonnement :

— Je ne comprends pas, murmura-t-elle, je suis pourtant sûre qu'il s'agit de la clé de la salle de jeux. Je n'y ai pas mis les pieds depuis au moins trois ans, lorsque je me suis décidée à me débarrasser des poupées dont Mahaut ne voulait plus. Je n'en ai gardé que quelques-unes, pour plus tard… quand je serai grand-mère, termina-t-elle avec un attendrissement qui surprit les policiers.

— Pourtant, la contredit Lefèvre, c'est évident que cette serrure a été changée. Vous maintenez que ça a été fait à votre insu ?

— Oui, je vous assure…

— Et votre mari ?

Elle eut une moue désabusée :

— Mon mari est un courant d'air, il ne s'intéresse pas à notre quotidien…

— « Votre » quotidien ? fit Lefèvre en insistant insolemment sur l'adjectif possessif qui englobait la mère et la fille.

Elle choisit de ne pas riposter à la flèche tirée par l'officier. Son ignorance des faits et gestes de Mahaut ne disait que trop bien le manque de communication entre la mère et sa fille…

— Il ne nous reste plus qu'à faire sauter cette serrure, décréta Perrot. Ou puis-je trouver une boîte à outils ?

— Dans le cellier…

— Je vous suis, fit Perrot.

Peu après, Perrot revenait, ployant sous le poids d'une imposante mallette noire. La femme le précédait. À l'aide d'un gros tournevis, il fit levier sur la serrure et parvint facilement à l'ouvrir. Une forte odeur d'encens s'en échappa. Perrot alluma l'interrupteur. La lumière jaillit. Madame Hénaff étouffa de sa main un « ah ! » de stupeur. La salle de jeux de la petite fille modèle qu'avait été Mahaut Hénaff, s'était muée en scène de théâtre macabre, digne d'un film d'exorcisme. Les murs étaient intégralement tendus de noir. Seule tache de couleur, une immense croix de bois où s'accrochaient de petits photophores transparents rouges. Les lanternes étaient disposées de façon à former des lettres entrecroisées. Aux yeux surpris de tous, apparurent les mots suivants :

P
A
T
E
R
PATERNOSTER
O
S
T
E
R

La mère regardait sans y croire cet antre dédié à Satan.

Mais ce qui lui arracha un gémissement de désespoir fut la vision des poupées aux visages candides : leurs corps souples se hérissaient de longues aiguilles à tricoter…

*

— Et ces poupées, c'est pour leur faire un pull que tu leur as collé des aiguilles dans le bide ! s'énervait Lefèvre face à une Mahaut Hénaff de marbre. Dis donc, ça lui a fait un drôle d'effet à ta mère de découvrir ton repaire de sorcière !

La jeune fille ne laissait toujours transparaître aucune émotion. Lefèvre bluffa :

— Et ton père, je ne te dis pas le coup que ça lui a fait de découvrir ce dont sa petite fille chérie était capable…

La suspecte s'était tendue. Peut-être avait-il touché le point sensible ? Lefèvre enfonça le clou :

— Il n'en croyait pas ses yeux, le pauvre homme, c'en était pitoyable. Lui qui pensait que sa fille allait suivre ses traces, réussir dans les affaires, avoir une belle famille…

Là, Mahaut Hénaff émit un rire mauvais, mélange de mépris et de hargne. Lefèvre rebondit :

— Ben quoi, t'es pas d'accord, que vous formez une gentille petite famille ? Tout le monde doit vous envier, pourtant !

À nouveau, elle eut un rictus amer. Perrot fit signe à Lefèvre qu'il prenait la relève. Ce dernier alla retrouver son perchoir chauffé.

— Mahaut, vous avez intérêt à parler maintenant. Ces poupées ensorcelées avaient toutes un « E » dessiné sur le front. C'est bien Élodie qu'elles représentent, non ?

Elle ne répondit pas, mais son silence de vaincue vibrait comme un aveu.

— Que lui reprochiez-vous, Mahaut ? demanda doucement Perrot.

Elle s'était mise à tortiller ses longs cheveux blonds. Maintenant que la carapace avait cédé, son corps s'autorisait à trahir sa faiblesse. L'épuisement creusait des ombres mauves qui faisaient ressortir ses yeux clairs.

Le visage semblait moins plein après le jeûne qu'elle s'imposait depuis le début de sa garde à vue. Perrot poursuivit :

— Lévi aimait Élodie, c'est ça ?

Elle hocha imperceptiblement la tête.

— C'est pour ça que tu t'en es pris à elle ? demanda Perrot qui avait opté pour le tutoiement sans même y prendre garde, peut-être parce que la jeune fille semblait soudain vulnérable.

— J'ai rien fait… se défendit Hénaff, comme à chaque fois depuis le début de sa garde à vue.

— Pourtant, tout te désigne comme la meurtrière d'Élodie Le Gall !

— J'ai rien fait, j'vous dit…

— Et où étais-tu le soir de sa mort, le 16 décembre ?

— Chez moi…

— Ta mère ou ton père peuvent en témoigner ?

— N... non.

— Pourquoi ?

Elle baissa davantage la tête, malmenant furieusement une petite boucle de cheveux sur sa tempe.

La mèche céda. Elle ne cilla pas

— Pourquoi, tes parents étaient sortis ?

— Ou… Oui.

— Tu en es sûre ?

— Ou… Oui.

La réponse manquait de conviction. Perrot prit le combiné sur son bureau et composa le numéro de téléphone portable de monsieur Hénaff.

— Monsieur Hénaff, commandant Perrot à l'appareil. Je voudrais un renseignement sur l'emploi du temps de votre fille…

Une voix inaudible mais visiblement surexcitée répondit au policier. Calmement, celui-ci répliqua :

— Mais si, Monsieur, votre épouse a dit vrai, votre fille est bien chez nous… Rencontres sataniques, absolument… et complicité de meurtre…

La voix au bout du fil tonnait de plus belle. Perrot l'interrompit :

— Si vous êtes sur la route du retour, nous ne pouvons vous recevoir tout de suite, c'est bien pour ça que je vous appelle! Allez-y, garez-vous… Un avocat… bien sûr… mais en attendant, vous allez répondre à une question! Pouvez-vous nous indiquer où était votre fille dans la soirée du 13 au 14? Je vous en prie, allez-y… Chez qui, dites-vous? Bien, je vous remercie.

Et il coupa court aux protestations de l'homme ulcéré.

Il s'adressa à Mahaut qui s'était tassée sur sa chaise:

— Ton père prétend que tu te trouvais chez Margaux Le Naour…

— Oui, c'est ça! s'écria la suspecte avec reconnaissance comme si elle saisissait la bouée qui allait la sauver.

— Nous allons vérifier.

Lefèvre s'empressa d'aller quérir la dénommée Cybèle. Celle-ci était plus pâle que jamais. Ses yeux de braise n'en étaient que plus impressionnants. Elle s'assit, les deux mains posées sur ses genoux saillants. Elle n'eut pas un regard pour sa voisine.

Perrot demanda:

— Où étiez-vous dans la nuit du lundi 16 décembre?

— Chez moi…

— Seule?

— Non, avec mes parents.

— Pas de camarade avec toi?

— Non.

— Même pas Mahaut ici présente?

— Non.

La réponse était nette, sans appel. La jeune « suiveuse » n'avait pas hésité. Elle ne s'était pas troublée.

Elle avait trahi son serment. Elle avait décidé de sauver sa peau… L'accablement de Hénaff était total à présent.

Perrot reposa sa question :

— Où étais-tu le lundi 16 ? Chez toi ou chez Margaux Le Naour comme ton père a l'air de le croire ?

Brisée, elle se jeta à l'eau :

— Chez moi.

— Seule ?

— N... non.

— Avec qui alors ?

— Avec personne…

— Quoi ! s'exclama Lefèvre dont la patience avait des limites. Tu te fous de nous en plus !

— Non, je dis la vérité…

— Alors je dois être taré, sans doute !

— J'étais chez moi, murmura la jeune fille, mais il y avait quelqu'un d'autre dans l'appartement qui ignorait ma présence…

— Et qui était-ce ?

— Mon père…

— Et il ne t'a pas vue ! persifla le capitaine du haut de son radiateur.

— Non…

— Comment c'est possible, ça ? railla-t-il.

— Je n'aurais pas dû être là ce soir-là. Mais finalement, j'ai décidé de pas aller réviser chez Margaux. Ma mère était en thalasso…

— Et ton père ?

— Je le croyais en voyage d'affaires…

— Pourquoi n'as-tu pas signalé ta présence alors ? s'étonna Perrot.

Une rougeur subite monta aux joues de la suspecte. Elle étouffa un haut-le-cœur avant de prononcer avec un sentiment de honte d'autant plus grand que sa disciple buvait ses paroles :

— Quand il est entré dans ma chambre, j'étais dans ma cachette, je l'ai entendu, mais lui ne pouvait pas deviner que j'étais là. J'en suis sortie quelques minutes après et je me suis approchée du salon. Là, j'ai entendu des rires.

— Les rires de qui ?

— Celui de mon père et un autre plus aigu… celui d'une femme…

— Et ensuite ?

— Je n'ai pas osé me montrer. Je suis retournée dans ma chambre…

— Et après ?

— Je ne les ai plus entendus…

— Ils étaient repartis ?

Elle se voûta davantage et se mordilla la lèvre inférieure au sang. Lefèvre insista :

— Où étaient-ils, alors ?

— Dans la chambre de mes… parents…

— Nous vérifierons auprès de lui, énonça Perrot.

— NON ! hurla alors la jeune fille en tentant de se lever.

Mais la menotte la contraignit à se rasseoir. Cependant, elle ne se calmait pas. Son visage cramoisi et ses tremblements disaient toute son appréhension à l'idée que son père put apprendre qu'elle l'avait percé à jour. Étrangement, bien qu'elle-même fût dans une posture plus que délicate, elle semblait davantage redouter les foudres de son père que la Cour de Justice. Elle craignait plus le déshonneur pour son père que son propre désaveu…

*

La laborantine reprenait son souffle, manquant à tout instant de faire céder le bouton de sa blouse tendue sur sa forte poitrine. Lefèvre eut un clin d'œil à l'adresse de son collègue. Les formes épanouies de Marguerite Armentières étaient célèbres dans le service. La gironde technicienne feignait de ne pas s'en apercevoir mais se réjouissait intérieurement de l'émoi qu'elle suscitait. Cependant, elle réservait l'usage exclusif de ses courbes voluptueuses aux pognes rugueuses de son maçon de mari. Elle hocha la tête.

— On n'a trouvé aucune trace de ricine dans ce flacon. Il s'agissait d'un banal produit anti-verrues. L'étiquette a simplement dû se décoller. Voilà, Messieurs, en vous souhaitant un bon dimanche…

Elle s'éloigna, faisant tanguer la chaloupe de ses hanches pleines. Elle assumait décidément ses rondeurs.

— Ben, tu vois, commentait Lefèvre, j'aime mieux ce genre de nana plantureuse que le sac d'os de tout à l'heure. Franchement, sur la mère Hénaff, j'aurais peur de me casser le col du fémur !

— C'est certainement l'expérience qui parle, ironisa Perrot qui n'aurait pas échangé son collègue pour tout l'or du monde.

Le jeune capitaine avait le don d'alléger l'atmosphère, de dissiper les tensions. Perrot reprit :

— Tes considérations anatomiques sont fort intéressantes, Hubert, mais ne font guère avancer l'enquête…

Lefèvre reprit son sérieux. Il résuma, autant pour lui que pour son ami :

— D'après nos investigations, ni Lévi ni Hénaff n'avaient de ricine à leur domicile. On n'a pas retrouvé non plus de flacon à proximité du corps d'Élodie dans le blockhaus. Par ailleurs, même si Hénaff en voulait à Le Gall, elle prétend qu'elle était chez elle lundi 16. Quant à Lévi, d'après son amie, Mélanie Toudic, il était au restaurant avec elle ce soir-là.

— Leurs alibis restent à être prouvés…

— Exact. On va aller faire un petit coucou au père Hénaff qui doit être rentré à présent s'il était à Rennes quand tu l'as appelé. Ensuite, je t'offre un tandoori de poulet…

— Ça marche, accepta Perrot d'une voix lasse. Au fait, je viens d'avoir le proc en ligne. Il maintient la GAV pour le chef et ses « apôtres ». On peut relâcher les autres, ils n'ont sans doute qu'un rôle symbolique dans leur mouvement décadent…

*

Il ne restait que deux jours avant Noël. Le traîneau du Père Noël était toujours suspendu au-dessus de la rivière. *Vive le Vent* retentissait dans les rues où se pressait une foule saisie d'une compulsive fièvre acheteuse.

À la veille de la date fatidique, on se demandait ce qu'on allait bien pouvoir offrir à l'oncle Paul, celui qui n'appréciait jamais rien. On rajoutait au panier des objets inutiles, juste histoire d'équilibrer les présents : il ne fallait pas qu'Hugues se sente lésé par rapport à Charles, son aîné. Perrot observait ce manège avec une amertume teintée de nostalgie. Il avait aimé cette période de Noël, cette impression de lente montée collective vers quelque chose - quoi? il n'aurait su le dire. Il n'était ni religieux ni superstitieux, mais il aimait se sentir partie d'un tout porté par une même attente irraisonnée, magique. Au fond, il avait toujours cru au Père Noël. Face à sa fille Clara qui lui avait demandé de sa voix impérieuse: « Dis-moi la vérité, papa, il n'existe pas, hein? », il ne s'était pas senti pris au dépourvu. Le plus spontanément du monde, il avait répondu: « Moi j'y ai toujours cru et de toute façon, il vit dans le cœur des enfants. » Le rationalisme de son aînée s'en était trouvé ébranlé mais elle s'était contentée de cette réponse qui, finalement, satisfaisait son désir d'être encore émerveillée. Cette année, Sofia l'avait invité à passer Noël à Pontoise avec les enfants. Il avait réservé sa réponse. Peur de ne pas être prêt, peur de ne pas être assez solide, peur de ne pas être encore guéri d'elle…

Cette fois, ce fut monsieur Hénaff qui ouvrit la porte. Le personnage était une caricature de l'homme d'affaires survolté qui ne supporte pas de perdre son temps. Il avait le maxillaire inférieur large et carré. Le regard était ombrageux, assombri par d'épais sourcils noirs. Son abdomen légèrement rebondi trahissait les excès de table d'un chef d'entreprise habitué à négocier ses contrats autour d'une bonne bouteille de Saint-Estèphe. Arrogant, il regardait les deux policiers, bien campé sur ses jambes écartées. Il portait un pantalon de costume brun et une chemise en oxford bleu sur laquelle pendait une cravate dont il avait relâché le nœud. Il les fit entrer dans le salon où des lampes à abat-jour diffusaient une lumière tamisée.

Madame Hénaff avait pris la peine d'allumer une flambée. Elle était lovée dans le canapé au coin de l'âtre suspendu. Elle fumait à gestes lents. Elle ne tourna pas la tête vers ses visiteurs. Son mari les laissa debout et s'exclama de sa voix de baryton :

— Qu'est-ce que je viens d'apprendre ? Ma fille en garde à vue pour association à caractère sectaire ! Permettez-moi de rire, Messieurs ! Je vous accompagne et je la ramène ici !

— Vous ne semblez pas bien comprendre, Monsieur Hénaff, répartit calmement Perrot, nous avons surpris votre fille vendredi au milieu d'un groupe satanique.

— Ah ! Ah ! Ah ! vous plaisantez, Monsieur le commandant, s'exclama l'odieux personnage. Mahaut est une fille bien sous tous rapports et je vous somme de la relâcher !

— Pas si vite, Monsieur, l'interrompit Perrot, votre fille est également soupçonnée d'avoir participé au meurtre d'Élodie Le Gall.

La surprise se peignit sur le visage du P.-D.G. Son visage se violaça tandis qu'une grosse veine jugulaire se mettait à palpiter dans son cou de taureau. Il alla se verser un verre de whisky pur malt 25 ans d'âge et le vida d'un trait. Sans l'apprécier. Juste pour la brûlure. Puis il reprit d'une voix assurée :

— Quelle preuve avez-vous pour assener de telles horreurs ?

— Nous avons filmé la réunion à laquelle votre fille participait…

Son interlocuteur changea imperceptiblement d'attitude.

Il se redressa et, d'une voix affermie, déclara :

— Mais c'est une blague de gosses, un jeu de rôles, les gamins aiment bien se faire peur, c'est normal ! Allez, commandant, ne me dites pas que ça ne vous est jamais arrivé de faire tourner les tables et convoquer les esprits !

Il acheva dans un gros rire forcé. Lefèvre, que l'homme ignorait depuis le début, habitué qu'il était à ne s'adresser toujours qu'aux supérieurs hiérarchiques, intervint d'un ton acerbe :

— Sauf que nous, on ne se livrait pas à des sacrifices d'animaux ni à des viols collectifs !

La dureté des propos laissa l'homme sans voix. Il alla se resservir un autre verre. À l'arrière, sa femme restait impassible, se contentant d'allumer ses cigarettes à la chaîne.

Soit elle avait pris un calmant, soit elle avait une incroyable maîtrise d'elle-même dont sa fille avait héritée.

Perrot opta cependant pour la première hypothèse en notant la lenteur extrême avec laquelle elle accomplissait le moindre geste.

— Je ne comprends pas, se mit à bafouiller le chef d'entreprise, soudain désarmé, je ne comprends pas…

Il s'était assis sur la méridienne dans le coin opposé au canapé. Mise à distance. Frontière invisible. Dans l'adversité, chacun luttait de son côté. À leur tour, les deux officiers s'assirent sur le canapé en L. Ainsi, ils avaient mari et femme dans leur champ de vision. Perrot reprit :

— Nous avons quelques points à éclaircir. Madame Hénaff, où étiez-vous dans la nuit du lundi 16 ?

— En thalasso, répondit celle-ci d'une voix pâteuse. Je suis rentrée le lendemain en soirée…

— Et vous, Monsieur Hénaff? fit Lefèvre en se tournant vers le père qui avait posé ses avant-bras puissants sur ses cuisses.

— J'étais en voyage d'affaires…

— Et votre fille?

La mère réfléchit un instant:

— Si j'ai bonne mémoire, prononça-t-elle, elle révisait ses partiels chez sa copine Margaux et devait dormir là-bas.

— C'est effectivement ce qu'elle nous a dit… répliqua Perrot en ménageant une pause dans son discours. Mais nous avons vérifié…

La dame leva un sourcil interrogateur tandis que son époux gardait les yeux rivés sur ses Church's.

— ...Et il apparaît que votre fille était ici même ce soir-là.

— Peut-être… et alors? interrogea la belle femme.

— Et alors, elle prétend qu'elle n'était pas seule…

— Pourtant, elle n'a pas l'autorisation d'amener de jeunes gens à la maison, articula péniblement la mère, offusquée. Son père et moi sommes intraitables sur le sujet!

Le père s'était levé. D'une main légèrement tremblante, il se versa une autre rasade de whisky.

Feu dans la bouche. Lave dans la gorge. Électrochoc.

Paré au combat, il faisait face aux policiers, prêt à encaisser.

— Vous étiez là également, Monsieur Hénaff…

La séduisante blonde eut un regard surpris en direction de son mari. Celui-ci attendait, stoïque, l'assaut final.

— Vous confirmez, Monsieur ? demanda Perrot.

— Absolument.

— Ah bon ? Tu étais rentré plus tôt que prévu, bafouilla la mère, incrédule. Mahaut ne me l'avait pas dit…

— Et pour cause ! intervint abruptement Lefèvre, c'est que votre fille s'est bien gardée de se montrer ! Elle aurait eu peur de déranger !

— Pardon ?

— Étiez-vous là, Monsieur Hénaff, ce vendredi soir ?

— Ou… oui.

— Seul ?

— Non, j'étais avec une collègue. Un dossier à terminer, précisa-t-il avec une audace retrouvée.

— Une collègue de travail ? persifla Lefèvre. Ben, dites-moi, votre fille est drôlement délicate de ne pas vous déranger pendant vos séances de rattrapage !

L'homme ne pipa mot. Sa femme venait soudain de comprendre. Les doutes qu'elle avait depuis si longtemps venaient d'être confirmés. Elle n'avait sans doute plus sa place auprès de cet étranger qu'il était devenu… Mais où était sa place ? Que pouvait-elle exiger ? Allait-elle, du jour au lendemain, parce que son honneur avait été bafoué, renoncer à cette prison dorée, à cet argent facile, à ce luxe gratifiant ?

*

Le deuxième service venait de débuter. On leur trouva une table pour deux près de la fenêtre. Sur le boulevard, les phares trouaient le brouillard humide de la nuit. Sur la promenade, les marronniers surchargés de guirlandes blanches lumineuses scintillaient.

Les appuis de fenêtre du restaurant supportaient de petits sapins de plastique qui clignotaient par intermittence.

Lefèvre étudiait la carte, salivant d'avance. Perrot, quant à lui, ne parvenait à détacher son regard des petits sapins de Noël. De l'index, il caressait les boules fragiles. Bonheur factice. Joie illusoire. Tromperie ?

Le garçon venu prendre la commande le tira de ce songe désenchanté.

Perrot lui montra discrètement sa carte tricolore et demanda :

— Avez-vous parmi vos clients un certain Pierre Le Floch ?

Le serveur, un brun d'une trentaine d'années aux cheveux coupés en brosse, réfléchit quelques secondes, puis fit un signe de dénégation. Perrot posa alors une photographie représentant Lévi sur la table. Le jeune homme qui s'impatientait en constatant l'affluence grandissante dans la salle, posa néanmoins les yeux sur le cliché.

— Ce visage me dit quelque chose… Quel nom vous dites ?

— Pierre Le Floch.

— Il serait venu quand ?

— À vous de nous le dire, répondit le commandant. Vous avez bien un registre de réservation ?

— Oui, mais, fit le garçon avec un regard en direction de son patron, un homme basané portant le costume traditionnel pakistanais, je ne sais pas si je peux…

— Appelez votre patron, alors, fit Perrot.

Celui-ci arriva aussitôt, un large sourire commercial lui fendant le visage.

— Ces Messieurs désirent?

— Dîner, bien sûr, répondit Lefèvre avec ironie, et aussi un petit renseignement: nous voudrions savoir si cet homme, Pierre Le Floch, a dîné ici récemment.

— Ne bougez pas, je reviens, fit le patron en gagnant le comptoir.

Il reparut aussitôt, son carnet de réservation à la main.

Perrot précisa:

— Peut-être la réservation a-t-elle été prise au nom de Mélanie Toudic…

— Ou Lévi, renchérit Lefèvre qui venait d'être traversé par une intuition.

— Floch, Lévi, récitait le patron en faisant glisser son doigt sur les feuilles. Voilà, j'y suis: j'ai une réservation le lundi 16 au soir pour deux personnes au nom de Lévi à 22 heures, c'est-à-dire au deuxième service…

— Et ils sont effectivement venus? demanda Perrot.

— Oui, opina le Pakistanais, ils ont payé en liquide. Ce sera tout, Messieurs?

— Non, Monsieur, répondit Lefèvre. Vous allez nous mettre deux poulets « tikka » avec « naans », sauce « raïta » à la menthe et une bouteille de rosé!

— Ça marche, fit l'homme en s'éloignant.

Peu de temps après, l'odeur alléchante des épices leur chatouillait les narines. Perrot se rendit compte qu'il mourait de faim.

Il n'était apparemment pas le seul…

— T'as le ver solitaire, ma parole ! se moqua le plus âgé, impressionné par le coup de fourchette de son ami.

— C'est pas parce que nos maboules en garde à vue font la grève de la faim que je vais me passer de bouffer ! riposta Lefèvre en demandant au garçon une ration supplémentaire de riz et de légumes.

Perrot avala une gorgée de vin avant de reprendre plus sérieusement :

— Donc Lévi et Hénaff doivent être mis hors de cause pour le meurtre d'Élodie Le Gall…

— On les poursuivra néanmoins pour réunions illégales et viols collectifs.

— Exact. Mais pour ce qui nous concerne, on en revient au point de départ. Si ce n'est pas eux, c'est qui ?

— Peut-être, émit Lefèvre en vidant son verre, a-t-on trop vite éliminé Le Scornec comme coupable possible ? Tu penses, comme moi, que c'est un type sans envergure, mais il est quand même capable de sacrifier des animaux et d'obéir aux ordres de violer des filles !

— Tu as peut-être raison, acquiesça Perrot avec accablement. On le réentend demain à la première heure ?

— Demain six heures, OK.

Perrot était soudain pressé de rentrer chez lui et de s'effondrer sur son lit.

Mais son ami n'était pas prêt à renoncer à une douceur de fin de repas.

Perrot dut attendre que Lefèvre déguste son velouté d'amandes au « ghee » avant de pouvoir mettre les voiles sur Sainte-Marine…

VIII

Lundi 23 décembre.

Ses yeux voyaient rouge. Un océan rouge. Une mer de sang. D'où venait la blessure ? Il n'avait pourtant mal nulle part. Sans doute était-il en train de mourir ? C'est pour cela qu'il était au-delà de la douleur. Tout ce rouge… Et puis soudain l'impression d'étouffer… On lui enfonçait quelque chose dans la gorge. Quelque chose de léger, doux, duveteux. Des plumes ? Des étoffes ? Du bout de l'index, il entreprit de déloger l'indésirable. Avec un hoquet, il recracha… un œillet écarlate…

La sonnerie du réveil résonna comme une bénédiction aux oreilles de Perrot. Quand les interrogations étaient trop grandes, les hésitations trop paralysantes, son esprit malmené exorcisait ses angoisses à travers le délire des cauchemars. Le commandant se leva, les yeux brûlants d'une nuit trop courte et agitée. Même la douche froide ne produisit pas l'effet escompté.

Le policier ressassait toujours la même question : quel rôle avait Lévi dans cette affaire ? Tout désignait comme coupable parfait le séducteur illuminé auquel personne ne pouvait résister. D'un autre côté, pourquoi s'en être pris à Élodie Le Gall ? Elle ne s'était pas refusée à lui, pourtant. Elle lui était tout acquise. Peut-être, devait-on chercher les réponses dans les rites initiatiques des suppôts de Satan ? Peut-être Élodie avait-elle été désignée comme la victime expiatoire d'un cérémonial occulte ? Et Mahaut Hénaff, alias Swastika, l'apôtre satanique, l'autre tête pensante du groupe, qui était-elle vraiment ? Une gosse de riche aux dérisoires velléités de révolte ? Une gamine perturbée à l'équilibre psychologique menacé ? Ou une jeune adulte désireuse d'imprimer sa marque sur un monde honni ? Face à son thé fumant, Perrot réfléchissait à ces personnalités complexes qui se jouaient de lui. Sans doute fallait-il à présent, ainsi que l'avait suggéré Lefèvre, interroger à nouveau Le Scornec. En effet, le jeune Alistair avait peut-être été trop rapidement mis de côté. Le jeune homme avait dû remplir les exigences de son maître pour être intronisé apôtre. Soit il avait été aveuglé par le charismatique Lévi au point d'aliéner tout jugement critique, soit il s'était montré capable d'initiatives personnelles, auquel cas l'homme lige était plus qu'un pantin docile. L'odeur du pain grillé eut l'heur - en lui ouvrant l'appétit - d'éclaircir les idées du policier. En face de lui, de l'autre côté de la baie vitrée, rougeoyaient les lueurs mouvantes d'un voilier quittant le port avant le jusant. Un vieux voisin - marin pêcheur à la retraite - passa devant la fenêtre, la tête enfoncée sous un couvre-chef bleu marine. Le dos voûté, il allait, fidèle à une habitude vieille de quarante ans, attendre au ponton les directives d'un patron qu'il n'avait plus depuis longtemps. Force des habitudes…

À six heures, Perrot traversait la ville endormie. Quimper se recroquevillait contre l'assaut du froid. Les habitants, sous leur couette, se réjouissaient que Noël tombât un mardi : on allait pouvoir faire le pont… Le commissariat était calme. Seuls les gardiens de l'accueil étaient présents. Perrot franchit la porte vitrée en même temps que Lefèvre. Un pain aux raisins dans la bouche, ce dernier s'escrimait à attraper son téléphone mobile de ses doigts gantés. Ils montèrent au bureau de Perrot. Lefèvre raccrocha et précisa :

— C'était ma mère…

— Si tôt ?

— Ben oui, fit son collègue soudain redevenu le petit garçon devant rendre compte à ses parents, j'ai oublié de l'appeler hier et…

— …Et « monmon » s'est inquiétée, termina Perrot.

— C'est ça, acquiesça le plus jeune avec un demi-sourire.

Les boutades éculées de son ami continuaient à le faire rire de bon cœur. Après tout, à chacun ses dépendances ! Et son addiction n'était probablement pas parmi les plus dangereuses. Sauf peut-être pour une éventuelle bru… Toujours plein d'énergie, Lefèvre s'enquit :

— Et toi, mon vieux, requinqué ? Prêt à repartir au combat ? Moi, je suis un homme neuf. J'ai dormi comme un bébé !

— Quelle bonne nature ! s'amusa Perrot qui se doutait que son ami enjolivait la situation pour regonfler le moral des troupes.

Lui aussi avait sûrement dû se battre toute la nuit contre des fantômes. Mais il avait le mérite de savoir taire ses doutes.

Perrot n'eut pas le courage de doucher cette heureuse disposition d'esprit.

— Comme prévu, on entend de nouveau Alistair ?

— D'accord, Chef !

Le Scornec parut peu après, escorté par un gardien. Il paraissait encore plus maigre après ses deux jours en garde à vue.

La peau de son visage était à vif entre les picots de sa barbe noire. Ses yeux étaient fiévreux, enfoncés dans leurs orbites creux.

Délibérément, Perrot le laissa debout. Il craquerait plus vite… Lefèvre, lui, alla se planter sur son radiateur.

— Alors, Le Scornec, commença Perrot, tu dois commencer à trouver ton temps long, non ? C'est pas le Ritz en bas, hein ?

L'échalas regarda le policier. Regard incrédule. Plein d'espoir. Ce dernier était-il revenu à de meilleurs sentiments ? Allait-on enfin le libérer ? Il eut un hochement de tête reconnaissant.

— Bien, Le Scornec, puisque tu as hâte de sortir d'ici, tu vas vite nous expliquer ce que tu fais exactement au sein de ce groupe… Ensuite, on te fiche la paix…

Le jeune homme déglutit avec peine, faisant saillir sa pomme d'Adam proéminente. Il ouvrit la bouche pour la refermer aussitôt.

« Non, ne pas parler. Ne rien dire. Respecter sa promesse. »

Perrot lisait dans le suspect comme à livre ouvert. Il y voyait la valse-hésitation. Intérieurement, l'officier s'exhorta à la patience. Ne pas s'énerver. Discuter. Séduire. Convaincre.

— Tu as bien compris que tu aggraves ton cas en te taisant, poursuivit Perrot d'une voix persuasive. Ne gâche pas tes plus belles années derrière les grilles d'une prison !

Ces derniers mots emportèrent les dernières préventions du gardé à vue. Il planta ses yeux dans ceux de l'enquêteur et, de la voix claire de celui qui a tranché, il répliqua :

— Je sers Lévi.

Mais l'information parcimonieuse ne pouvait satisfaire le bouillant capitaine qui s'exclama, du haut de son perchoir :

— Précise ! Je n'aime pas les devinettes !

Alistair Le Scornec haussa les épaules, se retourna vers la voix et expliqua sur le ton de l'évidence :

— Je fais ce qu'il me dit de faire…

— Et que te dit-il de faire ? répéta Lefèvre avec une lenteur menaçante.

— Je prépare les cérémonies pour lui, les vêtements, les cierges. Je repère les lieux de rencontre. Je préviens les autres des dates des futures cérémonies…

— Et pourquoi t'a-t-il choisi toi en particulier ? insista Lefèvre.

— Parce qu'il savait qu'il pouvait me faire confiance, se rengorgea malgré lui l'efflanqué.

— Comment as-tu fait tes preuves ?

— J'ai exécuté des animaux.

— Quel genre ?
— Un chien et un chat.
— Et aux êtres humains, tu leur fais quoi ? poursuivit Lefèvre en se contraignant au calme.
— On purifie les filles…
— Vous quoi ? s'étrangla Lefèvre.
— On les purifie…
— Et comment ça ? Tu les baises ? C'est ça ! s'exclama le capitaine en sautant de son perchoir.
Le Scornec acquiesça d'un signe du menton.
— Et elles sont consentantes, bien sûr ! railla le policier.
L'illuminé opina du chef.
— Tu te fous de notre gueule ! hurla Lefèvre en tournant autour du prévenu tel un chef de guerre sioux autour du poteau de torture.
Le gardé à vue vacilla sous l'attaque de l'officier. Son regard s'était durci. D'un signe discret, Perrot indiqua à son collègue qu'il prenait la relève : si Lefèvre poursuivait sur ce ton, il prenait le risque de braquer le suspect. Mieux valait utiliser la douceur. Perrot demanda :
— Tu les forces, c'est ça ?
— Oui, murmura le jeune homme en serrant les poings.
— Pourquoi ?
Sur le ton de l'évidence, il rétorqua :
— Parce que Lévi me le demande !
Perrot, outré par l'absence totale d'esprit critique de Le Scornec, se contraignit malgré tout au calme. Écouter. Ne pas juger. S'en faire un allié. Répugnant mais allié tout de même. Il se contenta de demander d'une voix unie :

— Et ça ne te choque pas ? Tu ne te dis pas que c'est mal ?

— ...non.

— Tu as de la famille, Le Scornec ?

— Ou… oui.

— Tu les vois souvent ?

— N... non.

— Pourquoi ?

Des plaques rouges venaient d'affleurer sur son visage.

Il murmura :

— Pas envie d'en parler…

— Pourquoi ? Ce sont des violeurs, eux aussi ? cracha Lefèvre avant que Perrot pût l'en dissuader.

— Ben non, fit le prévenu, surpris par l'allusion brutale.

— Eh ben alors, qu'est-ce qui t'empêche de les voir ?

— J'ai été placé en foyer quand j'avais sept ans…

— Pour quelle raison ?

Le suspect hésita, soucieux du fond de sa fange de sauver son honneur.

— L'assistante sociale a dit que je devais pas rester là…

— Ton père était violent ?

Il hocha lentement la tête en signe d'assentiment. L'officier poursuivit :

— Tu as des frères et sœurs ?

— Deux sœurs plus grandes…

— Et il les battait aussi ?

— N... non…

— Pourquoi pas elles ?

Il déglutit avant de répliquer d'une voix soudain totalement changée : de sa bouche d'homme s'éleva le filet de voix d'un petit garçon récitant la leçon qu'on lui a enfoncée dans le crâne. Il était à nouveau le gamin de sept ans courbant l'échine devant le père brutal et tout-puissant. Il murmura :

— Elles, elles sont gentilles…

— Qui te l'a dit ?

— Papa ! s'exclama la voix enfantine.

Dérouté, Lefèvre se prêtait néanmoins à ce jeu étrange de retour dans le passé. Le Scornec avait l'air sincère. Mais le policier savait à quel point le miroir des apparences peut paraître étonnamment limpide. L'expérience lui avait appris que les pires turpitudes peuvent se dissimuler derrière les façades les plus régulières. Jusqu'à quel point le prévenu jouait-il la comédie ? Lefèvre n'aurait su le dire avec certitude. Il jeta un regard à Perrot. Ce dernier semblait croire à la métamorphose du jeune homme, à cet avatar de Doctor Jekyll and Mister Hyde. Lefèvre rebondit sur les paroles du gamin caché dans une enveloppe d'homme.

— Et toi, tu n'es pas gentil ?

Il secoua la tête en plaçant sa langue dans sa joue comme un gosse intimidé.

— Tu n'es pas gentil ? répéta le capitaine. Qu'est-ce que tu fais de mal ?

— J'ai rien fait de mal, j'ai rien fait ! s'écria le pitoyable mutant.

— Alors pourquoi ton père est en colère contre toi ?

— Je suis pas gentil…

— C'est quoi être « gentil » ? interrogea Lefèvre en faisant appel à des réserves insoupçonnées de patience.

— Mes sœurs sont gentilles, elles, Timothée est méchant, il sera puni…

Les deux policiers échangèrent un regard d'incompréhension totale. Avait-il suffi de soulever le rideau du passé pour que l'adulte trop vite grandi redevienne l'enfant brimé qu'il avait été ? Cela était-il seulement possible ? Le cerveau humain était-il capable de telles prouesses ? Ou alors le suspect était un fieffé roué capable des plus habiles manipulations pour échapper aux griffes de la justice ? Perrot laissa Lefèvre poursuivre l'interrogatoire : si le suspect ne feignait pas, alors mieux valait ne pas le déstabiliser en changeant d'interlocuteur.

— Que font-elles pour être gentilles ?

— Elles font des câlins à papa…

— Il dort avec elles ?

— Non ! Maman dort avec papa !

— Que fait-il avec tes sœurs alors ?

— Des caresses…

— Où ?

— Partout…

— Et avec toi ?

— Non !

— Pourquoi pas ?

— Je suis un garçon !

— Et toi maintenant, tu es grand…

— Oui…

— Et qu'est-ce que tu fais avec les filles ?

— Comme papa…

— Elles veulent bien ?

— Non…

— Tu les forces, alors ?

— Ben oui, elles ont qu'à être gentilles !

— Élodie était gentille, elle ?
— Je sais pas…
— Tu as essayé de la toucher ?
— Non !
— Pourquoi pas ?
— Parce que Lévi me l'a pas demandé !
Imperceptiblement, à l'évocation du nom de son chef spirituel, Le Scornec avait réintégré sa peau d'adulte. Sa voix s'était affermie, son élocution était plus claire. Simulait-il à nouveau ou la seule mention de son mentor suffisait-elle à lui faire reprendre pied dans la réalité ? Perrot enchaîna sur un ton redevenu normal :
— Pourtant Élodie était jolie, coquette !
— Oui, reconnut-il avec une moue appréciative.
— Tu étais amoureux d'elle ?
— Non ! Bien sûr que non !
— Tu en es sûr ?
— Mais oui, c'est Lévi qu'elle aimait, pas moi ! Elle était pour Lévi !
— Et tu étais où lundi 16 au soir ?
Sans hésitation, il répliqua :
— Chez moi.
— C'est vrai ça ?
— Oui, je sors jamais le soir, sauf quand il y a réunion, évidemment !
— Et il n'y avait pas réunion, ce soir-là ?
— Non.
— Comment peux-tu en être si sûr ?
— Parce que j'ai le calendrier des dates de réunions et le lundi 16, il n'y avait rien de prévu.
— Pourquoi Lévi a-t-il tué Élodie ? demanda Lefèvre tout à trac.

— J'en sais rien, fit-il en hochant la tête de droite à gauche.

— Parce qu'il l'a tuée, tu le sais, hein, Scornec? On a la preuve!

— Ah bon? s'étonna le suspect en ouvrant de grands yeux innocents.

— Oui, bluffa le policier, mais on a juste besoin de quelques précisions pour clore le dossier.

Le suspect opina silencieusement.

— Lévi avait-il parlé de sacrifier Élodie Le Gall?

— Non, jamais!

— A-t-il déjà sacrifié des vies humaines?

Offusqué, le jeune homme se révolta:

— Oh non, jamais, je n'aurais pas pu supporter ça!

Ce soubresaut moral résonnait bizarrement dans la bouche du suppôt de Satan.

— Pourtant tu violes des filles! le contredit Lefèvre.

— C'est pas pareil, c'est pour les nettoyer qu'on fait ça, pour les faire accéder au Monde des Ténèbres…

Interloqués, les officiers dévisageaient le suspect. De quelle mission démoniaque se croyait-il investi? De combien de lustrations païennes s'était-il montré coupable? En prononçant ses dernières paroles, le suspect avait à nouveau changé de ton. Sa voix avait pris une tonalité métallique, déshumanisée. À présent, c'était le fanatique soumis corps et âme à son maître qui s'exprimait.

Accablé, Perrot décida de le faire redescendre en geôle. Que pouvait-on en tirer de plus? Si Le Scornec disait vrai - et il y avait tout lieu de le penser - on était de retour à la case départ.

Que faire maintenant ? Recommencer toutes les auditions ? Les faire se contredire ? Chercher le point faible ? Oui, mais où ? Et comment ? On tournait en rond. Tant qu'on n'aurait pas les résultats de l'analyse ADN, on resterait dans le doute.

Pourtant, Lévi était le coupable désigné, et ce, en dépit de l'alibi involontaire que lui avait fourni son amie, Mélanie Toudic.

En outre, cet alibi avait été confirmé par le patron du restaurant où ils avaient dîné le soir du meurtre. Que croire ?

Lefèvre qui était allé se servir un chocolat chaud au distributeur, venait de réintégrer le bureau. Par rapport à son arrivée au service une heure plus tôt, son allure avait perdu en combativité. La démarche était lente, le sourcil froncé.

« Si même Hubert déclare forfait », songea Perrot en se remettant d'aplomb dans son profond fauteuil. Alors, c'était à lui, Perrot, de reprendre le flambeau. Il força un enthousiasme qu'il ne ressentait pas pour demander à son ami :

— Hubert, je pense qu'il y a au moins une piste qu'on n'a pas complètement creusée.

— Ah bon et laquelle, je te prie ?

— Écoute, je pense qu'on pourrait entendre de nouveau la sœur d'Élodie…

— Encore ! Mais pourquoi ça ?

— Après tout, elle a fait partie du groupe de Lévi à une période. Elle a peut-être fréquenté d'autres adeptes qui étaient absents lors de la réunion de l'autre soir…

— Au point où on en est… fit le capitaine en haussant une épaule désabusée.

Le jour s'était levé. *L'Odet* brodait son linceul de givre dans l'atmosphère embrumée. Au-dessus, le Père Noël suspendu attendait le signal pour descendre visiter les cheminées. Le ciel laiteux ne laissait filtrer aucun rayon de soleil. Le plafond nuageux était bas et dense. Sur la route les menant à Pont-L'Abbé, quelques flocons de neige se mirent à virevolter, les incitant à freiner l'allure.

— Manquait plus que ça ! maugréa Lefèvre, d'ici que les trains ne circulent plus…

— Pourquoi, tu vas où ?

— Chez ma mère, pardi ! C'est Noël, tu te souviens ? ironisa le cadet.

— Vaguement, oui, mais sans vouloir te saper le moral, je crains que tu ne sois obligé d'annuler le voyage chez « monmon » !

— Mais il n'en est pas question ! s'écria-t-il faussement choqué, je ne peux pas lui faire ça !

— Dis plutôt, corrigea le chauffeur avec un sourire taquin, que tu ne peux pas TE faire ça !

— Ça va, t'as gagné, répliqua son compagnon beau joueur. C'est vrai que j'ai aucune envie de fêter Noël ici…

— Remarque, tu peux toujours joindre ta solitude à la mienne chez mes parents. Ils seront ravis d'accueillir une âme en peine. Et ma mère n'est pas si mauvaise cuisinière…

— Elle ne peut sans doute pas rivaliser avec la mienne, mais c'est sympa de penser à moi, remercia-t-il avec gratitude.

Tandis que le musée de Pont-L'Abbé se profilait devant eux, majestueux sous sa pierre grise, Perrot changea brusquement d'avis et obliqua sur la droite.

Au bout de quelques kilomètres, son voisin l'interrogea :

— Tu nous emmènes où, là ?

— Au cimetière.

— Hein ? Tu plaisantes, j'imagine !

— Pas du tout, j'ai envie d'aller faire un tour sur la tombe d'Élodie Le Gall.

— Moi, les tombes à jeun, j'ai un peu de mal ! persifla Lefèvre.

— À jeun ! À d'autres, oui !

— N'empêche, reconnais que tu as de drôles d'idées ! C'est le numéro de l'autre tordu tout à l'heure qui te fait perdre les pédales ?

— Non, même si je dois avouer que je me suis demandé pendant un moment s'il se fichait de nous…

— Et alors, conclusion ?

— Je ne suis pas psy mais j'ai l'impression qu'il ne faisait pas semblant, qu'il change involontairement de personnalité selon le contexte.

— Bizarre, tu avoueras !

IX

Les stèles de granit gris dressaient les bras de leurs croix dans l'air glacé, en un vain espoir d'atteindre le Paraclet. Des interstices entre les blocs de pierre sourdait une humidité froide qui semblait vouloir s'insinuer dans le col des visiteurs. L'atmosphère lugubre vous serrait la gorge, mélange de peur et de tristesse. Contrairement à d'autres, Perrot n'était jamais parvenu à se recueillir dans un cimetière. Pour lui, le crépuscule de la roche, la grisaille du gravier, la noirceur brillante des monuments de marbre incitaient davantage au désespoir qu'à la prière qui apaise. Pourquoi rendre les choses encore plus difficiles ? Pourquoi ne pas imaginer des endroits plus accueillants où l'on aurait plaisir à se rendre plutôt que ces cimetières dont la simple vue vous tord le ventre ? Les cimetières du Sud, eux, étaient moins austères avec leurs dalles claires renvoyant la lumière. De même, aux États-Unis, les lieux d'inhumation qu'avait visité Perrot n'avaient pas cette dimension tragiquement définitive. Les petites croix blanches pointillant la pelouse atténuaient le chagrin de ceux restés derrière. Lentement, en évitant inconsciemment de faire crisser le gravier, les deux policiers se mirent à arpenter chaque allée du cimetière à la recherche du tombeau de la famille Le Gall. Lefèvre se taisait, secrètement bouleversé comme chaque fois depuis plus de dix ans qu'il avait perdu son père et qu'il se rendait dans un cimetière. Perrot, de son côté, était plus détaché. Avec un brin d'amusement, il se souvenait des visites obligées au cimetière avec sa « Mémie » un peu bigote - mais surtout pragmatique ! - qui proclamait haut et fort qu'au moins là, son petit-fils ne risquait pas de se faire écraser par une auto ! Alors le petit Jean-Louis qui ne pouvait pleurer un grand-père glacial qu'il avait à peine connu, trompait l'ennui en improvisant des jeux de piste dont il était l'unique participant. Livré à lui-même, le jeune garçon, Petit Poucet marquant son passage, s'amusait à placer des cailloux blancs piochés dans l'allée, dans des endroits incongrus : sous une plaque, au pied d'une croix, dans une couronne de stuc, entre les fleurs en plastique à la désespérante teinte passée. La semaine suivante, il s'affairait à les retrouver avec une excitation fiévreuse. Peut-être fallait-il voir là les prémisses d'une vocation de fin limier… Lefèvre interrompit sa rêverie attendrie.

— Quand j'étais petit, souffla-t-il, lorsque je venais fleurir les tombes à la Toussaint avec ma cousine, on recherchait les « tombes à anges »...

— Les quoi ?

— Les tombes avec des petites statuettes d'anges. C'étaient les plus jolies, les plus tristes aussi puisque c'étaient celles des enfants. Sur ces toutes petites tombes, on pouvait lire de jolis poèmes…

— Décidément, on avait chacun nos rituels mortuaires…

Il se tut. Il venait de repérer la sépulture de la victime du blockhaus, surchargée de fleurs. Certains emballages de plastique s'étaient défaits sous l'effet du vent marin, ajoutant à l'impression générale de désolation. Les couronnes ceintes de litres sur lesquelles se détachaient en lettres d'or: *« À notre fille bien-aimée »,« À ma sœur »,« À notre amie »* disparaissaient sous les modestes bouquets jetés çà et là par des camarades désargentés. Apparemment, la famille avait demandé que seules des teintes pastel ornent la dernière demeure d'Élodie. Pourtant, au milieu de ces couleurs nacrées, jaillissait - outrageuse, offensante tache écarlate - un bouquet rouge sang…

— T'as remarqué, là! s'exclama Lefèvre.

Perrot acquiesça en silence, en proie à une vive émotion. Ces impudents œillets n'avaient pas leur place sur la sépulture d'une jeune martyre. Ils n'avaient pas été placés là par hasard. Ils devaient constituer un signe… Mais envoyé par qui? Lefèvre réfléchissait à voix haute:

— Il y avait la même fleur plantée dans l'entrecuisse d'Élodie lorsqu'elle a été trouvée. Qui, à ton avis, à part les proches, ont eu vent de ce détail?

— Si ça se trouve, plus de personnes qu'on ne croit. Les parents, la jeune sœur ont peut-être trop parlé, trop donné de détails sur les circonstances du crime…

Accablé, Lefèvre acquiesça en silence. Quel sadique avait osé ainsi profaner le tombeau d'une si jeune femme? Qu'est-ce qui pouvait l'animer?

L'envie morbide de heurter les convenances ? Un pervers désir de provocation ? La volonté de défier les forces de l'ordre ? Tout cela à la fois ? Ou rien de tout cela…

Lefèvre s'accroupit et saisit précautionneusement le petit bouquet de ses mains gantées. Il murmura :

— Et si c'est le meurtrier qui l'a placé là, à quoi ça nous avance ? À l'autopsie, hélas, Lenôtre nous a dit qu'il ne pouvait rien tirer du bouton d'œillet retrouvé sur Élodie Le Gall…

— Exact. N'empêche qu'on a été légers sur ce coup-là. On ne s'est pas assez interrogés sur la présence de cette fleur. On a pensé au geste incohérent d'un fétichiste et on n'a pas cherché plus loin. On s'est contentés de la conclusion de Lenôtre… termina-t-il sur le ton d'un reproche qu'il adressait autant à lui-même qu'à son ami.

À trop attendre de la science et de ses verdicts incontestables, on en oubliait parfois d'écouter ses propres intuitions. Constat pénible en ces heures de doute. À ce moment, l'admonestation de Lefèvre fut salutaire, en ce qu'elle fit provisoirement taire les remords de Perrot.

— C'est plus le moment de regretter, réagit Lefèvre, maintenant il faut retrouver ce taré !

— Le bouquet d'œillets n'a pas l'air frais, observa Perrot, il a probablement été acheté et disposé comme les autres, le jour des obsèques, voilà pourquoi il est aussi défraîchi que les autres…

— Probable. Reste à trouver où il s'est approvisionné…

— « Reste », tu en as de bonnes, toi ! Autant chercher une aiguille dans une meule de foin !

— Je sais, c'est pas gagné mais il faut essayer tout de même. Où a-t-il pu trouver des œillets en cette saison ? Dans son jardin, c'est exclu avec ce froid. Ce sont certainement des fleurs poussées sous serre. Il les a sans doute trouvées chez quelque fleuriste…

— Ou au supermarché !

— Merde, j'y avais pas pensé, avec cette manie qu'ils ont de vendre n'importe quoi n'importe où !

Ils décidèrent d'aller enquêter auprès des fleuristes du centre-ville. Leurs chances de remonter ainsi jusqu'au meurtrier étaient minces mais avaient-ils vraiment le choix ? Ils s'apprêtaient à quitter le cimetière désert avec soulagement. Le vent s'était calmé, laissant place à un ciel toujours plus sombre. Les rares oiseaux voletant au ras du sol ne faisaient pas plus de bruit que les résidents souterrains. L'atmosphère était lourde, on aurait dit que le temps retenait son souffle. Soudain, le retentissement de la cloche de l'église piquant dix heures les fit sursauter. Sensibilité exacerbée. Angoisse immémoriale. Au moment où ils franchissaient le seuil de granit, Perrot eut l'impression confuse et fugitive d'une ombre qui s'enfuyait. Mais lorsqu'il se retourna, il n'aperçut que les stèles immobiles. « Décidément », se secoua-t-il, « si je commence à voir des fantômes, c'est la fin de tout ! » Ils gagnèrent le centre de Pont-L'Abbé balayé par des bourrasques chargées d'humidité. La route était déserte. Pourtant, par moments, à la sortie des virages, se dessinait dans le rétroviseur la silhouette poussive d'une guimbarde bleu foncé que Perrot avait la vague impression d'avoir déjà vue auparavant. Illusion d'optique sans doute. Parvenus dans la capitale bigoudène, ils trouvèrent difficilement une place sur le parking saturé de la place du marché. Par ces températures quasi polaires, les promeneurs limitaient au maximum leurs déplacements à pied. Cependant, quelques rares marcheurs avaient osé braver la tourmente, la tête chaudement protégée par des capuches bordées de fourrure synthétique. On ployait sous le poids des paniers remplis de victuailles : fruits de mer, chapon, truffes et autres foies gras. On allait ripailler sans compter, demain serait un autre jour. Les fleuristes étaient débordés, occupés à honorer les commandes pour le lendemain : on préparait les compositions pour les centres de tables, les gerbes pour remercier la maîtresse de maison et les bouquets ronds pour s'excuser de « ne pouvoir être des vôtres pour le réveillon mais vraiment, Martial est stressé en ce moment et il a pensé qu'une semaine au soleil nous ferait le plus grand bien… »

La troisième boutique fut la bonne.

Une jeune fille en tablier blanc, les bras chargés de fleurs fraîchement coupées, s'enquit, avec un sourire radieux :

— Je peux vous aider, Messieurs ?

Perrot tendit sa carte et demanda :

— Vous souvenez-vous d'un client qui aurait acheté des œillets rouges vendredi 20 ?

La jeune fille dont la broche indiquait qu'elle se prénommait Julia eut un sourire ironique. Son regard audacieux pétillait de malice.

Elle devait avoir une prédilection pour les jeunes clients de sexe masculin.

— Vous savez, on voit défiler tellement de gens sur une journée !

— Bien sûr, mais vous auriez pu remarquer un individu qui n'aurait acheté que ça. Après tout, ce n'est peut-être pas si fréquent d'acheter ces fleurs en décembre…

— C'est vrai, mais ça ne me dit rien. Vous savez, on voit de tout ici, hein ! Tenez, tout à l'heure, on a rigolé avec ma collègue quand on a vu un type acheter juste une anémone. C'est vrai, quoi, ajouta-t-elle, ça fait un peu minable, vous ne trouvez pas, d'offrir juste ça ?

— Sans doute, approuva le commandant, et vous êtes sûre de ne pas avoir remarqué un autre individu ?

Mais la jeune bavarde n'avait nulle envie d'en venir au fait, trop heureuse qu'elle était de lire l'impatience dans les yeux de ses vis-à-vis. Pour une fois qu'elle était le centre de toutes les attentions, elle n'allait pas bouder son plaisir.

— C'est vrai, poursuivit-elle, imperturbable, on lui a bien proposé quelques brins de gypsophile pour égayer le tout, mais non, rien à faire, il y tenait à son anémone toute bête !

— Et votre collègue n'aurait pas repéré ce type que nous recherchons ?

— Je ne sais pas, je vais voir. Jeanne ! Tu peux venir voir une minute ?

Une petite brune à la bouche pincée approcha. Elle était aussi renfrognée que sa collègue était souriante. Cette dernière demanda :

— Ça te dit quelque chose un type qui aurait acheté des œillets rouges vendredi 20 ?

— Il y a trois jours, non, mais il y a dix minutes environ, oui !

Fébrile, Perrot interrogea :

— À quoi ressemblait-il ?

— Grand, très mince, les cheveux foncés, habillé en noir, je crois…

— Vous ne l'aviez jamais vu ?

— Non, je ne pense pas.

— Comment a-t-il payé ?

— En espèces.

Les deux policiers digérèrent la mauvaise nouvelle avant de poursuivre :

— Qui travaille avec vous ici ?

— Notre patron, monsieur Joseph et Lisa qui est en congé aujourd'hui mais qui travaillait il y a trois jours.

— Et monsieur Joseph, où peut-on le trouver ?

— Il est parti chercher des fleurs supplémentaires, il sera de retour en début d'après-midi.

— Bien, Mesdemoiselles, nous repasserons à ce moment-là. Bon courage et merci.

— De rien, Messieurs, fit la vendeuse à l'œil égrillard.

— En gros, on est peut-être sur une piste, mais le gars est impossible à identifier. On ne va tout de même pas attendre patiemment qu'il vienne acheter un nouveau bouquet pour l'intercepter !

— Bien sûr que non. Mais avec un peu de chance, peut-être que le patron ou l'employée en repos l'aura repéré à une autre occasion…

— Sauf que des « grands bruns minces », il y en a un paquet sur cette terre !

— Je te l'accorde. Ce qu'il faudrait, c'est aller récupérer les photos des mis en cause à Quimper et les soumettre aux employées et au patron. Peut-être que ce fameux type fait partie des admirateurs de Satan qu'on a relâchés ?

— Ce serait trop beau! rétorqua un Lefèvre un brin amer.

— Eh! Je t'ai connu moins défaitiste! le secoua gentiment l'aîné. Tu ne vas pas te laisser abattre?

— T'inquiète pas, un bon croissant et il n'y paraîtra plus!

Amusé, le commandant l'accompagna à la boulangerie du coin. Après un bon paquet de chouquettes, Lefèvre était un autre homme. Revigoré, il demanda:

— Mais, dis-moi, au départ, ce n'est pas la fille Le Gall qu'on était venus voir ce matin?

— Exact, mais je ne sais quelle intuition m'a poussé à aller au cimetière avant.

— C'est ce qu'on appelle le génie, mon cher Sherlock! ironisa l'irrespectueux.

— Parfaitement. Et maintenant, je suggère qu'on aille chez la victime interroger à nouveau la petite sœur. On y va?

Mais ces paroles enthousiastes restèrent coincées dans sa gorge. Il s'était emparé du poignet de Lefèvre, l'empêchant de nettoyer d'une main distraite le pare-brise où neige et poussière se mêlaient. Celui-ci, surpris, suspendit son geste avec un « quoi? » interrogateur. Perrot tendit alors un doigt muet vers la vitre encrassée. Sur le tableau noir de fortune, trois lettres sibyllines se détachaient: trois F en triangle.

— Cet enfant de salaud était là! s'exclama Perrot que l'émotion faisait bafouiller.

Il jeta un regard circulaire. L'auteur de ce graffiti mystérieux était-il tapi dans l'ombre à guetter la réaction des policiers dont il se jouait? Et comment l'identifier parmi ces passants pressés?

— Qu'est-ce qui te prend? s'étonna Lefèvre qui n'avait pas fait le rapprochement entre les signes gravés dans le grésil et ceux entaillant le corps d'Élodie.

— Ces trois F-là, ce ne sont pas de simples graffitis, je suis sûr qu'ils ont un sens!

Il sortit son petit carnet de cuir rouge de la poche de son blouson et, les doigts engourdis par le froid, se mit à le feuilleter frénétiquement.

— Là! J'y suis! s'exclama-t-il. Barnabé, la première fois qu'on lui a demandé des renseignements concernant les micro-incisions groupées par six sur le corps d'Élodie, nous avait expliqué que le triple 6 avait une connotation particulière…

— Oui et alors?

— Et alors, il a ajouté que le pendant du 666 est le FFF!

— Mais alors, cette ordure était là il y a quelques minutes!

— Exactement!

— Mais comment mettre la main sur lui?

— On n'a qu'à interroger les passants, leur demander s'ils ont vu quelqu'un dessiner sur notre pare-brise.

— Y a qu'à, faut que! Tu parles, les gens ne flânent pas, le nez au vent, en ce moment. Regarde-les, ils marchent tête baissée pour éviter de déraper sur la chaussée humide! Aucune chance qu'ils aient repéré notre amateur de tags!

— Tu as raison. Alors on va directement interroger Sarah, comme prévu depuis ce matin?

— C'est ce qu'on a de mieux à faire, mais avant cela, j'ai quelque chose à vérifier…

Les lieux n'étaient guère plus fréquentés que plus tôt le matin. Deux vieilles femmes aux cheveux surmontés d'une courte coiffe, bras dessus bras dessous, arpentaient le cimetière. Elles s'arrêtèrent à hauteur de la troisième rangée de gauche et se mirent à nettoyer une tombe où s'épanouissait une plante en plastique. D'un pas vif, Perrot s'approcha du tombeau de la famille Le Gall. Comme il s'y attendait, parmi les couronnes aux teintes pastel, un bouquet de fleurs fraîches venait d'être déposé : œillets rouges embrasant la nacre des bouquets. D'un bond, Perrot se retourna, suffisamment rapidement pour voir une longue silhouette noire s'éloigner. Il piqua dans la direction du fuyard sous le regard courroucé des deux bigotes. Mais lorsqu'il parvint à l'entrée principale, il n'aperçut qu'un tas de ferraille bleu foncé qui s'éloignait…

*

Dans la maison néobretonne, on ne sentait aucune des odeurs de fumet qu'on attend des maisons qui se préparent à fêter Noël. Seule la cuisine était allumée. Madame Le Gall fit monter les visiteurs sans paraître s'étonner de leur arrivée impromptue. Son mari était assis, voûté au-dessus de la toile cirée sur laquelle se déployait le *Ouest-France*. Des images de la Nativité faisaient la une. On se remémorait les événements qui avaient marqué l'année. On formait des vœux de paix et de prospérité pour l'année à venir. L'homme à la barbe hirsute semblait imperméable à toutes ces bonnes paroles. Il ne lisait pas. Les lettres dansaient devant ses yeux rougis. De toute manière, ses lunettes de métal étaient posées sur la table. Les oranges dans leur corbeille achevaient de se racornir. On n'avait pas jugé bon de faire le ménage. La femme s'assit près de son mari et les invita à prendre place.

— Madame Le Gall, commença Perrot, nous aurions aimé nous entretenir avec Sarah à nouveau.

Elle leva son regard cerné de mauve et prononça à voix basse :

— Je ne pense pas que vous arriverez à lui parler…

— Ah ! Et pourquoi cela ?

— Depuis qu'on est allés porter plainte, Sarah a changé…

— En quoi ? Cette démarche ne l'a pas soulagée ?

— Non. En fait, elle dit que maintenant, tout le monde va la montrer du doigt parce qu'elle a été violée ! Elle répète qu'elle aurait mieux fait de pas se rater…

Ses paroles désespérées lui arrachèrent un pitoyable sanglot. Elle se reprit néanmoins et continua :

— On ne sait plus par quel bout la prendre. Tout à l'heure, elle a piqué une crise…

Elle ponctua ses paroles d'un vague coup de menton en direction du salon plongé dans la pénombre. Perrot se leva et se rendit dans le séjour.

Il tourna le commutateur. Ébloui, il vit un spectacle de désolation : le sapin de Noël était renversé. Les guirlandes avaient été arrachées, les boules écrasées. Et par on ne sait quel caprice de la technique, tandis que Perrot constatait les dégâts, par terre, devant la fenêtre, un petit bonhomme rouge à barbe blanche se mit à entonner sa ritournelle dans son aquarium de plastique.

Un coup de pied violent le fit taire. Le policier

sursauta : il n'avait pas vu Sarah, recroquevillée dans les pans des tentures.

— Bonjour Sarah, comment vas-tu ?

Le policier se mordit la lèvre, conscient de l'absurdité de sa question au moment même où il la prononçait. Il reprit à voix basse :

— Tu regrettes d'avoir parlé à la police ?

— …

— Tu penses que tu n'aurais pas dû porter plainte ?

— …

— Pourtant, tu sais, c'était la meilleure chose à faire, pour toi, pour ta sœur et pour toutes celles, comme toi, qui ont été victimes de Lévi et sa bande et qui n'ont jamais osé en parler…

Imperceptiblement, elle avait redressé le buste. Pour autant, elle gardait la tête baissée, le front barré d'un pli de douleur.

— …Ils vont payer, nous avons des preuves accablantes contre eux. Nous espérons que d'autres victimes vont se manifester afin de donner plus de poids à ta plainte. Connais-tu d'autres jeunes filles que ces sataniques auraient forcées à coucher avec eux ?

Elle hocha la tête en signe de dénégation.

— Depuis ce viol collectif dont tu as été victime, tu es certaine de n'avoir plus jamais eu de relations avec eux ?

— Évidemment ! s'enflamma la jeune fille. Plus jamais je voulais les revoir, toutes ces ordures !

— Lévi n'a pas tenté de renouer contact avec toi, de te relancer ?

— Non…

— Et Élodie continuait à les fréquenter ?

— Je n'en sais rien, je vous l'ai déjà dit ! On s'entendait plus depuis quelques mois. Je lui en voulais d'avoir réussi à avoir Lévi…

— As-tu réfléchi à la nuit de sa disparition ?

Face à une telle évidence, elle haussa une épaule énergique. Décidément, Perrot avait l'impression de marcher sur des œufs avec cette gamine écorchée vive. Il eût mieux valu que Colombe l'interroge avec le doigté dont elle faisait preuve à l'égard des adolescents. Néanmoins, il reprit :

— Tu ne vois pas avec qui elle aurait eu rendez-vous ?

— Ben avec Lévi, non ? s'écria-t-elle sans comprendre.

— En fait, expliqua calmement l'officier, on doute de la présence de Lévi à ses côtés. On pense à quelqu'un d'autre…

— Quelqu'un d'autre ?

— Oui. Aurais-tu remarqué pendant les obsèques de ta sœur la présence d'un individu portant un bouquet d'œillets rouges ?

Elle écrasa une larme avant de murmurer :

— Je n'ai rien vu ce jour-là, j'avais juste l'impression qu'Élodie planait au-dessus et qu'elle veillait sur moi… comme quand j'étais petite…

L'adolescente retorse fondit alors en larmes bruyantes.

Perrot posa une main réconfortante sur le dos de la jeune fille et le tapota doucement. Puis il s'éloigna discrètement, la laissant à sa peine et ses remords. Il rejoignit les parents Le Gall dans la cuisine.

La mère avait servi du café. Son mari laissait sa

boisson refroidir sans y prêter la moindre attention. Perrot se rassit et accepta la tasse qu'on lui offrait.

— Je viens de m'entretenir avec Sarah. Elle est très perturbée. Elle aurait besoin d'une aide psychologique de toute urgence. Vous pouvez commencer par consulter votre médecin de famille, il vous orientera ensuite vers quelqu'un de spécialisé. Il ne faut pas qu'elle s'enferre dans un sentiment de honte et de culpabilité. Il faut qu'elle intègre que seule la parole peut la libérer. Sa guérison passera par la condamnation de ses agresseurs…

Madame Le Gall approuva d'un lent hochement de tête.

Perrot poursuivit :

— Si Lévi est bien coupable de viols aggravés, il n'est cependant peut-être pas directement lié au meurtre d'Élodie.

Le père qu'on eût pu croire perdu dans ses songes, redressa brusquement la tête et s'exclama :

— Quoi, c'est pas LUI ? Mais alors QUI ?

— Reste à le déterminer, répliqua le policier avec circonspection. Comme vous le savez, on a retrouvé un œillet sur le corps d'Élodie… - pour ne pas heurter leur sensibilité, il s'abstint à nouveau de préciser l'endroit exact où le meurtrier avait fiché cet incongru bouton écarlate. Ce matin, nous sommes passés sur la tombe de votre fille…

À ces mots, le couple frémit tandis que la mère écrasait un mouchoir à carreaux contre sa bouche prématurément ridée.

— ...Nous avons deviné que vous aviez demandé uniquement des couleurs pastel pour fleurir sa tombe…

— Oui, murmura la mère d'une voix étranglée, c'est plus doux…

— …Or, parmi tout ce rose, il y avait un bouquet d'œillets rouges…

— Les mêmes, l'interrompit le père, que celui que ce salaud avait laissé sur Élodie !

— On dirait bien, oui. Vous n'auriez pas remarqué quelqu'un dans l'assemblée qui portait un bouquet rouge ?

— On n'a fait attention à rien, souffla madame Le Gall, on regardait que le cercueil où reposait notre fille. On serait même pas capables de dire qui était aux obsèques…

— Bien, si un souvenir vous revenait, surtout appelez-nous au plus vite…

Ils acquiescèrent en silence.

— …Appelez également votre médecin rapidement pour Sarah… et pour vous-mêmes… À très bientôt, je vous en prie, nous connaissons le chemin…

*

Il était plus de midi lorsqu'ils arrivèrent au commissariat, au moment même où retentissait le téléphone dans le bureau du commandant. Un procureur véhément l'accueillit : il lui conseillait de faire montre de célérité. Calmement, le policier lui assura « qu'on mettait tout en œuvre pour arrêter le ou les coupables et oui, en effet, on jugeait « opportun » le maintien en garde à vue de Lévi et ses sbires, car s'ils n'avaient pas tué Élodie Le Gall, ils avaient néanmoins brisé d'autres vies ! »

Las, Perrot raccrocha et passa une main sur ses yeux brûlants de fatigue. Il ne fallait pas céder au pessimisme et pourtant, il avait l'impression d'avancer à reculons. D'accord, on était peut-être sur la trace du meurtrier, mais quelles chances avait-on de le retrouver ? Les amateurs d'œillets rouges ne devaient pas être si rares sur cette terre ! Lefèvre qui n'avait pas subi le coup de semonce du magistrat, était, lui, remonté à bloc :

— Eh, Jean-Louis, on va manger un morceau avant de retourner sur Pont-L'Abbé ?

L'aîné accueillit ces paroles entraînantes avec une indifférence qui n'échappa pas au regard affûté de son ami :

— Eh, secoue-toi, on approche du but, j'en suis sûr, une bonne entrecôte et tu auras repris goût à la vie !

Docilement, avec un sourire complice, Perrot se leva et suivit son collègue dans une brasserie des quais située à proximité de l'appartement des Hénaff. Cette proximité géographique rappela cette famille éclatée au souvenir des policiers. Bien des interrogations leur traversèrent l'esprit tandis qu'ils levaient les yeux vers les hautes fenêtres du domicile du P.-D.G. Les parents allaient-ils faire front commun pour sauver leur fille Mahaut des griffes de la justice ? Comment le couple faisait-il face à cette adversité ? L'épreuve allait-elle les réunir ou au contraire élargir la brèche qui séparait leurs deux univers ? À cette question, les policiers ne pouvaient répondre avec certitude, même s'ils avaient la conviction que les parents de Mahaut Hénaff ne pourraient rien reconstruire sur les ruines de leur amour passé. Le restaurant dans lequel ils décidèrent de déjeuner avait le charme désuet de ces endroits qui traversent le temps sans prendre une ride. Les tables se protégeaient derrière des cloisons dont la partie supérieure s'ornait de vitres décorées de peintures des années folles. Une clientèle hétérogène était attablée - hommes d'affaires, mère et fille en pause-shopping, vieux monsieur chic avec sa lavallière bleue et rose ou couple d'amoureux oubliant de manger. L'éclairage tamisé était propice aux confidences. Les serveurs allaient et venaient, tout de noir et blanc vêtus. Lefèvre attaqua avec un plaisir évident son entrecôte-frites pendant que son collègue picorait distraitement sa salade landaise. Lefèvre se gardait d'interrompre un silence qu'il savait devoir respecter. Autant Lefèvre exprimait bruyamment ses sentiments - du moins ceux ne relevant pas de l'intime - autant son collègue avait régulièrement besoin de se retirer en lui-même pour analyser les faits, réfléchir, déduire, se tromper parfois. Lefèvre accepta le dessert du jour que lui proposa le garçon en lui garantissant qu'il était particulièrement réussi. Il se régala donc d'une crème brûlée dont la croûte craquait délicieusement sous la dent avant de révéler son fondant secret. Sous le regard réprobateur de son collègue épicurien, Perrot, lui, se satisfit d'une tasse de moka parfumé. Un peu ragaillardi par cette pause gourmande, Perrot reprit la tête des opérations et déclara :

— Bon, on retourne à Pont-L'Abbé, chez le fleuriste. Pourvu que le patron de la boutique de fleurs ou son employée puissent nous renseigner…

— Pourvu…

*

La sonnerie retentit à leur entrée. La boutique était calme. Un homme entre deux âges, de type méditerranéen, était penché sur le comptoir, les yeux rivés sur un ordinateur portable. Il ne leva pas les yeux aussitôt.

— Bonjour Monsieur, lança Perrot en s'approchant et tendant sa carte de police, nous voudrions vous parler un moment.

— Un instant, Messieurs, fit le patron avec un large sourire dévoilant d'impeccables dents blanches, je sauvegarde tout ça et je suis à vous…

Il manipula la souris de son ordinateur et l'on entendit l'appareil qui se déconnectait.

— Ça y est, je reprendrai ma comptabilité plus tard… En quoi puis-je vous aider ?

— Nous sommes passés ce matin, expliqua le commandant, nous avons parlé avec deux de vos employées…

— Julia et Jeanne…

— Oui, c'est cela. Nous sommes à la recherche d'un amateur d'œillets rouges qui en aurait acheté il y a trois jours et ce matin également…

— Un amateur d'œillets rouges ? En quoi cela peut-il me concerner ?

— Cet homme peut être dangereux mais nous ne savons pas à quoi il ressemble…

— Ça ne me dit rien, il faudrait en parler à Lisa. Mais elle est en congé aujourd'hui…

— Et vos deux autres employées ?

— Elles sont en pause-déjeuner. Tenez ! Les voici qui arrivent, on reconnaît le rire de Julia de loin !

En effet, les deux jeunes filles entraient au même instant. Julia s'esclaffait tandis que sa collègue esquissait un sourire contraint. Sans doute, la première fréquentait-elle la dénommée Jeanne par obligation, n'ayant pas le temps de rentrer déjeuner chez elle. Visiblement, ces deux-là n'avaient pas le même tempérament ! La plus culottée s'approcha avec un grand sourire. L'autre suivait, le visage fermé en reconnaissant les visiteurs. Lefèvre indiqua :

— Nous sommes venus avec des photos que nous vous demandons de regarder attentivement.

— D'accord, mais vous permettez que l'on se débarrasse ?

Perrot accepta avec un sourire qui tenait davantage de la grimace. Elles allèrent déposer leurs vêtements et leurs sacs à main dans l'arrière-boutique. On entendait les rires étouffés de la plus audacieuse qui devait se répandre en clabaudages irrespectueux. Puis elles réapparurent. Julia avait les joues rouges et l'œil brillant d'avoir trop ri. Elles se penchèrent sur les clichés que Lefèvre avait étalés sur le comptoir. Les deux fleuristes et leur patron se mirent à étudier les visages des suspects. L'excitation se lisait sur les traits de Julia qui devait avoir l'impression d'être soudain comme ces lieutenants de police dont elle suivait les cathodiques aventures rocambolesques sur son petit écran !

— Reconnaissez-vous certains de ces hommes ? les pressa Lefèvre qui passait d'un pied sur l'autre avec nervosité.

Ses trois interlocuteurs répondirent par la négative.

Lefèvre insista :

— Aucun de ceux-là n'est venu acheter de bouquet ce matin ?

Julia jeta un regard interrogateur à sa discrète voisine, mais celle-ci hocha la tête en signe de dénégation.

— Bien, conclut Perrot, si le même homme que ce matin revenait, faites-le-nous savoir immédiatement. Par ailleurs, Monsieur Joseph, vous allez nous donner les coordonnées de votre employée qui se trouve en congé…

Le patron obtempéra et griffonna le numéro de téléphone de Lisa Bourel sur la carte à en-tête du magasin. Les deux officiers remercièrent et ressortirent. Le froid était toujours aussi mordant. Le soleil semblait décidé à se faire désirer. En levant les yeux, on plongeait dans un océan de gris sans nuance, une mer métallique qui assombrissait les esprits. Perrot composa le numéro de l'employée. Une voix enfantine répondit. Elle se tut brutalement : la mère avait pris le combiné. Elle acceptait de les recevoir tout de suite à son domicile à Tréméoc. Les deux policiers reprirent la route des terres.

Dix minutes plus tard, ils traversaient le bourg endormi. Ils ne croisèrent qu'un tracteur qui remontait la rue principale. Les gens étaient soit au travail, soit terrés chez eux devant leur poste de télévision, comme le laissaient deviner les lueurs intermittentes qui filtraient à travers les rideaux tirés. Décidément, songea Perrot en son for intérieur, à quoi occupait-on son temps lorsque cette maudite boîte noire n'existait pas ? Probablement lisait-on davantage ? Il était lui-même confronté à ce fléau avec ses propres enfants. Il s'était rapidement aperçu que, malgré leur goût pour les livres, ils étaient plus naturellement attirés par la facilité que constituaient la boîte à vomir des images et les consoles de jeux. Voilà pourquoi, d'accord avec Sofia, leur mère, ils avaient décrété que l'on allumerait télévision, ordinateur ou autre jeu vidéo uniquement après dix-huit heures. Avant cette heure, on jouerait avec ses Lego, ses puzzles et Playmobil. Ou on ne jouerait à rien. L'oisiveté et l'ennui ayant, dixit les experts en psychologie enfantine, du bon…

La fleuriste habitait un corps de ferme dont la façade de pierre avait été autrefois enduite d'un triste revêtement de ciment. Probablement qu'avec le temps et des finances plus florissantes, l'employée et son époux remettraient à nu des murs de toute beauté.

Un petit garçon vint à leur rencontre. Il essayait de faire de la trottinette dans la cour de la ferme. Il les interpella :

— Bonjour, c'est vous les messieurs de la police ? Vous venez pas arrêter maman, hein ? Parce que, vous savez, elle a pas fait exprès, c'était ma faute, j'aurais pas dû, elle m'a puni après…

— Bonjour Messieurs, l'interrompit une femme ronde d'environ trente-cinq ans. Qu'est-ce que tu racontes, Pierrou, à ces messieurs ?

— Apparemment, répliqua Lefèvre avec ironie, nous aurions des raisons de vous inculper !

— De quoi tu parles, Pierrou ?

— Ben, tu sais bien, maman, fit le petit en essuyant son nez morveux dans la manche de son blouson terreux, les gendarmes y t'ont arrêtée parce que j'avais enlevé ma ceinture !

— Mais c'est très grave, ça ! commenta Lefèvre en faisant de gros yeux, tu sais que c'est très dangereux ?

— Oh oui, je le sais maintenant, j'ai promis que je ferai plus !

Et il tourna les talons, pas traumatisé pour un sou… La mère sourit avec attendrissement.

— Pierrou parle beaucoup, il est très sociable…

— C'est plutôt bien, j'imagine… commenta Perrot en souriant à son tour.

— Je vous fais entrer ?

— Quelques minutes seulement, merci.

Elle entra directement dans la cuisine qui constituait la pièce principale. Une grande cheminée procurait une chaleur agréable sans laquelle les lieux eussent paru froids.

La famille ne devait pas rouler sur l'or, comme le laissaient supposer les meubles vieillots et éraflés et les peintures murales écaillées. La pièce était imprégnée de cette odeur reconnaissable entre toutes de ces cuisines d'antan où le fricot mijotait jour et nuit dans une marmite suspendue au-dessus de l'âtre et qu'on ne lavait jamais. Les habitants ne se débarrasseraient jamais de cette senteur chaude, lourde et vaguement écœurante.

— On vient d'hériter cette maison de mes grands-parents, fit-elle sur un ton d'excuse, alors on a de la décoration à faire… mais il faut de l'argent, termina-t-elle dans un haussement d'épaules fataliste. Je n'ai pas très bien compris pourquoi vous veniez, reprit-elle en leur indiquant deux vieilles chaises de bois.

— Nous recherchons un individu qui achèterait des œillets rouges. Il en a acheté ce matin, selon votre collègue Jeanne, cela vous dit-il quelque chose ?

— Peut-être oui, des œillets rouges, vous dites ? Attendez voir…

Elle se leva et alla consulter l'almanach des pompiers fixé sur la porte menant à l'étage. Sur la partie supérieure du calendrier, les inévitables chatons vous regardaient, la tête penchée dans leur panier.

Elle fit glisser ses doigts le long des colonnes et murmura :

— L'autre jour, Pont-L'Abbé était sous le choc car on enterrait la victime d'un meurtre… Une jeune fille assassinée, vous vous rendez compte ?

— Oui, parfaitement, allez-y, l'encouragea Lefèvre dont le pied butait de manière incontrôlable contre le bois de la table.

— Ce jour-là, fit-elle en venant se rasseoir, on a préparé plein de compositions pour les obsèques. La famille avait exigé du pastel, alors ça m'a surprise quand un client m'a demandé des œillets rouges. Je me suis dit qu'il était sans doute le seul de nos clients à ne pas aller à cet enterrement…

— Vous souvenez-vous à quoi il ressemblait ?

— Parfaitement, oui, c'est le fils Féval…

— Le fils Féval ?

— Oui, on était à l'école primaire ensemble…

— Ressemble-t-il à l'un de ces hommes ? fit Perrot en tendant d'une main que l'excitation faisait trembler, les photos des suppôts de Satan à la fleuriste.

En prenant son temps, elle observa les clichés. Elle semblait insensible à la fébrilité des deux policiers. Puis, elle secoua la tête.

— Non, fit-elle, ce n'est aucun d'eux…

À ce moment, le bambin réapparut, les joues rouges et brillantes. Haletant, il s'écria :

— Je peux avoir mon chocolat ? C'est l'heure de mon quatre-heures, non ?

— Attends cinq minutes, le tempéra sa mère. Va te laver les mains et mettre tes chaussons, ensuite tu viendras goûter.

Le petit s'éloigna docilement. On entendit l'eau couler abondamment dans la pièce voisine. Sa mère le rappela à l'ordre :

— Pierrou ! Moins d'eau ! Je t'ai déjà expliqué qu'il fallait l'économiser ! Ah ces gosses ! Tous pareils !

— Madame, la relança Perrot avec une impatience qu'il ne pouvait dissimuler, savez-vous où habite ce Féval ?

— Autrefois, il habitait au centre de Pont-L'Abbé dans la petite rue qui rejoint la rue de la République à la place du Marché. Maintenant, je ne sais pas... Je n'ai jamais eu de relation avec lui. L'autre jour, à la boutique, il ne m'a même pas reconnue ! Faut dire que depuis la naissance de Pierrou, j'ai changé ! conclut-elle en indiquant son tour de taille.

— Merci beaucoup pour tous ces renseignements, sourit Perrot avec compréhension. Je vous laisse ma carte : si vous aviez une autre information à nous communiquer, n'hésitez pas à appeler.

— Très bien, fit cette dernière en se levant.

Pierrou était de retour, les pieds chaussés de pantoufles bleues et rouges à l'effigie du héros volant. Lefèvre lui dit :

— Bon appétit, Pierrou, et n'oublie plus ta ceinture...

X

Les deux policiers firent la route en sens inverse à une vitesse que le petit garçon, s'il l'avait constatée, n'aurait pas manqué de leur reprocher. Après tout, qui étaient-ils pour jouer les redresseurs de torts si eux-mêmes ne respectaient pas le code de la route? Ils se garèrent à nouveau sur la place du Marché. Ils en firent deux fois le tour avant de saisir la place laissée vacante par un camion de livraisons qui s'en allait. À grands pas, ils empruntèrent la ruelle mentionnée par la fleuriste. Ils allaient devoir repérer le nom recherché sur les boîtes aux lettres ou les sonnettes. Avec un peu de chance, l'individu habitait toujours à la même adresse vingt ans plus tard. Leur excitation était à son comble, celle du chasseur qui aperçoit la proie que son pointeur tient en respect. Muets et fiévreux, les deux officiers remontaient la rue, déchiffrant l'air de rien, le nom des propriétaires des maisons mitoyennes construites toutes en hauteur. Enfin, Lefèvre étouffa une exclamation :

— On y est : famille Féval. Qu'est-ce qu'on fait ? Si on y va directement, il y a de fortes chances pour qu'il nous échappe avant même qu'on ait pu l'entendre.

— Exact, fit Perrot en le tirant par la manche. Si c'est le gars qu'on cherche, il est extrêmement dangereux. Contourne le pâté de maisons afin de t'assurer qu'il n'y a pas d'issue par l'arrière. Je t'attends plus bas sur la place pour ne pas éveiller les soupçons.

Lefèvre s'éloigna d'une allure faussement nonchalante. Il devait donner l'impression d'un touriste qui apprécie sa visite du Pays Bigouden. Pour Perrot resté en bas, l'attente était éprouvante, intolérable. Il se sentait si près du but qu'il avait envie de se précipiter à l'adresse repérée. Mais en même temps, il devait s'exhorter au calme pour ne pas tout faire rater. Allait-il enfin calmer le fantôme vengeur d'Élodie Le Gall ? Tandis que ces pensées tournoyaient dans sa tête, son collègue revenait en opinant du bonnet.

— Il y a bien une annexe à l'arrière, mais le jardin est ceint de très hauts murs à mon avis impossibles à escalader…

— Sauf s'il y avait une échelle appuyée de l'autre côté…

— Évidemment…

— Tant pis, on y va…

Les deux enquêteurs s'étaient munis de leur arme de service dissimulée dans la poche intérieure de leur blouson. Ils remontèrent la ruelle à pas mesurés. Il ne fallait pas que l'individu qu'ils traquaient risque d'apercevoir leur manège par sa fenêtre. Perrot sonna. Une fois, puis deux, puis trois.

Alors qu'ils s'apprêtaient à renoncer, la porte de bois sombre s'entrouvrit. Une chaînette la maintenait entrebâillée. À travers l'interstice, un visage maigre et tavelé se dessinait dans l'ombre.

— Monsieur Féval ?

— Oui.

— Nous sommes de la police, le renseigna Perrot en présentant sa carte tricolore, nous voudrions parler à François Féval.

— Qu'est-ce que vous lui voulez, à mon fils ?

— Nous enquêtons sur un meurtre, Monsieur Féval, et votre fils connaissait peut-être la victime…

— Mon fils ?

Ébahi, l'homme ôta la chaînette à gestes lents. Les deux policiers entrèrent dans un vestibule étroit chichement éclairé d'une ampoule basse consommation. Les murs ainsi que les deux portes ouvrant sur le couloir étaient tapissés de papier vert foncé, accentuant encore l'aspect lugubre des lieux. Le dos très droit, le propriétaire les dirigea vers le salon. Mécaniquement, en un geste mille fois répété, il posa les pieds sur des patins de feutre et avança dans la pièce sombre. Le sourcil froncé, il observait les pieds des enquêteurs qui s'apprêtaient à fouler le parquet brillant. Leur hôte avait la mine austère, le teint brouillé. Ses cheveux coupés ras, son pantalon en tergal gris foncé et son pull-over de même couleur, trop serré, renforçaient l'impression de sévérité. Le salon était impeccablement rangé. Les lourds meubles bretons en bois sculpté rutilaient. Une bassinoire en cuivre étincelante était fixée au mur à équidistance de deux portraits d'hommes en armes - probablement des ancêtres officiers. Un grand tableau rectangulaire représentait la bataille de Waterloo. En dessous, un buffet de chêne supportait deux assiettes à motifs champêtres sur leurs petits chevalets. Exactement au centre du buffet, à la verticale du tableau guerrier, s'épanouissait un bouquet de fleurs artificielles dans un vase de Chine. Dans l'armoire vitrée, s'étalait le service de mariage du couple. Des napperons au crochet étaient disposés sur les appuie-tête et les accoudoirs des fauteuils et du canapé en cuir marron foncé à pieds de bois. Pas de photos hormis les deux clichés en noir et blanc représentant les militaires. Aucun objet personnel ne traînait. N'eût été l'absence de poussière, on eût pu se croire dans une maison abandonnée. Les doubles rideaux occultaient presque totalement la lumière du jour. Monsieur Féval n'alluma pas.

— Où se trouve votre fils, Monsieur Féval ?

Une voix étrangement sourde répondit :

— Il doit être chez lui, au fond du jardin.

— Dans la petite annexe ?

— Oui, c'est ça.

— Pouvez-vous nous y mener ?

— Je ne sais pas si…

— C'est un ordre, Monsieur !

Lentement, le menton levé, il glissa sur le parquet et sortit dans le couloir.

Parvenu au bout, il décrocha sa parka suspendue à un crochet. Puis il ouvrit une porte basse donnant sur le petit jardin en contrebas. Trois petites marches permettaient d'accéder à l'allée coupant le jardinet en deux parties parfaitement symétriques. De part et d'autre, des rebords en béton délimitaient de tristes parterres trop rectilignes.

Le long du mur, des arbres se dressaient, taillés au cordeau. Avec une lenteur exaspérante, l'homme au maintien rigide les précéda à la dépendance. Arrivé là, il s'apprêtait à rebrousser chemin quand Perrot le retint par la manche :

— Restez, Monsieur Féval.

La petite construction de briques devait mesurer six mètres sur cinq. Une porte dont la partie supérieure se divisait en petits carreaux vitrés, se découpait au milieu. Un épais rideau sombre dissuadait les curieux. Deux fenêtres aux volets clos s'ouvraient de chaque côté. Sur le pignon, côté ruelle, une autre fenêtre également occultée perçait le mur. Lefèvre s'étonna :

— Vous êtes sûr que votre fils est là en ce moment ? Tout a l'air fermé !

— François n'ouvre jamais les volets…

Le policier frappa à plusieurs reprises. Sans réponse. Perrot interrogea le père du regard.

— Je n'ai pas la clé, s'excusa ce dernier, François a fait changer la serrure depuis longtemps…

— Nous allons devoir forcer la porte, constata froidement l'officier.

Il jeta un regard circulaire à la recherche d'un outil susceptible d'être utilisé. Il avisa une remise à outils à l'autre extrémité du jardin. Il s'y rendit tandis que Lefèvre restait garder un œil sur le propriétaire des lieux. L'endroit était organisé de façon militaire : les pots vides sur une étagère, en dessous : les engrais, à gauche et les pesticides, à droite. La petite tondeuse mécanique était placée dans un coin. Suspendues au râtelier, s'étalaient les bêches et autres faucilles. Une tenue de plongée protégée par une housse de plastique transparente était crochetée au mur. Un vélo de course d'un autre âge mais parfaitement entretenu était fixé dans un porte-vélo métallique posé au sol. Si le fils Féval avait eu des jouets dans son enfance, aucun vestige n'en témoignait dans ce sanctuaire aseptisé. Perrot se saisit d'un marteau et ressortit. Il retourna à la baraque et fracassa le carreau de la porte latérale. Le verre vola en éclats.

— Prête-moi ton écharpe, demanda-t-il à Lefèvre.

Celui-ci déroula le long serpent en acrylique et le tendit à son collègue. Ce dernier s'en entoura l'avant-bras avant de le plonger à travers l'ouverture ainsi ménagée. Il dut batailler pour se frayer un chemin à tâtons dans les replis de l'épaisse tenture installée derrière la porte. Enfin, il sentit sous sa main la poignée de la porte. Elle céda facilement. Avec circonspection, il se glissa à l'intérieur en repoussant le rideau qui gênait son passage. Une odeur familière, sans que pourtant il parvînt à l'identifier, lui chatouilla les narines. Il chercha aussitôt le commutateur. L'ampoule pendue au plafond ne devait pas excéder les 25 watts. On devait cligner des yeux pour distinguer quoi que ce soit. Lefèvre l'avait suivi après avoir fait passer le père devant lui. Le studio était constitué d'une pièce unique servant à la fois de chambre à coucher et de pièce à vivre. Une petite cabine de douche cachée derrière un paravent coulissant était aménagée au fond. À l'instar de la maison principale, le logement était parfaitement tenu. Dans la partie séjour-cuisine, le mobilier fonctionnel était réduit au strict minimum. Perrot souleva la lourde tenture couleur lie-de-vin qui séparait le salon du coin-repos. La chambrette était plongée dans l'ombre.

L'odeur était encore plus marquée ici. Une bouffée nostalgique l'envahit alors, madeleine au goût amer. Il se retrouva, des années auparavant, petit garçon à la main emprisonnée dans celle de sa grand-mère, respirant le parfum poussiéreux qui s'échappait de l'encensoir que balançait l'enfant de chœur. Il lui fallait s'armer de patience : dans quelques minutes, il retrouverait les allées du cimetière et irait vérifier que ses petits cailloux étaient toujours cachés dans des endroits que lui seul connaissait… Perrot avait toujours eu un odorat développé. Étrange ce qu'une simple odeur pouvait véhiculer comme émotions ! Mais il était paradoxalement difficile de qualifier avec justesse les senteurs et les parfums ! En tout cas, le commandant était formel : c'était bien de l'encens d'église qu'il respirait en ce lieu confiné.

Il secoua la tête et quitta avec regret le monde de ses souvenirs. Il alluma le plafonnier. Il replongea vite dans le réel, ébloui par l'étrange lumière rouge qui se répandit, diffusée par un lustre de métal noir. Le long du mur était adossé un lit une place recouvert d'un jeté de lit en satin noir. Au dessus, était fixé un imposant masque noir, grotesque et effrayant. Quel être normalement constitué pouvait ainsi souhaiter confier son repos à un gardien si menaçant ? La pièce était extrêmement dépouillée. Seuls quelques livres étaient rangés sur une petite étagère fixée au mur. En revanche, les murs disparaissaient sous des tableaux divers. Les officiers durent s'approcher pour les déchiffrer. Dans le premier, trois cercles maladroits peints en noir s'entrecroisaient sur un fond carmin. La signature était microscopique. Perrot colla le nez à la toile et étouffa un cri de surprise : l'artiste se faisait connaître sous le code « 666 »! Lefèvre à son tour déchiffra la signature et échangea un regard convenu avec son collègue. Les autres tableaux étaient deux reproductions des œuvres d'un même peintre. En s'approchant, Perrot identifia l'auteur: Egon Schiele. En contrepoint s'ajoutait le détail d'un tableau de Jérôme Bosch. Ce qui frappait l'observateur était le point commun entre ces trois œuvres juxtaposées. Les deux premières montraient des jeunes filles dévêtues: Le *nu au turban vert* représentait une femme alanguie sur un sofa, la main posée sur l'entrecuisse. *La Fille aux cheveux noirs* mettait en scène une adolescente nouvellement pubère à l'intimité rougie. Dans le détail du tableau signé Bosch, intitulé *Le jardin des délices*, on voyait un homme la tête en bas, les jambes ouvertes et le tronc immergé dans l'eau d'un lac. Ses mains se refermaient sur son sexe tandis que ses cuisses semblaient couver un énorme fruit rouge d'où jaillissait un héron… Mais ce qui attirait l'attention, ce qui retenait le regard soudain voyeur, c'était le pigment rouge sang des chairs offertes…

Les deux policiers abasourdis contemplaient ces tableaux dérangeants, gravitant tous autour du même thème. Quelle perversion poussait François Féval à se complaire dans le spectacle de ces images morbides? Perrot interrogea le père qui se tenait en retrait:

— Que signifie ce décor étrange?

Il semblait abattu. Apparemment, il découvrait en même temps que les enquêteurs l'univers de son propre fils. Il regardait, médusé, ce dessin sibyllin, ces peintures sulfureuses, ces corps écartelés, comme écorchés. Qui était ce jeune homme, ce fils qu'il croyait connaître ? Il agita la tête et murmura, tandis qu'il se laissait tomber sur le lit :

— Je ne sais pas, je ne sais plus…

— Vous devez nous dire où se trouve votre fils !

— Je ne sais pas, on ne se voit pas…

— Où travaille-t-il ?

— Il est préparateur en pharmacie à Loctudy.

— Vous semblez à peine le connaître… commenta Lefèvre.

Son interlocuteur baissa la tête. Il murmura :

— Depuis la mort de ma femme, François n'a plus jamais été le même…

— Quel âge avait-il ?

— Treize ans…

Perrot eut une soudainc illumination :

— Quelle est la date de naissance de votre fils ?

— 16 décembre 1985.

Ainsi donc, le dément agnostique avait choisi sa date anniversaire pour accomplir son ultime forfait ! Barnabé avait vu juste…

— Que s'est-il passé ?

L'homme avait abandonné sa posture trop rigide. En même temps que l'assaut des souvenirs douloureux le submergeait, son corps cédait. La tête rentrée, il se tordait les mains et c'est d'une voix à peine audible qu'il murmura :

— Ma femme était enceinte. Elle ne le savait pas. Une nuit, elle s'est réveillée en hurlant… Elle était couverte de sang… Elle avait fait une fausse couche…

Sa voix s'était étranglée. Convulsivement, il serrait ses deux poings entre ses genoux cagneux.

— Elle hurlait… Je ne comprenais pas… Je n'ai

pas pensé à François… Il dormait à côté… il est arrivé… Il a vu tout ce sang… Il est ressorti… sans rien dire… Le SAMU est arrivé trop tard… Pendant des semaines, il ne m'a plus parlé… il passait tout son temps chez sa nourrice qui habitait à quelques maisons d'ici… il ne rentrait que pour dîner et dormir… Quand il a eu dix-huit ans, il s'est installé au fond… il m'a interdit l'accès de son studio…

— Et vous n'avez jamais cherché à venir ici ?

Ils durent tendre l'oreille pour entendre la réponse chuchotée par l'homme blessé :

— Je voulais respecter son intimité puisqu'il me l'avait demandé… Je me disais qu'un jour… plus tard, il reviendrait vers moi…

À ce moment, un bruit sec se fit entendre. Aussitôt, Perrot éteignit le plafonnier et intima le silence. Par mesure de précaution, Lefèvre plaqua la main sur la bouche de monsieur Féval. C'était sans doute un luxe superflu. Une clé tournait dans la porte. Une ombre se profila dans l'embrasure. L'individu entra et se dirigea vers le courant d'air qui soulevait le rideau occultant la vitre fracturée. L'homme n'eut pas le temps de s'interroger davantage : Perrot avait déjà fondu sur lui. Il le maintint fermement. Lefèvre bondit à son tour, prêt à lui passer les menottes. Mais Féval fut plus rapide. Habilement, tel un serpent qui se dépouille de sa mue visqueuse, il fit glisser sa longue cape noire, échappant ainsi à Perrot qui se retrouva avec la manche vide du suspect à la main. D'un bond, il fut à la porte et se jeta dans le jardin. On n'y voyait déjà plus rien. Perrot se jeta à sa suite, trébuchant dans l'obscurité. Un claquement suivi d'un cri de douleur : Lefèvre avait atteint le fugitif à la jambe. En deux bonds, Perrot fut sur lui. Mais l'homme jouait sa peau, décidé à lutter jusqu'au bout. Il se débattit lorsque le commandant voulut lui saisir les bras. Bien que de corpulence chétive, il était d'une force que l'instinct de survie décuplait. D'une bourrade, il envoya valdinguer l'officier tandis que de l'autre, il portait prestement le doigt à sa bouche. Perrot comprit trop tard. De toute façon, il n'aurait pu empêcher le malheureux de commettre son geste. Féval se laissa choir sur le gazon. Sur son majeur, une grosse bague à tête de mort était ouverte. Elle avait libéré son poison…

*

Les secours avaient été efficaces. François Féval était sorti du coma. Le lavage d'estomac avait permis d'éviter le pire. À présent, il était sorti d'affaire. Du moins… pour ce qui concernait son état de santé… Perrot et Lefèvre avaient été autorisés à l'interroger sur son lit d'hôpital. Deux gardiens montaient la garde à la porte. Les journalistes étaient tenus à l'écart.

Sur sa couche, le jeune homme maigre au teint hâve persistait à garder les yeux fermés. Perrot qui se tenait à son chevet, l'interpella :

— Féval, tu dois t'expliquer. Pourquoi as-tu tué Élodie Le Gall ?

Étrangement, il ne nia pas et parut soulagé.

Il ouvrit des yeux presque transparents tellement ils étaient clairs et commença à parler d'une voix sourde et hachée, mécanique tandis qu'il fixait de ses yeux écarquillés le mur vert d'eau de sa chambre.

— Diana… m'a… trahi… Je… devais… la… punir…

— Qui est Diana ? interrogea Perrot.

— Celle… que… vous… appelez… Élodie, répondit le jeune homme, les yeux toujours rivés sur le mur opposé.

— Pourquoi ce nom ?

— Diana est fille de la lune, je suis fils du matin…

— C'est ça, ouais, s'emporta Lefèvre, et moi je suis fils de ma mère ! Mais ça ne nous dit pas ce qui s'est passé avec Élodie !

— Elle… a… fait… quelque chose… de… sale…

— Qu'est-ce qu'elle a fait de sale ?

— Ce… que… font… les… bêtes…

— L'amour ? suggéra Perrot.

— C'est… ça… ce… que… font… les… bêtes…

— Avec qui a-t-elle fait ça ?

— Léviathan.

— Tu étais jaloux, c'est pour ça que tu l'as tuée ! analysa le cadet.

L'illuminé fixait toujours le mur déprimant. Il était comme habité, ensorcelé. Une voix sortait de lui, mais ses lèvres bougeaient à peine. L'image avait quelque chose de terrifiant. Quel monstre habitait le jeune homme ? Il continua sur le même ton monocorde :

— Diana… était… à… moi… Je… devais… la… laver… de… la… souillure…

Perrot, ébranlé, observait la scène surréaliste qui se déroulait sous ses yeux. Il poursuivit cependant son interrogation comme s'il se fût agi d'un individu normal en possession de tous ses moyens :

— De quelle souillure devais-tu la laver ?

Le fou écarquilla davantage les yeux.

— Diana… a… péché… Elle… se… devait… à… moi… Elle… s'est… soumise… à… Léviathan… Elle… n'avait… pas… le… droit…

— Alors tu l'as tuée ? insista Lefèvre sur un ton impatient.

À nouveau, Féval éluda la question. Il poursuivait son monologue halluciné :

— Diana… devait… se… rédempter…

— Comment l'y as-tu aidée ?

— Je… l'ai… emmenée… sur… la… voie… du… salut…

Lefèvre commençait à perdre pied. Ses mains le démangeaient. Il s'éloigna avant que son poing ne s'abatte sur la joue du fou.

Perrot prit la main.

— Bon, Féval, on va t'aider, tu vas te contenter de répondre par oui ou par non. D'accord ?

Le dément fit mine de ne pas avoir entendu. Étrangement, il ne clignait que très rarement des yeux. Il pouvait fixer un point invisible pendant de longues minutes sans que ses yeux deviennent douloureux.

Le commandant reprit :

— Tu as emmené Élodie sur la plage du Téven ?

— Oui…

— Dans ta voiture ?

— Oui…

— Tu l'as forcée ?

— Non…

— Donc tu la connaissais avant ?

— Oui…

— Tu lui as fait fumer de l'herbe ?

— Non…

— Pourtant, il y avait des traces de cannabis dans son organisme…

— Elle… avait… de… l'herbe… de… mort…

— Tu n'as pas fumé ?

— Non…

— Pourquoi ?

— Danger !

— Comment a-t-elle réagi à cette drogue ?

— Elle… n'était… plus… elle… même…

— C'est-à-dire ?

— Elle… riait… elle… avait… l'air… de… se… moquer… de… moi…

— Qu'as-tu fait ensuite ?

— Je… lui… ai… fait… boire… du… coca…

— Avec quoi dedans ?

Avec un rictus satisfait, le dément épela avec gourmandise :

— R.I.C.I.N.E.

— Trouvée où ? demanda Lefèvre qui avait recouvré son calme.

— P.H.A.R.M.A.C.I.E.

— Celle où tu travailles ?

— Affirmatif…

— Tu lui en avais fait boire avant ?

— Oui… je… lui… avais… donné… un… élixir… d'amour… qu'elle… avait emporté… chez… elle… Elle… trouvait… ça… amusant…

— Mais pourquoi lui as-tu fait ces coupures sur le corps ? demanda Perrot que les élucubrations du fou mettaient de plus en plus mal à l'aise.

— 666... je… suis… la… Bête… Je… règne… sur… le… monde…

— 666, pourquoi ce nombre ?

Avec une lenteur inquiétante, il expliqua de sa voix métallique :

— **F**rançois-**F**erdinand **F**éval : 666…

— Qui t'a dit que ce nombre avait une signification particulière ?

— Lévi…

— Il était avec toi lorsque tu as tué Élodie ?

Un rire grinçant lui déforma la bouche. Mais son regard ne riait pas.

Ses yeux demeuraient immobiles, des yeux de mort.

— Je… devais… mener… ma… tâche… seul… jus… qu'au… bout…

— Comment as-tu intégré le groupe satanique ?

— Élodie… m'a… présenté… Léviathan… pensait… que… mon… nom… était… prédestiné…

— Tu n'étais pas à la dernière réunion du groupe, pourquoi ?

— Je… suis… allé… une… seule… fois… à… une… réunion…

— Pourquoi seulement une fois ?

Il redressa la tête avec un sentiment de fierté.

— Léviathan… a… dit… à… Élodie… que… j'allais… trop… loin…

— Précise !

— Je… n'ai… pas… de… limites… moi !

— Ce qui veut dire ?

— Je… vais… jusqu'au… bout…

— À quel moment as-tu décidé de supprimer Élodie ?

— Prenait… pas… mes… lettres… au… sérieux…

— Et elle aimait Lévi !

Le mépris lui tordit la face. Ses yeux demeuraient fixes.

— ...N'aimait... qu'elle... même... Disait... que... la... vie... est... courte... qu'il... faut... faire... des... expériences...

L'ironie de ses propres paroles semblait lui échapper. Élodie avait pourtant tenté l'expérience de trop, celle qui lui avait été fatale. Quelle curiosité inconséquente l'avait poussée à suivre ce personnage singulier ? L'envie d'échapper pour un temps à l'avenir tout tracé auquel son métier de coiffeuse la prédestinait ?

Le désir de se différencier de ses parents, ce couple usé avant l'heure qui ne trouvait plus les mots ni les gestes pour se dire qu'ils s'aimaient ? Un peu tout cela à la fois et sans doute, avant tout, cette envie fulgurante de se prouver qu'elle était pleinement vivante et libre de ses actes...

— Elle n'était pas la maîtresse de Lévi ?

Le dégoût se lut sur ses traits tandis qu'une nausée venait lui soulever la poitrine :

— ...Avait... couché... avec... lui... Il... devait... pas... la... féconder...

— Et l'œillet rouge au creux de ses cuisses et sur sa tombe, tu peux expliquer ?

À ce moment, les yeux du fou se révulsèrent, la sueur se mit à ruisseler sur son visage. Ses lèvres s'étaient gorgées de sang. Il s'agrippa au barreau de son lit et, sans l'intervention rapide des deux policiers, aurait bondi de sa couche. Puis, aussi brutalement qu'elle était survenue, la crise s'éloigna, la transe retomba. Épuisé, livide, il retomba sur ses oreillers. Il semblait dormir. Perrot le secoua doucement :

— Féval, explique la suite, après on te laissera te reposer. Explique l'œillet…

Le visage baigné de larmes, il tourna les yeux vers Perrot et, pour une fois, le regarda. D'une voix redevenue humaine, il souffla :

— Ma… mère… morte… Mon… père… tué… l'enfant… Mon père… tué… ma mère…

Puis il sombra dans les limbes de l'inconscience…

*

Le cœur au bord des lèvres, Perrot quitta l'hôpital au son de *Vive le vent* que des enfants hurlaient sous les flocons de neige. Un malentendu, une incompréhension avait fait de l'enfant Féval un monstre sans loi… Combien de monstres sur cette terre avaient ainsi été engendrés par le manque de communication ? Qui pourrait jamais répondre à cette question ?

Perrot prit son portable au fond de sa poche, frappa les dix touches et, d'une voix épuisée, prononça, comme on appelle au secours :

— Sofia, dis aux enfants que je serai là pour Noël…

Inscrivez-vous gratuitement,
et sans aucun engagement de votre part,
à notre bulletin d'information
en nous retournant le coupon ci-contre.

Vous serez averti(e) des parutions en exclusivité,
pourrez bénéficier d'offres spéciales,
de cadeaux, etc.

Chaque nouvel inscrit recevra
une petite surprise…

Rejoignez-nous vite !

Et n'hésitez pas à proposer l'inscription
à vos parents et amis…

Je désire m'abonner gratuitement
au bulletin d'information des Éditions du Palémon :
je serai averti(e) des parutions
des enquêtes d'Anne-Solen Kerbrat et autres ouvrages,
ainsi que de l'actualité et des offres Palémon.

Nom ....

Prénom ....

Adresse ....

....

....

Code Postal .... Ville ....

Pour encore plus d'offres et d'infos,
indiquez votre adresse e-mail :

E-mail ....@.....................

Bon à compléter ou à recopier
et à retourner par courrier à l'adresse suivante :

ÉDITIONS DU PALÉMON
ZA de Troyalac'h
10 rue André Michelin
29170 SAINT-ÉVARZEC

ASK03

Retrouvez les ouvrages d'Anne-Solen Kerbrat
et tous les titres des Éditions du Palémon sur :

www.palemon.fr

ÉDITIONS DU PALÉMON
ZA de Troyalac'h - 10 rue André Michelin
29170 SAINT-ÉVARZEC
02 98 94 62 44
Dépôt légal 1er trimestre 2016

ISBN : 978-2-372600-24-8

Achevé d'imprimer
par l'Imprimerie Laballery (512020)
1er tirage
Imprimé en France